聽彈琴

거문고 타는 소리를 듣다

맑고 고운 일곱 줄의 저 거문고
차가운 솔바람 고요히 듣는다
옛 가락 스스로 좋아하지만
지금 사람들은 대개 연주하지 않는다

泠泠七弦上
靜聽松風寒
古調雖自愛
今人多不彈

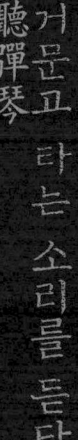

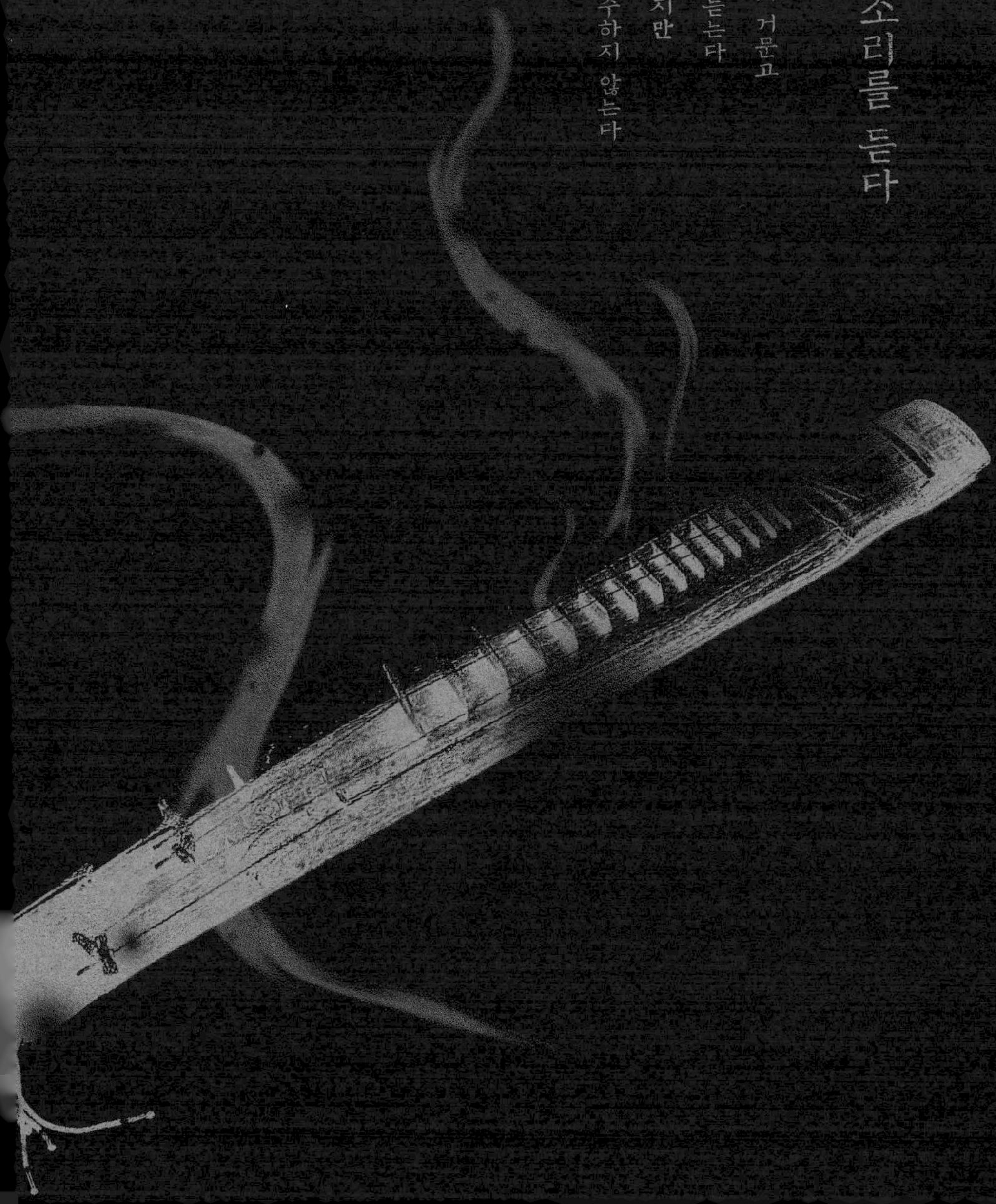

음공의 대가

음공의 대가 2

일성 新무협 판타지 소설

초판 1쇄 찍은 날 § 2004년 12월 15일
초판 1쇄 펴낸 날 § 2004년 12월 25일

지은이 § 일성
펴낸이 § 서경석

편집장 § 문혜영
편집책임 § 서지현
편집 § 장상수 · 한지윤
마케팅 § 정필 · 강양원 · 이선구 · 홍현경

펴낸곳 § 도서출판 청어람
등록번호 § 제1081-1-89호
등록일자 § 1999. 5. 31
어람번호 § 제2-0490호

주소 § 경기도 부천시 원미구 심곡1동 350-1 남성B/D 3F (우) 420-011
전화 § 032-656-4452 팩스 § 032-656-4453
http://www.chungeoram.com
E-mail § eoram99@chollian.net

ⓒ 일성, 2004

ISBN 89-5831-348-X 04810
ISBN 89-5831-346-3 (SET)

※ 파본은 본사나 구입하신 서점에서 교환하여 드립니다.
※ 저자와 협의하여 인지를 붙이지 않습니다.

음공의 대가 2

Fantastic Oriental Heroes

일성 新무협 판타지 소설

목차

제1장 혈풍(血風) _7
제2장 시작되는 음모 _19
제3장 마른하늘에 날벼락! _35
제4장 불화 _43
제5장 뜻밖으로 전개되는 상황 _55
제6장 건방진 놈, 건방진 조건! _69
제7장 예상 vs 악마금 _82
제8장 채찍은 주었으니 이번에는 당근을! _103
제9장 다른 생각, 다른 걱정 _119

제10장 소문만 무성할 뿐 _130

제11장 만월교로 복귀 _144

제12장 월랑(月郎)과 월봉(月鳳) _175

제13장 비무 _188

제14장 계획된 틀 _207

제15장 초대 _227

제16장 지아는 월랑? _239

제17장 고생 끝, 행복 시작? _260

제18장 난 원래 그런 놈이야 _271

제1장
혈풍(血風)

 사경 초에 밤길을 달리는 무리들은 달단방 무사들 외에도 또 있었다. 달은 이미 중천에 떠올라 어느 때보다 환히 세상을 비춰주고 있을 때 전서구를 확인한 태왕문의 연합 문파 오백여 명의 고수가 태왕문을 지원하기 위해 달려가고 있는 중이었다.
 지금은 거의 오천이 넘은 인원이 도균에서 이십 리 떨어진 연현산 초입 넓은 공터에 자리잡고 있었지만 기습 공격은 빠른 시간 내에 이루어지기에 급히 무사들을 지원하느라 오백 명만 보낸 것이었다. 게다가 지금 상황으로 비춰볼 때 설마 달단방에서 총력을 기울여 태왕문을 공격하겠냐는 안일한 생각도 한몫 거든 탓이었다.
 오백 명의 무사는 달단방과는 달리 거침없이 달렸다. 몸을 숨길 필요도 없거니와 빨리 태왕문을 구해야 했기에 대열도 갖추지 않았다.

하지만 그 거침없는 발걸음도 진채와 태왕문의 중간쯤에서 잠시 주춤거릴 수밖에 없었다. 한참 속력이 붙어가고 있는데 길 가운데 한 사내가 홀로 서 있는 것이 보였기 때문이다.

사람 혼자 서 있는 것이 그리 문제될 것까지는 없었지만 의아한 점은 이 많은 인원이 병장기를 들고 달려오는데 사내는 전혀 비켜설 생각을 하지 않고 있다는 것이었다. 뿐만 아니라 점점 가까워져 확인된 사내의 외모는 힘도 제대로 못 쓸 것 같은 연약한 서생 같은 녀석이라는 점이다. 뭘 믿고 저렇게 피할 생각도 하지 않는지 오백 명의 무사는 달리는 중에도 당황될 정도였다.

하지만 그에 신경 쓸 필요 없다고 판단했는지 가장 선두에서 달리던 무사가 우렁차게 외쳤다.

"다치기 싫으면 옆으로 물러나시오!"

"……."

그 소리가 들리지 않는 모양이었다. 문약한 서생은 외침을 듣지 못한 듯 여전히 길 중앙에 그대로 서 있었다. 약간 인상을 찌푸린 무사가 좀 더 위협적인 목소리로 다시 외쳤다.

"물러서시오!"

하지만 서생은 물러서지 않았다. 그래도 이번에는 그의 말을 들은 듯 입을 열었다.

"너희들이나 돌아가라. 이곳은 지나갈 수 없다."

"뭐?"

분명 작은 소리였지만 묘하게 오백 명의 무사에게 또렷이 들려왔다. 황당한 중에도 서생의 말속에 담긴 의미를 생각하며 약간 인상을 찌푸린 무사가 겁을 줄 요량으로 달리던 속도에 더욱 박차를 가해 서생을 향해 치고 나갔다.

"닥쳐라! 비키지 않으면 적으로 간주하겠다!"

"호호, 마음대로 해봐."

스르릉!

순간 무사의 검이 뽑혔다. 죽일 생각까지는 없었지만 무림인을 상대로 버릇없는 행동을 보이면 어떻게 되는지 충분히 가르쳐 주고자 했던 것이다. 하지만 그의 생각은 단지 생각만으로 그쳐야 했다. 땅을 박차고 뛰어올라 서생에게 삼 장까지 접근했을 때 엄청난 고통과 함께 바닥으로 떨어져 굴러야 했던 것이다.

"크윽!"

콰당!

서생에게 달려든 무사가 자신에게 어떤 일이 일어났는지도 알지 못한 채 그 자리에서 무너져 땅에 처박히자 뒤따라오던 무사 십여 명이 놀란 표정으로 검을 뽑아 들었다. 하지만 그들 역시 먼저 달려든 무사와 사정이 크게 다르지 않았다. 서생이 손을 한 번 왼쪽에서 오른쪽으로 가볍게 휘젓자 찢어질 듯한 비명을 지르며 바닥으로 굴렀다.

그쯤 되자 오백여 명의 무사가 모두 걸음을 멈춰 세웠다. 무슨 수를 어떤 식으로 썼는지 알지는 못하겠지만 분명 서생이 한 짓이 확실해 보였던 것이다. 역시 멈춤과 함께 무사들이 일시에 검을 뽑았다. '스르릉' 하는 소리와 함께 오백 명이 동시에 검을 뽑는 소리가 밤하늘을 울렸다.

문약한 서생 악마금에게서 십 장 거리까지 좁혀든 무사들 중 하나가 으르렁거렸다.

"누구냐?"

악마금은 그에 대한 대답을 하지 않았다. 비릿한 미소를 지으며 오백 명의 무사를 바라볼 뿐. 밝은 달빛 아래에서 하얀 피부, 여성스런 외모의 서생이 미소를 짓는 모습은 귀기가 흐르는 것 같아 섬뜩한 기분이 들게 했다.

잠시 후 악마금은 노골적으로 오백 명의 무사를 더러운 벌레를 보는 듯한 표정으로 보며 심드렁하게 말했다.

"지금부터 세 번 경고를 하지. 한 번 거절할 때마다 차후 벌어지게 되는 결과는 너희들의 몫이다."

"……"

"첫 번째, 모두 돌아가라!"

"……"

무사들이 멍한 표정을 지었다. 이제 솜털도 가시지 않아 보이는 녀석이 오백 명의 무림인을 상대로 명령을 하고 있으니……. 그것도 승낙할 수 없는 명령을 내리고 있으니 황당했던 것이다.

너무 황당한 일을 겪으면 웃음이 나오는 모양이었다. 몇 명이 실소를 머금자 뒤이어 모든 무사들이 악마금을 향해 비소를 던졌다.

"흐흐흐, 지금 미쳤구나! 네놈이 뭔데 우리에게 명령을 내리는 것이냐?"

악마금은 그들의 말이 들리지 않는 듯 대답하지 않았다. 역시 자기 할 말만 했다.

"거절이라니 안타깝군. 하지만 고맙기도 하다. 안 그래도 몸이 근질거렸는데……"

악마금의 눈빛이 살기로 번뜩였다.
"몇 명 죽여 약속을 지켜주지."
순간 악마금이 오른쪽 발을 들어 바닥을 찍었다. 내공을 실었기에 소리가 꽤 크게 퍼져 나갔다.
"잘 가라!"
말과 함께 놀라운 일이 벌어졌다. 갑자기 하늘이 번쩍번쩍거리더니 반월형의 불빛이 생겨나며 번개가 치듯 십여 개의 강기가 무사들을 향해 쏟아져 내렸다.
하지만 그것이 다가 아니었다. 강기가 땅으로 꽂히며 굉음을 만들어 냈고, 그 소리에 악마금이 연속적으로 내력을 실어 강기를 만들어 무사들을 향해 퍼부었다.
콰콰콰콰쾅!
순식간에 널찍한 숲길이 아수라장이 되었다. 강기를 직접 몸으로 받은 자는 두말할 것도 없고 피했던 자들 또한 강기가 터지며 일어나는 회오리에 휘말려 피떡이 되어버렸던 것이다. 땅이 여기저기 패어 만들어진 먼지구름이 사라지자 눈 뜨고 볼 수 없을 지옥도의 한 장면이 드러났다.
백여 명에 달하는 무사들이 바닥에 쓰러진 모습을 보고 있던 동료 무사들은 믿을 수 없다는 불신의 눈빛으로 악마금을 쏘아보고 있었다.
"어, 어떻게 이럴 수가!"
"마, 말도 안 돼! 왜 갑자기 허공에서……!"
악마금이 비릿한 미소를 흘렸다.
"말이 되고 안 되고는 나중에 생각하고, 다시 두 번째! 돌아가라!"

"닥쳐!"

동료를 어이없이 잃은 슬픔에 눈이 돌아간 사내 하나가 검을 치켜들며 악마금에게로 짓쳐들어 갔다.

"받아랏!"

휘이이!

섬전과 같은 속도로 다가든 사내는 전신 내력을 모두 검에 쏟았는지 푸른 광망을 번쩍이며 악마금을 향해 내려치고 있었다. 하지만 그의 검은 상대를 베지 못하고 바닥만 때려야 했다. 악마금이 위로 솟구쳤기 때문이다.

그리고 그때 무사들이 경악성을 질렀다.

"허억!"

"저, 저건?"

그들의 놀람도 당연했다. 위로 뛰어올랐으니 바닥으로 떨어져야 할 것이 아닌가? 그런데 악마금은 지면에서 오 장 정도 떨어진 공중에 구름처럼 떠 있었으니…….

하지만 사람들이 놀라든 말든 악마금은 여유로웠다. 뒷짐까지 진 채로 무사들을 내려다보며 거드름까지 피우고 있었던 것이다. 한참 동안 경악에 물든 표정의 무사들을 내려다보고 있던 악마금은 안타깝다는 듯 고개를 설레설레 저었다.

"두 번째도 거절했으니 어쩔 수 없지."

악마금이 검지와 엄지를 붙이더니 이내 튕겼다. 소리와 함께 가는 빛을 뿌린 일자형의 강기가 옆 숲에 묵묵히 서 있던 거대한 나무 중단에 부딪쳤다. 보기에는 탄지공(彈指功) 같았지만, 기실 이것 또한 음공의 하나였다.

쾅!

강기가 나무에 부딪치며 굉음을 토했다. 곧이어 '쩌저적' 거리는 소리와 함께 중단부터 부러진 거목이 서서히 아래로 기울어 떨어지기 시작했다. 그와 함께 악마금이 다시 손가락을 튕겼다. 그 소리를 나무의 음파에 맞추려고 했던 것이다.

또다시 무사들 사이에서 경악성이 터져 나왔다. 바닥으로 떨어지던 나무가 갑자기 공중에서 산산이 부서졌기 때문이다. 거대한 나무가 터져 나가며 생기는 조각들은 나무의 크기만큼이나 많았다.

그것을 보고 있던 악마금은 흡족한 표정을 짓더니 손을 저어 소리를 낸 후 바닥으로 떨어져 내리는 나무 파편을 조정하기 시작했다. 사실 조종이라고 할 것도 없이 내력을 실어 무사들을 향해 뿜어지게 한 것이 다였다.

파편이 너무 많아 전부 내력을 실을 수는 없었지만 삼 할 정도는 실을 수 있었고, 나머지는 무사들을 향해 빠르게 쏘아지게만 했다. 하지만 그것만으로도 결과는 충분할 것이다. 너무 많은 파편이라 어느 것이 내력이 실렸는지 파악이 불가능할 것이기 때문이다. 검을 움직여 막는다 해도 전부 막을 수는 없을 터. 그중 내력이 실린 파편을 막지 못하면 그것으로 끝이었다. 그것만으로도 결과는 엄청날 것이다.

피피핑!

가는 파공성과 함께 수많은 파편이 허공을 가르자 처절한 비명성이 하늘을 울렸다. 방어라도 했으면 조금 나았겠지만 악마금의 생각과는 달리 무사들은 방어도 하지 못했다. 너무 놀라운 광경을 연속적으로 본 터라 정신이 없었던 것이 문제였다. 무사들은 생각지도 못한 공격에 나뭇조각에 얻어맞는 황당한 경험을 해야 했다. 그중 내력이 실린 파편은 무사들의 몸까지 관통해 버렸으니…….

단 두 번의 공격은 오백 명의 무사 중 백오십 명을 바닥에 쓰러지게 했다.

악마금은 바닥으로 서서히 내려서며 명령했다.

"이번이 마지막이다! 돌아가라!"

이제 그 말은 무사들에게 지옥의 염라대왕의 그것과 같은 두려움을 주고 있었다. 처음 무시하던 마음은 완전히 사라지고 몸을 떠는 자들도 있었다. 주춤주춤 뒤로 물러서며 아무런 대답도 못하고 있는데, 악마금이 느긋한 어조로 말했다.

"마지막이니 열을 세지."

"……."

"하나!"

악마금이 수를 세자 무사들이 술렁이기 시작했다. 돌아가야 할지 말아야 할지를 심각하게 고민하며 눈빛을 주고받고 있었던 것이다. 단 한 명을 상대로 후퇴한다는 것은 무공을 익힌 무인에게는 수치스러운 일이겠지만 상대는 상상을 불허하는 고수. 그렇기에 갈등이 클 수밖에 없었다.

전부 달려든다면 못 이길 리 없다고도 생각했지만 그 피해는 엄청날 것이다. 그리고 그 피해는 죽음이란 단어가 따라붙을 것이니…….

무사들이 생각하는 시간은 그리 길지 않았고, 그때 악마금은 여섯을 세고 있었다. 하지만 여섯 다음에 악마금이 내뱉은 말은 무사들을 다시 한 번 경악시켰다.

"지겹군. 너희들이 처리해라!"

순간 양쪽 숲에서 흑의의 사내들이 모습을 드러냈다. 사이한 기운을 펄펄 풍기고 있는 것이 극강의 고수들임을 짐작할 수 있었는데, 그들은 모습을 드러내는 것과 동시에 말없이 무사들을 향해 쏟아져 나갔다.

이백 명의 흑룡사가 덮쳐들자 그제야 무사들이 몸을 돌려 달아나기 시작했다. 하지만 그 수는 처음의 일 할도 되지 않았다. 흑룡사가 그들 또한 처리하기 위해 몇 명이 몸을 날렸다. 그러나 악마금이 손을 저어 저지시키는 바람에 그냥 보내줄 수밖에 없었다.

현령이 다가와 악마금에게 의아함을 드러냈다.

"저들을 보내신다면 전원이 몰려올 것입니다. 지금 입을 막아놔야 하지 않겠습니까?"

"우리가 어떤 사람인지 알려야 할 놈들이 필요하다. 게다가 이제부터는 섣불리 우리를 공격하는 일은 없을 것이다. 흑문과 만독부주가 도착할 때까지 좀 더 기다리겠지."

"하지만 그렇지 않으면 어쩌시겠습니까?"

"쓸어버리면 그만 아닌가?"

현령은 더 이상 그에 대해 입을 열지 않았다. 솔직히 악마금이 강하다는 것은 산적들을 처리할 때 이미 알아봤지만 무공을 익힌 무림인까지 이렇게 쉽게 처리할 줄을 몰랐던 것이다. 내색은 하지 않았지만 그조차 숲 속에 몸을 숨기고 장내를 지켜볼 때 상당히 두려운 마음을 품고 있었다.

잠시 한숨을 쉰 현령이 물었다.

"이제 어떻게 할 생각이십니까?"

"적들은 섣불리 움직이지 못한다. 확실해질 때까지 기다리겠지."

"그럼 우리도 기다려야 합니까?"

악마금이 음흉한 미소를 지으며 고개를 저었다.

"미쳤나? 아무리 자신이 있어도 그때가 되면 우리 또한 피해를 입게 될 거야. 그럴 수는 없지."

"그렇다면……?"

"전에 내가 시킨 일은 하고 있나? 연합 문파에 대해 조사를 하라고 했던 것."

"마무리 지어놨습니다. 각 문파의 위치와 본거지를 지키고 있는 무사들의 수 등을 세밀하게 조사해 놨습니다."

"좋아. 조만간 흑룡사가 수고 좀 해야겠다."

"어떻게 하면 됩니까?"

"적의 반응을 살핀 후 따로 지시를 하지. 그럼 이만 태왕문으로 가 볼까?"

"그럴 필요 있겠습니까? 지금쯤이면 거의 끝이 났을 텐데요."

"할 일이 있다."

악마금과 흑룡사는 즉시 태왕문으로 향했다. 현령의 말대로 태왕문에서는 더 이상 비명이 들려오지 않았다. 주위를 둘러보는 악마금을 본 역원 방주가 다가와 포권을 했다.

"도와주셔서 고맙습니다. 그런데 지원군은 오지 않았습니까?"

악마금과 흑룡사가 거의 피해를 입지 않은 것 같아 물어본 것이지만 대답은 뜻밖의 것이었다.

"한동안 잠잠할 수 있게 조치를 취해놨으니 걱정할 필요 없을 겁니다. 그런데 태왕문은 어떻게 됐습니까?"

"도망친 녀석들이 몇 있지만 복구가 불가능할 정도의 타격을 입었습니다."

"태왕문의 문주는 어떻게 됐습니까?"

역원이 득의한 표정으로 대답했다.

"사로잡았지만 제 손으로 직접 죽였습니다."

악마금이 약간 아쉬움을 드러냈다.

"흐음! 인질로서의 효과도 있었을 텐데……."

"그 때문에 죽은 우리 달단방 방도들을 생각해 어쩔 수 없었습니다. 모두 보는 앞에서 처형했죠."

"할 수 없군요."

그때 현령이 다가와 물었다.

"그런데 할 일이란 무엇입니까?"

"돈이 될 만한 것은 모두 챙긴다."

"예?"

현령은 황당한 나머지 두 눈을 부릅떴다. 문파 간의 생사를 건 혈투라 하더라도 이런 일은 하지 않기 때문이었다. 무인으로서 적을 공격해 승리를 거뒀으면 그것으로 족한 것이다.

'우리가 돈 때문에 움직이는 도적도 아니고 무슨 명령이…….'

내심 그렇게 생각한 현령이 항변했다.

"저희 만월교와 달단방에 대한 소문이 안 좋아질 수가 있습니다. 다시 생각해 주십시오."

"상관없어. 이 녀석들 때문에 그간 많은 피해를 입었다고 하지 않았나?"

"그렇기는 합니다만……."

"그럼 입었던 피해를 어느 정도 보상은 받아야지. 소문이야 막으면 그만 아닌가?"

악마금은 입꼬리를 말아 올렸다.

"일을 마친 후 모두 불태워 버려. 그러면 없어진 물건이 있는지 없는지 알 수 없겠지."

황당한 명령이었지만 어쩔 수 없었다. 현령이 교도들에게 지시를 하달하기 위해 사라지자 달단방 방주도 미미하게 인상을 찌푸리며 반대의 의사를 표명했다.

"꼭 이렇게까지 하셔야 합니까? 무림에서 문파의 격돌은 허다한 일이지만 이런 식으로 패배한 문파를 완전히 소멸시키는 일은 단 한 번도 없었소."

"만월교에 대항하면 어떻게 되는지 본보기를 보이기 위한 것이니 그것에 관해서 방주님은 관여하지 마십시오. 아마 이번 일을 계기로 다른 문파에서 우리 만월교를 함부로 건드리지 못할 겁니다. 그러기 위해서라도 철저히 대가를 치러줘야죠."

"허!"

방주 역원은 살기 어린 악마금의 눈빛을 피하며 질린 듯한 표정으로 고개를 저었다.

제2장
시작되는 음모

 태왕문이 간밤에 완전히 잿더미가 되었다는 소식을 듣고 새벽부터 연합 세력에 속한 문파의 수장들이 모여 회의를 하고 있었다.
 제일 먼저 영원문(令媛門)의 문주 방산(方山)이 한숨을 쉬며 좌중을 둘러보았다. 영원문은 도균에서 칠십 리 떨어진 영산에 위치한, 문도 수 이천 명을 거느린 문파였다. 그는 침중한 어조로 좌중을 둘러보며 입을 열었다.
 "들어서 알고 있겠지만 하룻밤 사이에 태왕문이 멸문지화(滅門之禍)에 가까운 타격을 입었소. 문주 또한 수급이 잘려 정문 밖 나무에 걸려 있었다 하니 이것은 명백한 적의 도발이라 할 수 있소. 여러분들은 이 일을 어떻게 처리했으면 좋겠소?"
 그의 말에 제진문(梯陣門)의 문주 양영확(羊力確)이 말했다. 여덟 개의 연합 세력 중 천여 명의 문도 수로 가장 세력이 작았지만 그의 실력은 이곳에 모인 여섯 명의 수장 중 가장 뛰어나다고 알려져 있었다. 철편(鐵鞭)을 기가 막히게 다루는데 내공도 심후해 일대에서는 만독부주 다음으로 가장 뛰어난 고수로 불리는 자였다. 분노가 그의 불같은 성격을 자극했는지 목소리는 격앙되어 떨리고 있었다.

"더 두고 볼 것 있습니까? 비겁하게 기습을 했으니 응당 갚아주어야지요."

하지만 섬령방의 방주 소응영(召應永)이 그에 반대를 하고 나섰다. 문도 사천을 거느리고 있는 그는 세력 면에서는 연합 중 가장 강력한 힘을 자랑하고 있었다.

"당연한 말씀이지만 지금은 좀 더 신중을 기해야 할 때요."

"이렇게 된 마당에 무슨 소리요?"

"어제 구원대를 편성해 오백 명의 무사를 보낸 것은 알고 있을 겁니다. 하지만 결과는 어땠소? 태왕문에 가보지도 못하고 도중에 후퇴를 했습니다. 그것으로 보아 적은 만반의 준비를 해놨을 것입니다. 아직 흑문이 도착하지 않았고 만독부주께서도 오지 않은 마당에 무작정 일을 벌인다면 피해는 엄청날 것이라는 말입니다."

"그렇다고 이렇게 기다리고만 있자는 말이오? 적들은 우리를 겁먹은 쥐새끼라고 놀릴 것이오. 더욱 기고만장해지겠지."

제진문주의 말에 양씨세가의 가주 양조경(養躁競)이 고개를 끄덕이며 동조의 뜻을 내비쳤다.

"맞는 말씀이오. 이번 일을 그냥 넘긴다면 다음에 또 이런 일이 벌어질 가능성이 있소. 이번에 우리를 공격한 대가가 어떤지 확실히 보여주어야만 하오. 다른 분들의 생각은 어떻소?"

"……."

잠시 침묵이 흘렀다. 모두들 어떤 쪽이든 득과 실이 교차했기에 선뜻 판단을 내리지 못했다. 침묵을 깨고 가장 먼저 나선 사람은 만독부의 책임자로 있는 장웅(長鷹) 장로였다. 아직 부주가 오지 않은 만큼 그는 좀 더 기다리고 싶은 모양이었다. 고개를 저으며 가주 양조경의 말에 반대를 했다.

"글쎄요, 모두 일장일단(一長一短)이 있지만 섣불리 움직이지 않는 것이 낫지 않겠습니까? 흑문이 도착한 이후라도 결코 늦지는 않을 것입니다. 흑문이 이천여 명의 문도를 데려올 것이라 했으니 전력에 엄청난 보탬이 될 것입니다. 확실하지 않은 지금보다야 그때가 낫다고 생각됩니다만……."

"하지만 시간이 문제이지 않소. 연락을 받기로는 어제 출발했다고 들었소. 여기에서 흑문까지는 백오십 리. 그 많은 인원이 당도하려면 적어도 삼 일은 기다려야 할 것이오. 중간에 변수가 생긴다면 더욱 시간이 걸릴 텐데 적이 그때까지 가만히 있겠소?"

"양조경 가주의 말씀이 맞지만 어제의 기습으로 보건대 적의 힘은 우리에 비해 크게 떨어지지 않습니다. 좀 더 기다린다면 거의 승리를 확신할 수 있을 것인데 먼저 나서서 피해를 볼 이유는 없지 않습니까. 그 점은 고려해 주십시오. 게다가 한 시진 전에 흑문주에게 연락을 보냈으니 걸음을 빨리할 것입니다."

그 말에 영원문의 문주 방산이 수긍을 했다.

"맞는 말씀입니다. 새벽에 급히 회의를 소집하느라 자세한 정황을 아직 전달하지 않았습니다만, 확실히 짚고 넘어가야 할 문제가 있습니다."

"무엇이오?"

"오백 명의 무사가 구원을 나갔다가 중도 차단된 경위입니다."

장내의 사람들이 의아함을 드러냈다. 그중 제진문의 양영확 문주가 물었다.

"우리가 모르는 무언가가 있다는 말씀이시오?"

"그렇습니다. 중간에 살아 돌아온 무사는 총 쉰세 명. 그들이 하나같이 주장하길 적들에게 엄청난 고수가 있다고 했습니다."

"저쪽도 수가 많으니 고수들이 많겠지요. 하지만 납득하기 어렵군요. 어느 정도의 고수이기에 그러시는 겁니까?"

방산 문주는 잠시 난감한 표정을 지은 후 어렵게 입을 열었다.

"사백 명이 넘는 사상자 중 절반 정도가 한 사람에게 당했답니다."

"예?"

"허!"

듣고 있던 다섯 사람은 너나 할 것 없이 경악성을 질렀다. 도저히 믿기가 힘든지 양씨세가의 가주 양조경이 인상을 찌푸리며 말했다.

"믿을 수 없습니다. 한 명에게 당했다니, 말이 되는 소리요? 혹시 헛것을 본 것 아닙니까? 아니면 책임 회피를 위해?"

"모두가 저를 속였다면 그럴 수도 있지요. 하지만 그들 모두가 그 정도의 허위 보고를 올릴 리가 없지 않습니까?"

회의실에 다시 침묵이 감돌았다. 이번 침묵은 꽤 길었다. 그만큼 방산 문주의 말이 믿어지지 않는 것이었다.

그들이 여전히 믿을 수 없다는 표정으로 일관하는 가운데 지금까지 듣기만 하고 있던 장하문(帳下門)의 문주 진열(陳列)이 조심스럽게 물었다.

"그들의 진술을 방산 문주는 모두 들었겠지요?"

"그렇습니다. 어젯밤 제가 경계 책임을 맡았으니까요. 저 또한 믿을 수 없어 모두에게 자세한 상황을 듣느라 지금에서야 회의를 소집한 것입니다."

"그럼 자세히 말씀해 주십시오. 도대체 어떻게 이백 명에 달하는 무사들이 한 명에게 당한 것인지를……."

그 후 방산은 그가 들은 모든 것을 설명하기 시작했다. 하지만 그의 설명이 끝나자 사람들은 더욱 못 믿겠다는 표정을 드러내었다.

"말이 안 됩니다. 손짓 한 번으로 강기를 뿜어낸다니. 그것도 몸에서 발출하는 것이 아닌 허공에 만들어냈다니……. 무슨 자연경의 고수라도 된단 말이오? 하하하!"

제진문주는 오히려 웃음까지 터뜨렸다. 하지만 안색은 사색이 되어 있을 수밖에 없었다. 실제로 오십 명의 무사가 입을 맞춰 거짓을 고할 리는 없다고 생각했기 때문이다. 만약 그들의 말대로 그 정도의 대량 살상 능력이 있는 고수가 적에게 있다면 전력에 엄청난 힘이 될 것이 분명했다. 반대로 연합 세력은 위협적일 수밖에 없는 것이고.

급기야 양씨세가의 가주가 푸념 어린 소리를 했다.

"도대체 어느 정도 수련을 하면 그런 능력이 생기는 것입니까? 그만한 살상력과 파괴력을 지닌 자가 적에게 있다면 우리에게는 너무 큰 부담이 됩니다."

방산은 고개를 저었다.

"글쎄요. 들은 바로는 상당히 어린 자라고 했습니다. 이제 약관 정도? 제가 생각할 때는 강하다기보다는 특이한 무공을 익힌 것이 아닌가 생각됩니다만……. 자세한 것은 직접 보기 전에는 모르는 것이지요."

"허! 약관이라니……. 하지만 그 정도 나이라면 조금 안심이 되는군요. 설마 화경의 고수가 아닌가 생각했습니다만 그렇지는 않은 것 같군요."

양씨세가의 가주는 가슴을 쓸어 내렸다. 화경의 고수는 대개 사십 세 이상이 되어야 한다고 알려져 있었기 때문이다. 그것이 특별히 정해진 것은 아니지만 그전에 화경에 올라서기란 매우 어려웠다. 사실 나이에 상관없이 화경에 올라서는 것조차 엄청난 것이지만.

아무튼 화경에 올라선 자가 환골탈태로 어느 정도 젊어지는 것은 사실. 하지만 사오십대의 사람이 갑자기 약관의 청년처럼 어려지는 것은 아니기에 장내의 사람들은 악마금이 화경의 고수가 아니라고 생각하기 시작했다. 이십대에 화경에 올라선 고수는 고대 무림 이후 무림사가 기록된 이래 전무하기 때문이었다. 아무리 빨라도 삼십대 중반이었던 것이다. 그것도 재능과 함께 기연, 또는 행운이 함께 따라줘야 했다.

그의 말에 방산이 다시 토를 달았다.

"하지만 이백여 명을 단번에 쓰러뜨린 실력은 결코 그냥 넘겨서는 안 되는 것입니다. 무슨 방법을 썼는지는 모르겠지만 장응 장로의 말대로 지금 상태로 전면전을 벌이면 곤란하다는 생각입니다."

거기까지 이야기가 진행되자 다른 문주들도 수긍의 뜻을 내비쳤다.

약간 꺼림칙한 기분이 들었던 것이다.

곧이어 섬령방 방주가 고개를 끄덕이며 말했다.

"듣고 보니 그렇군요. 화가 나는 것은 사실이지만 좀 더 기다리기로 하지요. 그런데 장웅 장로."

"왜 그러십니까?"

"부주님께서는 언제 오신다는 연락이 없었습니까?"

"저도 정확히는 모르겠습니다. 우리가 이곳에 왔다는 것을 알렸으니 곧 오시리라 생각됩니다. 독초 때문에 운남에 가셨지만 중도에서 방향을 돌렸다는 연락을 예전에 받았으니까요."

"다행이군요. 그분께서 오신다면 승리가 확실시되는 것 아니겠습니까. 되도록 빨리 오셨으면 좋겠군요."

　　　　　*　　　*　　　*

악마금은 다시 무료한 시간을 보내고 있었다. 그의 생각대로 적이 움직임을 보이지 않았기에 특별히 할 일이 없었던 것이다. 역시 내공 수련에 전념하거나 해화를 만나 술과 음악을 즐기는 악마금이었다. 조금 달라진 점이 있다면 그간 악마금의 행실을 탐탁지 않게 생각했던 역원의 태도가 완전히 달라졌다는 정도랄까?

그러던 어느 날, 정확히 태왕문이 불길에 잿더미가 된 지 오 일째 되던 날, 한참 내공 수련을 하고 있던 악마금의 방으로 현령이 다급히 들어섰다.

갑작스런 그의 출연에 악마금이 눈살을 찌푸리며 그를 노려보았다. 하지만 현령의 표정이 이상했기에 이내 의아함을 드러내며 물었다.

"무슨 일이지?"

"어제 저녁 흑문이 적의 연합에 도착했습니다."

"몇 명 정도인가?"

"이천여 명입니다."

"꽤 많군. 다른 보고 사항도 있나?"

현령의 표정이 무언가 더 있는 듯했기에 악마금이 물었다. 역시 더 있는 모양이다. 현령은 잠시 난감한 표정을 짓더니 대답했다.

"정보에 의하면 만독부주가 사흘 후쯤 당도한답니다."

순간 악마금의 얼굴에 묘한 빛이 흘렀다.

"후후, 때가 된 것 같군. 현령!"

"예, 하명하십시오."

"그보다 적들의 문파에 대해서 말해 보아라. 이곳에서 가장 거리가 먼 곳에 위치한 문파는 어디지?"

"북쪽으로 이백 리 정도 떨어진 제진문입니다."

"그럼 지금 제진문에는 몇 명이 지키고 있나?"

"그들의 수는 총 천여 명입니다만 이곳에 오백 명, 문 내에 역시 오백 명 정도가 지키고 있습니다."

"실력은 어떤가?"

"실력이 그리 좋은 편은 아닙니다만 제진문주 양영확의 실력은 상당한 편이라 들었습니다. 지금 모여 있는 연합 세력 중 그가 가장 고수일 겁니다. 그 때문에 수가 적어도 한몫 단단히 하고 있는 것이죠."

"내가 알고 싶은 것은 그것이 아니다."

"그럼……?"

"문 내를 지키는 고수들과 여기 와 있는 고수들의 실력이 어떤가 하는 것이지."

현령은 잠시 생각한 후 대답했다.

"문 내를 지키는 고수들이 좀 더 실력이 좋을 겁니다."

"뭐?"

악마금이 의아한 표정을 지었다. 그는 총공격을 하기 위해 모여든 자들이 문 내를 지키는 자보다 약하다는 것이 잘 이해가 되질 않았다.

그의 마음을 짐작한 현령이 즉각 대답했다.

"그들이 연합에 가입했다고는 하지만 가입한 이유는 정의 실현이라는 장대한 목표 때문이 아닙니다. 그러니 이런 곳에 연합을 위해 뛰어난 고수를 보낼 이유가 없습니다. 전에도 말씀드렸지만, 무림의 문파들은 순전히 자신들 세력을 키우기 위해서만 움직입니다. 그런데 뚜렷한 이득도 없는 우리와의 전투로 애써 키운 고수들을 낭비하고 싶겠습니까? 상당한 피해를 입을 것이 분명한데 문파에서 정성을 들여 키운 고수들을 소비하기가 아까운 것이 문주들의 공통된 마음입니다."

"듣고 보니 그렇군. 그럼 다른 문파도 그렇겠군."

"그렇습니다. 그래도 보는 눈이 있고 체면이 있기에 그리 하수들을 데려오지는 않았습니다. 어느 정도 무공의 맛을 본 자들이지요. 아무튼 제진문 내를 지키는 자 오백 명 중 심혈을 기울여 키운 직전제자나 따로 고용한 뛰어난 고수들은 스무 명 정도 되리라 예상합니다."

"흐음!"

악마금은 한참 생각에 잠겼다가 다시 물었다.

"흑룡사 백오십 명으로 그들을 기습한다면 어떨 것 같나? 승리할 자신은 있나?"

"흑룡사는 최고의 정예입니다. 정면으로 붙는다면 약간의 피해는 감수해야겠지만 그깟 오백 명쯤은 문제도 아닙니다. 하물며 야밤에 갑자기 들이치는 기습이라면 반 시진이면 태왕문 꼴을 만들어 버릴 수 있습니다."

상당한 자부심이 담긴 그의 말에 악마금이 피식 웃었다.

"훗, 자신감이 넘치는 것은 좋은 현상이지. 좋아, 그럼 다른 문파는?"

"같은 방향으로 백오십 리 정도 떨어진 곳에는 이번에 도착한 흑문이 있습니다. 문 내를 지키는 고수들은 모두 천오백 명 정도로 예상됩니다. 실력이 꽤 알려진 고수들은 삼백여 명 정도로 알고 있으나 그중 이백 명 정도가 문 내에 있을 것으로 예상됩니다."

"다른 곳은 어떤가?"

"흑문에서 동쪽으로 사십 리 떨어진 성상(聖像)에 장하문이 있습니다. 문도 수 천오백을 보유한 작은 문파로, 이곳에는 천여 명이 왔으니 문 내에는 오백 명 정도 있지요."

악마금의 물음 없이도 현령은 계속 다른 문파들에 대해 설명해 나가기 시작했다. 한참 후 그가 설명을 마치고 물었다.

"그런데 이런 정보를 어디에다 쓸 생각이십니까?"

"흐흐, 뒤를 치기 위해서지."

악마금이 음흉한 미소와 함께 대답하자 그 의미를 짐작한 현령 또한 의미심장한 미소를 지었다. 자신들은 달단방이 본거지이니 적들이 뒤를 칠 수 없을 것이고 이만의 고수들이 밀집되어 있는 만월교는 더 더욱 공격할 수 없을 것이다.

하지만 연합 세력은 뿔뿔이 흩어져 이곳에 와 있는 상황이다. 당연히 본거지 방비가 허술할 수밖에 없을 것이다. 흑룡사가 기습을 한다면 속수무책일 것이 뻔했다. 앞에 몰려 있는 적을 치는 것보다 훨씬 쉬우면서도 효과는 더욱 클 수밖에 없었다.

"흐흐, 상책이십니다. 만약 성공을 한다면 적들은 혼란에 빠지겠군요."

"그렇겠지. 자네의 말대로 문파의 이득을 위해 연합을 구성했다면 아마 이곳에 몰려 있는 녀석들은 본거지를 지키기 위해 상당수가 돌아갈 거다."

"그때 전력을 기울여 공격한다는 말씀?"

악마금은 고개를 끄덕이며 명했다.

"지금 즉시 흑룡사를 절반으로 나누어 출발해라. 하나는 제진문, 남은 하나는 장하문이다."

"지금 말입니까?"

"그래. 그들이 있는 곳에 도착하는 데 어느 정도 시간이 걸리겠나?"

"글쎄요, 대로(大路)로 직행한다면 하루도 안 걸리는 거리겠지만 은밀히 움직여야 하기에… 넉넉잡고 한 이틀 정도면 충분하리라 생각됩니다."

악마금이 고개를 저었다.

"아니, 하루를 주지. 지금 출발해 내일 그곳에 도착해야 한다. 그리고 어두워지는 즉시 기습해라. 최대한 많이, 그리고 잔인하게. 회생 불능의 큰 타격을 주어야 해."

시간적인 면에서는 자신이 없는지 현령의 표정이 미미하게 뒤틀렸다. 사람들이 다니지 않는 숲길을 돌아가려면 실제 거리보다 훨씬 멀기 때문이다. 게다가 내력이 풍부한 고수라면 속도를 더욱 빨리 할 수는 있겠지만 두 시진 이상을 지속적으로 내력 소모를 하며 달린다는 것은 무리가 뒤따랐다. 그렇기에 전력을 다해 경공을 펼친다면 내일까지 도착할 수는 있겠지만 상당히 지칠 수밖에 없었다. 게다가 도착 즉시 전투를 벌여야 하지 않는가! 그것을 감안한다면 약간의 여유를 두어야 했다.

"하지만 내일 안에 도착한다는 것은 좀……."

"명령이다."

악마금이 말을 끊으며 단호한 표정으로 명령하자 현령은 마지못해 대답했다.

"알겠습니다."

"그리고 다음날은 흑문!"

"하지만 흑문을 백오십 명으로 친다는 것은 조금 무리가 있습니다. 못할 것도 없겠지만, 우리 흑룡사 또한 상당한 피해를 예상해야 할 겁니다."

"백오십 명이 아니다."

"……?"

"제진문을 공격한 흑룡사 백오십, 장하문을 공격한 백오십, 도합 삼백 명이지. 두 문파를 기습한 후 흑문 근처에서 만나 동시에 공격을 해

라. 그 정도면 충분하겠지?"

"삼백 명이라면야 가능합니다만 약간의 피해는 피할 수 없을 겁니다."

"아니, 피해가 전혀 있어서는 안 된다. 뭣하면 대기 중인 교도들 중 실력있는 자들 삼백 명을 뽑아 이틀 후 저녁까지 흑문에 도착하게 할 테니 기습할 때 그들과 합류해라. 그 정도면 피해를 최소화할 수 있겠지."

그 말에 현령이 호기롭게 대답했다.

"충분하고도 남습니다. 다음은 어떤 문파를 공격할까요?"

"흑문 다음은 없어."

"예?"

"흑문까지 당한다면 저들도 술렁이겠지. 하지만 이곳에도 너희들이 빠지면 전력상 많은 손실이 있게 된다. 흑문을 공격한 후 최대한 빨리 돌아와야 한다. 모든 것은 무조건 이틀 내에 처리, 삼 일 안에 돌아와야 한다. 그리고 소문을 퍼뜨리는 것이 가장 중요하지. 흑문 다음으로도 계속 다른 문파를 공격할 것이라는 소문. 그러면 아직 공격당하지 않은 문파들은 상당히 불안해할 거다. 그러면 여기를 공격할 꿈도 못 꾸겠지."

"알겠습니다."

현령이 대답과 함께 방을 나가자 악마금은 비릿한 미소를 지으며 중얼거렸다.

"후후, 조만간 많은 변화가 일어나겠군. 아무튼 만독부주인가 하는 양반이 오지 않았으니 한동안 공격은 없을 테고······."

그는 현령이 나간 방문을 멍하니 바라보며 생각에 잠겼다.
'오늘은 무엇을 할까?'
생각은 습관처럼 했지만 몸은 벌써 일어나 방을 나서고 있었다.
그가 가고자 하는 곳은 회화루였다.
악마금은 최근 들어 회화루에서 손님들을 상대하며 금을 연주하는 것을 즐기고 있었기에 자주 그곳에 가고 있었다.
그가 갈 때마다 회화루주는 겉으로는 미소를, 속으로는 눈물을 삼켰다. 악마금의 신분으로 봤을 때 손님들 앞에서 연주를 한다는 것이 회화루주를 곤란하게 만들었기 때문이다. 특별히 곤란할 것까지야 없지만 심적으로 상당히 부담스러운 것이 사실이었다.
하지만 악마금이 남의 사정을 생각해 줄 리는 만무. 그는 연주 후 늦은 밤이 되면 해화를 불러 술을 마시며 합주를 하기도 하고 이야기를 나누며 즐거운 시간을 보냈다.
그 때문에 악마금은 요즘 들어 기분이 상당히 좋았다. 과거의 기억이 아련할 정도로 어린 나이부터 만월교의 금역 안에서 갇혀 지옥 같은 수련을 경험했기에 이곳 생활이 더욱 풍요롭고 마음의 안정을 가져다 주는 것인지도 몰랐다. 게다가 사람들에게 자신의 음악을 들려주는 것을 좋아했으니까.
심지어는 훗날 기회가 된다면 악마금 자신도 이렇게 기루에서 사람들에게 음악을 들려주는 직업 악사가 되고 싶다는 생각할 정도였다. 그것도 아니면 해화의 희망처럼 경치 좋은 시골에 들어가 아이들에게 금을 가르치며 음공에 대해 좀 더 연구하고 싶기도……
그날 악마금은 회화루에서 한 시진이나 발이 쳐져 있는 단상에서 연주를 한 후 객실로 들어갔다. 역시 해화와 함께였다.

해화는 요즘 들어 악마금과 상당히 가까워져 있었다. 만월교의 책임자로 왔다는 말을 들었을 때만 해도, 그리고 악마금을 상대할 때 각별히 주의하라는 회화루주의 말을 들었을 때만 해도 두려움에 떨었지만 악마금이 상당히 신경을 써주는 데다 무인이라기보다는 문사 같은 느낌을 받았기에 허물없는 친구 사이처럼 될 수 있었다. 그 때문에 그녀와 악마금이 모종의 은밀한(?) 관계를 맺었다는 소문이 은근히 떠돌기도 했다.

기녀와 사내가 밤을 지새운다는 것은 당연한 이야기일 수도 있지만 기루 안의 동료 기녀들과 악마금의 신분을 알고 있는 사람들에게는 관심거리일 수밖에 없었다. 은근히 다른 기녀들이 해화에게 질투의 시선을 던지기도 했다.

"오늘은 다른 때보다 기분이 좋아 보이네요?"

해화가 금을 연주하다 말고 입을 열자 악마금이 미소를 지으며 술잔을 내려놓았다.

"그렇게 보입니까?"

"네, 무슨 좋은 일이 있나요?"

"한동안은 편한 시간이 될 것 같아서요."

그러자 그녀가 피식 웃었다.

"지금까지도 그러지 않았나요?"

"하하하, 그렇군요. 하지만 재밌는 일이 벌어질 수도 있으니 그 때문일 수도 있지요."

"무슨 말씀이세요? 재밌는 일이라니요?"

"그런 것이 있습니다. 신경 쓰지 마시고 계속 연주하세요. 오늘 곡은 상당히 특이한 구석이 있군요."

"삼 일 전에 제가 작곡한 곡이에요."

제3장
마른하늘에 날벼락!

어두운 밤!

음산한 기운을 극도로 풍기는 흑의인이 언덕에서 수많은 전각들이 늘어서 있는 거대한 장원 하나를 바라보며 서 있었다. 그 주위로 백여 명이 훌쩍 넘는 같은 복장의 흑의인들도 극도의 살기를 풍기며 모여 있었다.

흑의인이 입을 열었다.

"진하."

"예!"

"너에게 오십 명을 줄 테니 정면을 맡아라. 무공을 익힌 자는 무조건 처리해라."

"존명!"

대답한 사내는 오십 명을 데리고 섬전과 같은 속도로 언덕에서 사라졌다. 그가 사라지자 사내가 다시 한 명을 지목했다.

"관학!"

"예."

"너에게도 오십 명을 주겠다. 뒷문으로 돌아가 공격해라."

"존명!"

"서진, 한정, 역량, 광산, 손속!"

"예!"

"너희들에게는 각각 열 명씩 붙여줄 테니 최대한 건물 곳곳을 누비며 적을 섬멸하라. 명심할 것은 최대한 잔인하게 해야 한다는 것. 하인이나 그 가솔들이 있을 것이다. 소문이 퍼져야 하니 그들 중 절반은 은근슬쩍 살려두어라."

"존명!"

대답과 함께 남은 백여 명의 흑의인 또한 언덕 아래를 향해 사라져 버렸다. 그리고 곧이어 들려오는 소리.

"적이다!"

"기습이다!"

거대한 징 소리가 아련히 들리며 병장기 부딪치는 소리와 비명성이 함께 울려 퍼졌다. 언덕에서 그 모습을 지켜보고 있던 흑의인 현령이 비릿한 미소를 흘리며 중얼거렸다.

"흐흐, 도균에 있는 연합 세력이 어떻게 대응할지가 궁금하군. 그나저나 나도 한번 내려가 볼까?"

마른하늘에 날벼락이라는 말이 있다. 황당할 때 쓰는 말로 적합하다 할 수 있을 것이다. 지금 장하문의 책임자로 있는 진열 문주의 동생 진방(陳芳)이 딱 그 짝이었다.

갑자기 징 소리가 울리며 나타난 적이라니…….

그는 그 적이라는 소리 자체를 이해할 수가 없었다. 누가 장하문을 공격한다는 말인가? 지금 그들에게 적이라 불릴 수 있는 자는 백 리가 훨씬 넘게 떨어진 도균에 있는 달단방과 만월교뿐이다. 하지만 그들은 지금쯤 한창 연합 세력과 대치 중에 있을 테니 이곳에 왔을 리 만무했다.

"도대체 어떤 간덩이가 부운 녀석들이난 말이다!"

그는 노성과 함께 밖으로 튀어 나갔다. 복도를 뛰어가는 시간도 아까워 창문을 부수며 나갈 정도였다. 하지만 밖으로 나와서 적의 실력을 살펴보았을 때는 덜컥 두려움이 일었다. 실력 차가 나도 너무 났던 것이다.

장하문의 문도들은 짚단 넘어가듯 쓰러져 가고 있었다. 하지만 형님이 믿고 맡겨준 장하문을 지켜야 했기에 도망칠 수는 없었다. 그는 곧바로 한 흑의인에게 달려들었다.

크륵!

"크악!"

갑작스런 기습에 흑의인은 허리가 절반쯤 잘려 나가며 신음을 흘렸다. 불신에 가득 찬 흑의인의 시선. 그러나 거기에 만족할 진방이 아니었다. 급히 검을 회수하여 그 옆에 있던 사내를 향해 다시 찔러 넣었다. 하지만 상대의 실력은 녹록치 않았다.

챙!

급히 검을 쳐낸 사내는 오히려 진방의 다리를 쓸어갔다. 진방은 공중으로 뛰어올라 화류십삼검법(和硫十三劍法) 중 응천혈신(鷹千血神)을 사용해 검초를 펼쳤다. 순간 검이 수많은 잔상을 그리며 수십 개로 변하더니 흑의사내의 전신을 압박했다.

채채채채챙!

검기와 검기가 부딪치며 굉음이 터져 나왔다. 하지만 흑의인은 진방의 공격을 모두 막은 후 뒤로 훌쩍 물러섰다. 그가 음산한 웃음을 흘리며 비꼬았다.

"흐흐, 실력이 꽤나 좋군!"

그 말에 진방은 인상을 찌푸렸다. 오십 평생 쌓아온 검법이 이렇게 간단히, 그것도 일개 졸개인 것 같은 자에게 완전히 막혀 버릴 줄은 상상도 못했던 것이다.

'도대체 어떤 문파에서 이런 극강의 고수들을 수하로 거느리고 있는 거지? 설마……?'

"만월교냐?"

"흐흐흐! 알 필요가 있을까?"

"감히!"

진방은 분노한 표정을 숨기지 않고 다시 검초를 펼치려 했다. 하지만 채 검을 움직이기도 전에 등 뒤로 따끔한 통증을 느꼈다.

그는 입가로 선혈이 흘리며 믿을 수 없는 표정으로 등을 뚫고 가슴 앞으로 튀어나온 예리한 검날을 바라보았다.

"어, 어떻게……?"

기척도 느끼지 못하고 뒤에서 기습을 당한 것이 믿어지지 않은 모양이었다.

뒤에서 음산한 목소리가 그에 답했다.

"네 녀석의 기습으로 나의 동료 한 명을 잃었으니 억울해할 필요는 없지 않은가? 잘 가라!"

진방을 등 뒤에서 기습한 사내는 그 말과 함께 발로 그를 밀치며 거칠게 검을 뽑아냈다.

크륵거리는 신음과 함께 진방이 바닥으로 무너지자 등 뒤에서 피 분수가 솟구쳤다. 하지만 그에 전혀 상관하지 않는 듯 흑의인들은 다시 다음 먹이를 노리며 몸을 날렸다.

처음 시작되었던 장하문의 비명성은 반 시진이 지난 지금은 고요 속으로 잠겨들어 있었다.

"피해는?"

현령의 말에 한 사내가 대답했다.

"네 명의 사상자가 났습니다. 두 명은 그 자리에서 즉사, 남은 두 명은 가망이 없습니다."

"흠, 이런 조그마한 문파를 상대로 네 명의 사상자가 생길 줄은 몰랐군."

"대부분 하수들이었습니다만 그중 꽤 실력있는 자도 끼어 있었습니다. 네 명 모두 갑작스런 공격을 받은 결과입니다."

"어쩔 수 없지. 아무튼 확실히 해놨겠지?"

"걱정하실 필요 없습니다. 무공을 익힌 자들은 모두 처리했고 나머지는 어느 정도만 정리, 도망치는 자들은 굳이 따라가 처리하지는 않았습니다."

"좋아, 내일 밤까지 흑문에 도착해야 하니 출발할 수 있도록 준비하게. 지금쯤이면 삼백 명의 교도가 그곳에서 숨어서 대기하고 있을 것이다."

"존명!"

다음날 날이 밝기가 무섭게 장하문 인근이 술렁거렸다. 어제저녁만 해도 멀쩡하던 문파에서 갑자기 수많은 시체들이 실려 나오니 주위의 반응은 당연한 것이었다. 하지만 그 처참한 사건은 그곳에서만 일어난 것이 아니었다. 성상에서 구십 리 정도 떨어진 제진문 또한 같은 꼴을 당한 것이다.

하지만 그것과 유사한 사건은 다음날에도 계속되었다.

현령은 흑룡사와 지원을 나온 분타 교도 삼백 명을 둘러보며 말했다.

"흑문은 세력이 꽤 큰 만큼 고수도 많을 것이다. 피해를 줄이기 위해서는 흑룡사가 전면에 나서야 한다. 우선 흑룡사 대원을 여섯 개 대(隊)로 나누어 오십 명씩 움직인다. 적이 보이면 사정을 두지 말고 처리해라."

"존명!"

"나머지는 내당에 들어서지 말고 나와 함께 외당을 돌며 그 쪽의 무사들을 맡는다."

"존명!"

"좋아. 한 시진 안에 모든 것을 끝내고 달단방으로 돌아가야 한다.

차질없이 진행하도록!"

"존명!"

"개전(開戰)!"

현령의 명과 동시에 육백 명에 달하는 무사들이 흑문을 향해 달려갔다. 곧이어 장하문, 제진문과 같이 '적이다!' 라는 소리와 함께 무기를 섞는 소리가 밤하늘에 울려 나갔다.

흑문은 그리 쉽지 않았다. 강렬한 저항을 끝까지 해왔던 것이다. 하지만 결국 제진문과 장하문의 꼴을 벗어나지 못했고, 결과는 더욱 처참했다.

현령은 교에서 수십 년간 심혈을 들여 키운 흑룡사 대원 이십 명을 잃은 데다 만월교 교도 팔십 명을 잃어 좋지 않은 기분으로 중앙 연무장에 끌려 나온 흑문 내의 하인들과 가솔들, 그리고 항복한 무사들을 보며 수하들을 향해 외쳤다.

"모두 죽여!"

순간 수백 명의 무사가 검을 날리기 시작했다. 그러자 흑문 내에는 눈 뜨고 보지 못할 지옥도가 펼쳐졌다.

"크아악!"

"사, 살려주세요!"

비명과 함께 사람들이 두려움에 떨며 외쳤지만 만월교도들은 검에 사정을 두지 않았다. 인질들이 절반 이상 쓰러졌을 때야 현령이 외쳤다.

"시간이 없다! 다음은 섬령방과 양씨세가, 영원문을 공격해야 하니 그만 철수!"

일부러 들으라는 듯 큰 소리로 외친 그는 먼저 몸을 날려 흑문을 빠져나갔다. 그러자 교도들이 아쉬운 듯한 표정으로 하인들을 노려본 후 역시 현령을 따라 몸을 날렸다.

그들이 완전히 사라지자 하인들 틈에 숨어 있던 흑문의 총관 양산이 다급히 명했다.

"지금 즉시 도균에 만월교의 고수들이 기습을 해왔다고 전해라. 다른 문파도 공격할 것이라는 것도 알려야 한다."

"……!"

사람들은 아직도 정신이 없는지 떨기만 할 뿐 움직이려 하지 않았다. 그 때문에 화가 난 양산이 땅에 떨어진 검을 들며 위협을 하고 나서자 동료와 가족을 잃은 슬픔을 뒤로한 채 사람들이 부산하게 움직이기 시작했다.

그 모습을 밖에서 숨어 지켜보던 현령이 미소를 지었다.

"계획대로 됐군. 모두 도균으로 퇴각한다."

제4장
불화

　임시로 만든 회의실에서 일곱 명의 사내가 담소를 나누고 있었다. 흑문의 문주 진소(眞梳)와 연합 문파의 수장들이었다.
　적을 앞에 둔 상황에서도 분위기는 상당히 화기애애할 수밖에 없었다. 이천여 명의 흑문 무사들이 채워진 데다 화경의 고수인 예상까지 합세했으니 모두들 승리를 장담하고 있었기 때문이다.
　귀주 전체를 통틀어 화경의 고수는 열네 명 정도밖에 없었다. 만월교에 대한 대부분의 정보는 거의 드러나지 않았기에 교주 등 네 명의 고수가 제외된 것이지만 귀주의 수많은 문파와 그에 속한 무사들의 수를 생각했을 때 예상 같은 화경의 고수는 최강이라 할 수 있었다. 특히 섬독적화 예상은 독공으로 유명했고, 그 실력 또한 귀주에서 다섯 손가락 안에 꼽히는 자였다.

이미 백 세가 훌쩍 넘은 예상이었지만 보기에는 이제 육십대 초반의 건장한(?) 장수와 같은 외모였다. 여느 젊은이 부럽지 않은 덩치에 독공으로 인해 몸 밖으로 은은히 퍼지는 삭막한 기운은 곁에 있는 사람들을 압도할 정도였다.

반면 길고 곱게 기른 회색 수염이 거친 생김새와 대조적으로 비춰져 상당히 인상적이었다.

이런 저런 이야기 끝에 예상이 다시 한 번 미안한 표정으로 입을 열었다.

"아무튼 늦어서 정말 죄송하게 되었소."

그 말에 영원문의 문주 방산이 손사래를 쳤다.

"무슨 그런 말씀을 하십니까? 어르신께서 오신 것만 해도 저희들에게는 큰 영광입니다. 저희뿐만 아니라 문도들까지 활기가 넘치니 무슨 설명이 더 필요하겠습니까?"

그 말에 예상은 흡족한 표정을 지었다. 하지만 겸손하게 고개를 젓는 것을 잊지 않았다.

"허허, 어르신이라니요. 하는 일 없이 나이만 먹었을 뿐 그런 소리를 들을 정도는 아닙니다. 그런데 적의 동태는 어떻소? 듣자 하니 며칠 전 크게 격돌했다고 하던데……."

"격돌이라기보다는 기습을 당했지요. 야밤에 태왕문을 공격했습니다."

방산의 말에 제진문주 양영학이 자극을 받았는지 불같은 노화를 드러내며 외쳤다.

"잔인하게도 불까지 질러 완전히 멸문 상태로 몰아갔습니다!"

"허, 불행한 일이군요. 연합으로 힘을 합치기로 한 이상 도와주었어야 했는데……. 그 일에 대해 여러분은 어떻게 대처할 생각이시오?"

"다행히 태왕문주의 셋째가 적의 손에서 빠져나올 수 있었습니다. 지금 이곳에 있으니 달단방의 일을 처리한 후 여기 있는 모든 문파에서 어느 정도 자립 능력이 생길 때까지 문파 재건을 도와주기로 했습니다. 그날 살아남은 태왕문도들이 백여 명 정도밖에 되지 않지만 표국 정도는 충분히 운영할 수 있을 겁니다."

예상은 안됐다는 듯 고개를 설레설레 저었다.

"저희 만독부도 최선을 다해 돕도록 하겠소. 그럼 이제부터 적을 어떻게 섬멸할지 의논을 하도록 하지요."

그 후 본격적인 작전 회의가 시작되었다. 많은 의견이 나오고 반대와 절충안을 내며 긴 시간 동안 회의는 지속되었다. 하지만 오후가 다 되어갈 때쯤 뜻밖의 상황이 벌어졌다.

촤락!

갑자기 천막 문이 거칠게 열리며 삼십대 중반의 사내가 회의실로 들어섰다. 복장으로 제진문의 무사임을 알 수 있었다.

돌연한 그의 출현에 제진문의 문주는 표정을 일그러뜨리며 실내에 자리한 다른 문주들의 눈치를 살폈다. 문파의 수장들만 참석한 자리에 일개 무사가 기척도 없이 들어왔다는 것은 상당히 무례한 행동이었기 때문이다. 그 무례한 행동을 자신의 수하가 저지른 것이다. 참을 수 없다는 듯 그가 노성을 질렀다.

"무슨 급한 일이기에 이렇게 무례하게 행동하느냐?"

하지만 그의 불같은 외침에도 불구하고 무사는 전혀 상관하지 않았다. 그는 오히려 난색을 표하며 마주 외쳤다.

"큰일났습니다, 문주님!"

그의 표정이 심상치 않은 기운을 풍겼기에 만독부주가 의아한 표정으로 물었다.

"무슨 일인데 그러는 것인가?"

"우리 제진문이 적의 기습을 받았습니다!"

"뭐?"

제진문주 양영확은 잠시 멍한 표정을 지었다. 잘못 들었다고 생각했는지 잠시 후 다시 물었다.

"뭐라 했느냐? 기습이라 했느냐?"

"그렇습니다! 대략 이백여 명이 기습을 해왔는데 거의 전멸에 가까운 타격을 받았답니다!"

쾅!

순간 양영확이 자리를 박차며 일어섰다. 그는 아직도 믿을 수 없다는 표정이 역력했다.

"자세히 말해 봐라. 도대체 어떤 놈들이 우리 제진문을 기습했다는 것이냐?"

"전령의 말로는 만월교의 소행인 것 같답니다."

그 말에 실내 여기저기에서 경악성이 터져 나왔다.

"어떻게! 어떻게 만월교가 이백 리나 떨어져 있는 우리를 공격할 수 있다는 말인가?"

"속하도 그것은……."

"알겠다. 내가 직접 전령을 만나볼 테니 그를 불러라."

"알겠습니다."

무사가 회의실에서 급히 사라지자 양영확 문주는 좌중을 둘러보며 고개를 숙여 말했다. 하지만 아직도 진정이 안 되는지 목소리가 잘게 떨려 나오고 있었다.

"죄송합니다. 문 내에 일이 벌어진 것 같아 이만 가봐야 할 것 같습니다."

"저희는 상관 마시고 어서 가보십시오."

"그럼……."

그가 나가고도 한참 동안 실내에는 침묵이 감돌았다. 예상 밖의 상황은 그들에게 충격을 주기에 충분했던 것이다. 하지만 채 분위기가 가라앉기도 전에 또다시 그들은 경악해야 했다. 이각도 지나지 않아 장하문의 무사가 들이닥치더니 같은 보고를 올렸기 때문이다.

장하문 문주까지 회의실을 빠져나가자 회의는 지속될 수가 없어 흐지부지 끝이 났다.

하지만 그날 저녁 날아든 소식은 다시 한 번 연합을 술렁이게 만들었다. 바로 흑문이 공격을 당해 극심한 타격을 받았다는 소식이었다.

연이어 세 개의 문파가 기습을 당해 엄청난 타격을 받았다는 소식에 연합 자체가 뿌리째 흔들리기 시작했다. 이미 공격을 당한 문파는 두말할 것도 없었고, 아직 당하지는 않았지만 흑문, 장하문과 비교적 가까운 거리에 있는 영원문과 양씨세가의 수장들이 돌아갈 의사를 밝혔기 때문이다.

문파의 존립이 걸린 이 마당에 지리적으로 반대편에 위치해 안전한 만독부와 섬령방의 방주는 말릴 수도 없는 입장이었다. 그러니 속만

불화 47

끓일 수밖에.

 차라리 앞에 있는 달단방을 무너뜨리자고 섬령방주가 은근히 나서기도 했지만 문주들을 설득할 수는 없었다. 양씨세가 가주는 달단방을 친다 하더라도 기습은 계속될 것이라는 이유를 대며 돌아가기를 주장했고, 급기야 하루가 지난 후 양씨세가는 무사들을 정비해 돌아가 버렸다.

 다른 문주들의 얼굴 볼 낯이 없었는지 떠나는 당일 날 문주들에게 일방적인 통보만 해버린 재빠른 행동이었다.

 그 뒤로는 줄줄이일 수밖에 없었다.

 양씨세가가 떠나자 기다렸다는 듯이 영원문이 떠나고 다음날은 흑문과 제진문, 장하문이 떠났다. 그래도 미안하기는 한 모양인지 그들은 약간의 무사들을 남기고 떠났다.

 세력이 절반 이상이나 줄어버리자 발등에 불이 떨어진 것은 이제 만독부와 섬령방만이 남은 연합 세력이었다. 수적으로도 크게 우세하지 못한 상황이 되었고, 더욱 큰 문제는 사기까지 떨어졌다는 점이다.

 게다가 섬령방주도 걱정이 됐는지 데려온 무사들의 삼 할을 동생에게 딸려 섬령방으로 돌려보내 버렸다.

 그렇게 어영부영 나흘이 지나자 진채에 남아 있는 인원은 처음의 육천이 훌쩍 넘는 인원에서 이천여 명으로 줄어 있었다.

 "휴!"

 만독부주 예상은 한숨을 쉬며 회의실 의자에 몸을 기대었다. 그러자 역시 한숨을 쉰 섬령방주 소응영이 조심스럽게 물었다.

 "어떻게 했으면 좋겠습니까? 이대로 자리만 지키고 있는 것은 무의

미합니다."

"나도 잘 모르겠소. 어떻게 이런 일이 일어났는지……."

"차라리 선제공격을 하는 것이 어떻겠습니까? 지금 수로도 그리 밀리는 편은 아닙니다."

"하지만 적들은 꼼짝도 하지 않고 자리를 지키고만 있지 않소? 정면으로 붙는다 하더라도 엄청난 피해를 각오해야 할 것인데 저들이 방어에만 전력을 기울인다면 오히려 이쪽이 패할 가능성이 있습니다."

"그건 그렇지요. 게다가 적에게는 만월교에서 상당한 고수들이 지원 나왔다고 들었습니다. 차라리 후일을 기약하기로 하고 물러나는 것이 어떻겠습니까?"

"글쎄요, 그것도 한 방법이기는 하지만 지금 물러난다면 언제 일을 성사시킬 수 있을지가 걱정이오."

"맞는 말씀이지만 지금으로선 방법이 없지 않습니까? 혹여 소수 정예로 대결을 펼친다면 예상 어르신이 계시니 우리가 유리하겠지만 저들이 응해줄 리도 없을 것이고."

그 말에 예상이 잠시 생각에 잠기는 듯하더니 자리에서 일어났다.

"그렇게만 된다면야 승리는 확실하지요. 좀 더 시간을 두고 생각해 봅시다."

"알겠습니다."

만독부주 예상이 나가고 회의실에 혼자 남은 섬령방주 소응영은 고개를 저었다.

'기회를 봐서 우리 섬령방도 돌아가야겠군. 여기에 있어 봐야 손해가 아닌가! 설사 승리를 한다 하더라도 그 피해를 우리가 모두 떠안아

불화 49

야 할 것이니 남 좋은 일을 할 필요는 없겠지.'

"그런데 어떻게 발을 빼지?"

그 후로 섬령방주는 돌아갈 궁리만 하기 시작했다.

회의실을 나온 예상은 진채 주위를 한 바퀴 돌았다. 흑문 등이 급히 떠났기에 칠천 명이 기거하던 천막은 이제 조용해져 적막감마저 감돌고 있었다. 그 넓은 진채에 이천 명만이 자리를 지키고 있으니 당연했다.

그는 그 후로도 진채를 계속 둘러보더니 저녁쯤에서야 자신의 손녀가 지내는 막사로 향했다.

문을 열고 들어서자 손녀 예원(豫原)은 침상에 앉아 있고, 그 옆 탁자에는 만독부의 제자들이 이야기를 나누고 있는 것이 보였다. 예상의 등장에 예원과 제자들이 동시에 일어서며 포권을 했다.

"사조님 오셨습니까."

예상은 고개를 끄덕여 대답한 후 손녀에게 시선을 주었다. 예전 회화루에서 악마금에게 당한 그녀였다. 빠른 응급조치 덕분에 지금은 거의 회복이 되었지만 그날 이후 그녀는 막사를 떠나지 않고 있었다. 그래서 항상 사형제들이 위로를 핑계로 이렇게 놀러 와서는 자기네들끼리 떠들다 가곤 했다.

어두운 예원의 표정을 보며 예상이 물었다.

"이제 좀 괜찮으냐?"

"네, 다 나았으니 신경 쓰지 않으셔도 돼요."

"그런데 안색이 별로 좋지 못한 것 같구나. 무슨 걱정이라도 있는 것이냐?"

"아니에요. 저보다는 할아버지의 표정이 더 어두운 것 같은데요. 무슨 일 있으세요?"

예상은 대답 대신 탁자로 다가가 자리를 차지하고 앉았다.

"모두 앉거라."

그들이 앉자 예상이 입을 열었다.

"너희들도 알겠지만 지금 상황이 별로 좋지 않다. 무사들을 조금 남겨놓기는 했지만 흑문과 제진문 등 대부분이 떠나고 이제는 이천 명 정도만 남아 있으니 말이다. 적에 비해 크게 우세한 편이 아니지. 그 때문에 섬령방주가 걱정이 많은 것 같더구나. 분위기를 보아하니 그 또한 떠나고 싶어하는 눈치인데……."

잠시 한숨을 흘린 그가 말을 이으며 물었다.

"너희들은 어떻게 했으면 좋겠느냐? 이런 중대사는 장로들과 회의를 해야겠지만 그보다 젊은 너희들의 생각을 한번 들어보고 싶구나. 할 말이 있으면 서슴지 말고 해보거라."

그러자 삼십대 초반 정도로 보이는 사내가 대답했다.

"이대로 돌아간다면 다음은 기회가 없을 것입니다. 무리를 하더라도 이번에 결판을 내는 것이 옳다고 생각합니다."

"나머지는 어떻게 생각하느냐?"

"저도 역시 사형과 생각이 같습니다."

"저도 그렇습니다."

역시 젊은 혈기는 어쩔 수 없는 모양이었다. 그들의 결의에 찬 표정을 살피던 예상이 문득 기분 좋은 미소를 지었다.

"내 생각도 너희들과 같다만 상황이 좋지 않다. 승패에 관계없이 엄청난 피해를 감수해야 하기 때문이다."

"하지만 그것은 적들도 마찬가지 아닙니까? 우리도 그리 만만하지는 않습니다. 아니면……."

"아니면?"

"문파 간의 격돌에서 흔히 피해를 줄이기 위해 각자 수를 정해 전투를 하기도 한다고 들었습니다. 우리들도 그런 식으로 적들과 협의 하에 싸우는 것이 어떨까요? 적에게도 엄청난 고수들이 지원 나왔다고 하지만 우리 만독부에는 장로님들이 계시고 섬령방에도 뛰어난 고수들이 꽤 있다고 알고 있습니다. 게다가 사조님까지 계시니 분명히 승리할 것입니다."

"그 말은 섬령방주와도 이야기를 해보았다. 피해를 최소화하기 위해 소규모로 적들과 결전을 벌이자고. 하지만 적이 그것을 받아주지 않을 것이란 점이 문제다. 이대로 간다면 그들이 유리해질 것이 분명한데 모험을 할 필요가 없지 않겠느냐? 게다가 내가 있다면 적은 더욱 꺼려할 것이다. 그것은 어떻게 생각하느냐?"

"……."

이번에는 아무런 대답도 나오지 않았다. 혈기만 있을 뿐 뚜렷한 계획은 없었기 때문이다. 하기야 지금 같은 진퇴양난(進退兩難)의 상황에서는 그들뿐만이 아니라 모두들 답이 없을 것이다. 하지만 그에 대답하는 사람이 있었다. 바로 침상에 앉아 있던 예원이었다.

"하게 만들면 되지요."

모두가 돌아보자 그녀는 분노한 표정을 숨기지 못하고 있었다. 무슨 방법이 있는 것 같아 보였기에 예상이 약간의 호기심을 드러내며 물었다.

"하게 만들다니, 무슨 말이냐?"

"말 그대로예요. 어쩔 수 없이 우리의 조건에 응하도록 하면 되죠."

"자세히 말해 보거라."

"이번에 만월교의 책임자가 왔다는 것은 할아버지도 아실 거예요. 그리고 주루에서 저를 공격했던 자가 그자예요. 무슨 수를 썼는지는 모르지만… 아무튼 그에게는 약점이 하나 있어요. 그것을 이용하면 된다고 생각해요."

"약점이라니? 그것이 무엇이냐?"

"소문으로는 그자가 회화루에 자주 간다는데 그 이유가 그 술집의 기녀에게 빠져 있다는 거예요."

그녀의 말에 예상이 인상을 찌푸렸다.

"인질을 사용하자는 말이냐?"

"네."

예상이 당황한 나머지 실소를 머금었다.

"허, 아무리 그래도 우리는 무인이다. 그런 우리가 비겁한 수를 쓸 수는 없지 않느냐? 그것도 이 일과는 아무 상관도 없는 기녀를……."

하지만 그녀는 강경하게 나왔다. 악마금에게 당한 일에 대해 단단히 화가 난 모양이다.

"비겁한 것으로 따지면 적이 아닌가요? 문 내가 빈 것을 이용해 기습한 것은 그들이에요. 게다가 우리는 비겁하다고도 볼 수 없어요. 인질을 빌미로 항복을 요구하는 것도 아니고 정식으로 정당한 전투를 벌

불화 53

이자는 요구이니까요."

"적이 들어주지 않으면 어쩔 것이냐? 그리고 소문이라도 난다면 우리 만독부가 어찌 얼굴을 들고 강호를 돌아다닐 수 있겠느냐?"

"만약 거절한다면 어쩔 수 없죠. 그리고 인질을 풀어주면 그만 아닌가요? 잠시 우리가 데리고 있다고 생각하시면 돼요."

"……."

예상뿐만 아니라 제자들까지 한동안 질린 듯 그녀를 바라보았다. 그러자 그녀가 얼굴을 붉히며 소리쳤다.

"왜 그런 눈으로 보세요? 지금은 이런 방법밖에 없잖아요!"

예상이 고개를 저으며 입을 열었다.

"아니다. 아무튼 네 말에도 일리는 있으니 장로들과 그에 대해 상의를 해봐야겠다. 그동안 몸조리나 잘하거라."

예상은 걱정스러운 듯 독기에 찬 손녀를 한 번 바라보고는 막사를 나갔다.

잠시 후 남아 있던 사저가 예원에게 물었다.

"너, 그 말, 진심이니?"

"왜 그런 것을 묻죠?"

"아니, 나는 혹시 그때 네가 당한 화풀이로 그런 방법을 생각한 것 같아 걱정스러워서 하는 말이야."

"둘 다예요. 하나는 우리 만독부를 위한 거고 다른 하나는 사자(師姉)의 말처럼 나를 이렇게 만든 데 대한 대가죠."

제5장
뜻밖으로 전개되는 상황

어두운 밤하늘 밑 회화루 반대편 건물 지붕 위에서 흑의를 입은 다섯 명의 인영(人影)이 대화를 나누고 있었다.
"정말 이래도 괜찮을까?"
묵직한 사내의 음성에 여인의 깔끔한 목소리가 그에 대답했다.
"괜찮아요."
"하지만 사조님 허락도 없이 일을 벌이는 것은 왠지 찜찜해."
"걱정 마세요. 제가 책임지겠다고 했잖아요."
"그래서 더 걱정이라는 거야."
예원은 고개를 갸웃거렸다.
"그래서 걱정이라니, 무슨 소리예요?"
"너야 사조님이 아끼시니 그냥 넘어가겠지만 우리들은 사정이 다르지. 물론 사조님은 그리 문제가 되질 않아. 하지만 사부님이 우리를 가만 놔두지 않으실 거야."

그녀의 사형은 말을 하며 진저리를 쳤다.

"일 년 동안 지옥 수련을 시킬지도 모르는데 어떻게 하냐?"

그 말에 옆에 있던 사내도 걱정이 되는지 슬며시 거들고 나섰다.

"휴, 그냥 돌아가 나중에 사조님의 지시에 따르면 안 될까?"

예원이 나직이, 하지만 강압적인 목소리로 으르렁거렸다.

"흥! 왜들 그렇게 겁이 많은 거죠?"

"너는 우리 사정을 몰라서 그래. 사부님들이 너와 우리를 대할 때 얼마나 차이가 나는지 모르지? 정말 극과 극이라구. 게다가 일이 정말 크게 번지면 어떻게 할 거야?"

"하지만 이대로 있다가는 아무것도 얻지 못하고 그냥 돌아가야 하잖아요. 할아버지도 반대하시는 것 같았지만 표정은 은근히 바라는 눈치였다는 것 몰라요?"

"그건 그렇지만……."

"자, 걱정 말고 제가 하자는 대로만 하면 돼요."

그때 다른 사내가 문제를 제기했다.

"그런데 납치한 후에 사조님이 우리 뜻과 달리 반대를 하시면 어떻게 하지? 그럼 정말 곤란한데."

"호호, 그럴 때를 대비해서 멍석까지 깔아주면 되죠."

"멍석을 깔아준다니? 그게 무슨 말이야, 사매?"

"우선 그녀를 납치한 후 아무에게도 말하지 말고 다음날 우리가 직접 적에게 협정을 요구하는 거예요. 그 후 그들이 응하면 약속 장소를 정한 후 그때 할아버지께 말씀드리는 거죠."

"그때쯤 되면 사조님도 어쩔 수 없겠군."

"호호, 그렇겠죠. 협정 장소에 나가지 않으면 정말 체면이 말이 아니니까요."

그녀의 말에 모두들 한숨을 쉬었다. 평소에 그렇게 착실하던 사매가 회화루에서 죽을 고비를 넘긴 후 성격적인 면에서 너무 많이 변한 것 같았기 때문이다. 어찌 보면 집착 같기도 했다.

사형들 중 하나가 걱정스러운 듯 무언가 말하려는데 예원이 검지로 자신의 입을 막아 조용히 하라는 표시를 했다. 그녀는 행동과 함께 급히 몸을 내리깔았다. 목표물이 모습을 드러냈기 때문이다.

그들은 목표물이 회화루로 들어갈 때까지 움직이지 않았다. 지금 그녀를 납치한다면 일이 커질 수 있었기 때문이다. 그녀를 납치하는 건 일을 마치고 집으로 돌아갈 때, 즉 누구도 목표물이 사라졌는지 모를 시간에 일을 벌여야 안전했다.

그들은 그렇게 세 시진을 넘게 지붕에 붙어 무료한 시간을 보내야 했다. 그리고 오경 초(五更初:오전 3시), 기다림에 지칠 때쯤 예원이 고개를 약간 들어 올려 회화루의 정문을 바라보았다.

"나왔어요."

"좋아, 아무도 없는 곳까지 미행하자."

그들은 말과 함께 검은 복면을 뒤집어쓰며 은밀히 지붕과 지붕 사이를 조심스럽게 옮겨다녔다. 그렇게 번화가를 빠져나가 아무도 없는 골목길에 들어서자 급히 목표물을 가로막고 나섰다.

"죄송하지만 우리와 함께 가야겠소."

갑작스럽게 흑의복면인들이 앞을 가로막자 해화는 소스라치게 놀라 몸이 굳어버렸다.

"누, 누구세요?"

"그건 알 필요 없소. 우리도 손을 쓰기 싫으니 저항하지 말고 시키는 대로 하시오."

"사, 사람을 잘못 본 것 아닌가요. 저, 저는 당신 같은 사람들과는 전혀 연관이 없어요."

그에 대한 대답은 예원이 했다.

"정확히 봤어요. 이곳에 와 있는 만월교의 책임자를 알고 있지요? 그 건방진 녀석."

"……."

"그자 때문에 약간 고생한다고 생각하면 돼요."

"그렇다고 걱정할 필요는 없소. 우리가 책임지고 안전하게 모실 생각이오. 잠시 쉰다고 생각하면 될 거요. 일을 마치면 성공 여하에 관계없이 돈도 줄 테니……."

사내는 말을 다 잇지 못하고 눈살을 찌푸렸다. 해화가 갑자기 몸을 돌려 달리기 시작했기 때문이다. 하지만 그녀는 채 몇 걸음을 떼기도 전에 몸을 날린 복면인 두 명에 의해 가로막혔다.

"우리를 원망하지 마시오."

말과 함께 흑의인이 손을 뻗어 해화의 혈도를 제압해 버리자 그녀는 온몸에 힘이 빠진 듯 바닥에 털썩 무너져 내렸다. 그녀가 쓰러진 후 예원은 다시 한 번 목격자가 있는지를 살펴보고는 재빨리 말했다.

"누가 오기 전에 어서 가요."

*   *   *

"모든 것이 계획대로 이루어졌습니다."
현령의 말에 악마금이 슬며시 웃으며 물었다.
"지금 적의 상황은 어떤가?"
"예, 흑문과 제진문 등은 약간의 무사들을 남기고 떠났고 섬령방과 만독부만이 온전히 남아 있는 상태입니다."
"총 몇 명이지?"
"대략 이천여 명입니다. 어떻게 할까요?"
"글쎄……."
"차라리 전력을 다해 공격하는 것이 어떻겠습니까?"
잠시 생각하던 악마금이 고개를 저었다.
"좀 더 지켜보도록 하지. 우리가 반응하지 않고 시간을 끈다면 적들의 수는 더 줄어들 테니까. 여차하면 섬령방으로 가서 그들의 뒤를 칠 수도 있고."
"하지만 너무 궁지에 몰면 오히려 위험할 수도 있습니다."
"이것이 궁지에 모는 것인가?"
악마금은 미소를 지었다.
"궁지에 몬다는 것보다는 저들 스스로 몰린다고 봐야 하지 않나? 우리는 가만히 있었으니까. 흐흐흐, 하지만 대비는 하는 것이 좋겠지. 지금 경계는 어떻게 하고 있지?"
"달단방은 정확히 모르지만 나름대로 철저히 대비하고 있는 것으로 알고 있습니다. 우리 만월교는 하루 다섯 교대로 나누었고, 특히 저녁부터 아침까지는 삼 할 이상이 적의 기습에 대비하고 있습니다."

"흑룡사는?"

"언제든지 출동할 수 있게 내당에 대기시켰습니다. 그쪽에 관한 것은 그리 걱정하지 않으셔도 됩니다."

"어련히 알아서 잘했겠지만 그래도 당분간 좀 더 경계를 강화해야 할 거야."

"알겠습니다. 신경 쓰지요. 그런데 앞으로의 계획은 무엇입니까?"

"계획은 무슨……. 이대로만 간다면 적의 연합은 거의 와해될 것이 분명해. 그러니 그저 지켜보는 거지."

"하지만 이렇게 끝이 난다면 훗날 또다시 화근이 될 겁니다. 이 기회에 완전히 쓸어버리는 것이 어떻겠습니까?"

"훗, 자네는 보기보다 전투를 좋아하는 것 같군."

순간 현령이 얼굴을 붉혔다.

"그런 뜻으로 말한 것은 아닙니다."

"알고 있어. 아무튼 자네 생각이 그렇다면 그쪽으로도 생각을 해봐야겠지. 본 교에서도 이런 식의 승리는 그리 달갑게 받아들이지 않을 테니까. 문제는 그에 따른 피해인데……. 어떤 방법으로든 전투를 치른다면 피해가 생긴단 말이야? 어떻게 했으면 좋겠나?"

"피해를 최소화하는 방법 말입니까?"

"그래."

"글쎄요… 대주님 말씀처럼 좀 더 적의 수가 줄어들 때까지 기다리는 것밖에는 없다고 생각합니다만, 그 시간이 문제지요."

"역시 기다리는 것밖에 없나? 적이 물불 가리지 않고 쳐들어온다면 오히려 좋은 일인데, 그 정도로 적들이 멍청한 녀석들이라고는 생각되질 않고. 아무튼 특별히 좋은 계책이 생길 때까지는 좀 더 지켜보도록 하지. 그동안 자네는 세심히 주의를 기울여 적의 동태를 정확히 파악하게."

"알겠습니다. 그럼 저는 이만."

현령은 말과 함께 자리에서 일어났지만 그때 방문이 거칠게 열리며 역원 방주가 나타났기에 다시 자리에 앉았다.

역원 방주는 다급한 표정을 숨기지 못하고 방 안으로 들어섰다. 현령과 대화를 하고 있던 악마금이 돌연한 그의 등장과 표정에 의아함을 드러내며 물었다.

"어쩐 일이십니까?"

"안 좋은 일이 터졌소."

"무슨 일인데 그러십니까?"

악마금은 느긋하게 의자 등받이에 기대었다. 급할 것 없는 여유만만한 태도. 하지만 역원의 말에 그도 놀랄 수밖에 없었다.

"적이 인질을 빌미로 협상을 요구하고 있소."

"인질?"

"그렇소. 어떻게 해야 할지……."

"인질이 누구인데 그렇게 난감해하십니까?"

역원은 얼굴을 붉게 물들이며 잠시 침묵을 지켰다. 선뜻 입을 떼지 못하고 있자 현령이 채근했다.

"혹시 아드님이라도 적의 손에 넘어간 것입니까?"

"그것이 아니라… 사실은……."

"……?"

뜸을 들인 역원이 난감한 표정으로 더듬거렸다.

"해화라는 기녀요."

그 말에 악마금의 안색이 전에 없이 차갑게 굳어졌다. 아무런 말 없이 인상을 구기고 있는 그의 몸에서는 은은한 살기까지 퍼져 나오기 시작했다. 그 때문에 역원은 두말할 것도 없었고 현령까지 그 막강한 한기에 몸을 떨었다. 하지만 이내 한기가 사라지고 악마금은 비릿한 미소와 함께 느긋한 표정을 지었다.

"협상 조건은?"

너무 침착한 말투라 오히려 두려움을 느끼는 현령과 역원 방주였다. 온화한 말투 속에 담긴 찌를 듯한 분노와 음흉함이 느껴졌기 때문이다.

'소문은 들었지만 설마설마 했는데 정말 고수였군. 하지만 저 나이에 이 정도의 기운을 뿜어내는 것이 가능한가? 그것도 이렇게 갑자기?'

내심 그렇게 생각하던 역원이 떠듬거리며 대답했다.

"협상 조건은 아직 말하지 않았습니다. 다만 내일 오시 초(午時初)에 밤나무 숲에서 협상을 원한다더군요."

"훗!"

악마금이 웃으며 현령에게 물었다.

"무슨 수작인 것 같나?"

그의 표정을 조심스럽게 살피던 현령이 잠시 후 대답했다.

"몇 가지 추측이 가능합니다. 항복을 원하거나 정면 대결, 혹은 비무 정도일 겁니다. 하지만 우리의 항복은 적들도 무리라고 생각할 테니 제가 생각하기에는……"

"뭔가?"

"정면 대결이나 소규모 전투일 것 같습니다. 하지만 적도 정면 대결로는 승패를 떠나 엄청난 피해를 각오해야 할 것이 자명한 사실. 그러니 꺼릴 것이 분명합니다."

"크하하하!"

순간 악마금이 광소를 터뜨리며 말을 이었다.

"그럼 소규모 전투로 승패를 가늠하자는 것인가? 이긴 쪽이 모든 것을 정한다는, 뭐 그런 것?"

"맞습니다. 흔하지는 않지만 문파 간의 격돌이 있을 때 서로의 세력이 비슷해 예상 피해가 클 경우 종종 선택하는 방법입니다."

"흐흐, 그럼 우리를 이길 자신이 있다는 말이로군."

"저쪽은 만독부주가 있으니까요."

악마금은 자리에서 일어나 창가로 걸어갔다. 뒷짐을 지고 있는 그가 그렇게 한참 동안 창밖을 응시하고 있자 현령과 역원은 감히 아무 말도 꺼내지 못했다.

잠시 후 악마금이 결정을 한 듯 몸을 돌렸다. 그의 입가에 음흉한 미소가 감돌아 역원을 더욱 두렵게 했다.

'웃고는 있지만 저건 완전히 광인의 표정이다. 조심해야겠군.'

악마금이 입을 열었다.

"후후후, 이것이 바로 하늘이 준 기회! 안 그래도 어떻게 피해를 줄이며 쓸어버리나 고민하고 있었는데… 이건 완전히 거저 갖는 것이 아닌가!"

"무슨 말씀이신지……?"

현령이 고개를 갸웃거리며 의아함을 드러냈지만 악마금은 그에 대해서는 대답하지 않고 역원을 바라보았다.

"역원 방주님."

"말씀하시오."

"응한다고 전해주십시오. 내일 적을 만나보지요. 만독부주가 어떻게 생겼는지 한번 보고 싶기도 하고."

"정말 괜찮겠소?"

"상관없습니다. 오히려 우리에게 기회지요. 이 참에 저 녀석들의 세력까지 완전히 삼킬 수도……. 흐흐흐, 하지만 나를 상대로 인질을 썼다는 것이 조금 열받기는 하는군."

악마금은 말과 함께 몸을 돌려 창밖을 바라보았다. 그러자 현령과 역원은 조용히 방을 빠져나왔다.

"한 가지 궁금한 점이 있소."

방을 나온 역원의 물음에 현령이 대답했다.

"무엇입니까?"

"저 악마금이라는 분의 무공은 어느 정도요? 나로서는 정확히 감을 잡을 수가 없소. 그리고 흑룡사의 실력도 정확히 알고 싶소."

"글쎄요……. 저 또한 정확히 들은 바가 없어 실력은 모릅니다. 그저 지켜본 바로는 강하다는 것 정도? 이곳에 오기 전 만월교 내에서 보고를 받기로는 비밀리에 특이한 무공을 가르쳐 키운 고수 집단이 있는데 그중에서 가장 실력이 뛰어났다는 것뿐입니다."

"특이한 무공? 비밀 집단?"

"그렇습니다. 정확히 말씀드릴 수는 없습니다. 그건 극비 사항이라서요. 아무튼 대주님의 내력을 정확히 알 수는 없지만 그 괴이한 능력과 실력만큼은 저도 인정하고 있습니다. 그리고 흑룡사는 걱정하실 필요 없습니다. 모든 대원이 절정고수, 최고의 정예라 자부하니까요. 다만 만독부주가 조금 거슬리기는 합니다. 상당한 피해를 예상해야 할지도……."

"적의 제의를 받아들일 경우 자신은 있습니까?"

"승패는 잘 모르겠군요. 아무튼 인질 때문에 불리해진 것은 사실입니다."

"거절할 가능성은 없소?"

"무슨 말씀이신지……?"

"그러니까 인질의 안전을 신경 쓰지 않고 적의 요구 사항을 거절할 가능성은 없냐는 말이오."

역원은 말을 하며 약간의 기대감을 드러내는 표정이었다. 사실 이것이 그가 정말 바라는 바였던 것이다. 이대로 간다면 승리가 확실할 것임에도 불구하고 기녀 하나 때문에 위험을 무릅쓸 이유는 그에게 없었다. 게다가 만독부주의 실력은 귀가 따갑도록 들은지라 현령의 말과는 달리 패할 가능성이 더 높다고 그는 생각하고 있었다. 그 때문에 악마금에게 말하기를 주저하지 않았던가!

방주의 물음에 현령이 고개를 갸웃거렸다. 지금까지 그가 지켜본 바로 악마금은 종잡을 수 없는 성격이다. 게다가 잔인하기까지 해 어쩌면 방주의 말대로 그냥 밀고 나갈 가능성도 충분히 있다고 생각했다.

"글쎄요……. 두고 보면 알겠지요."

* * *

뜻밖으로 전개되는 상황 65

그때 그 시각, 협상을 요구한 당사자인 만독부 쪽에서는 심상치 않은 분위기가 연출되고 있었다.

"너희들이 지금 무슨 짓을 저질렀는지 아느냐?"

극도의 분노를 억누른 외침에는 아무런 대답이 없었다. 조용한 막사 안에 예원을 비롯한 사저, 사형 네 명이 무릎을 꿇고 있을 뿐. 그 주위로 만독부의 장로들과 섬령방주, 그리고 노기 어린 표정을 감추지 않고 있는 예상이 있었다. 그리고 침상 위에 정신을 잃은 채 누워 있는 해화라는 기녀도.

일을 벌이기 전 예상했던 바와는 달리 만독부주 예상이 가장 크게 화를 내었다. 그것은 예원과 사형제들을 곤란하게 만드는 것이었다. 어떻게 해야 할지 몰랐기에 침묵만을 지키고 있는데 예상이 다시 호통쳤다.

"이제 어떻게 할 생각이냐? 겁도 없이 적에게 통보까지 했다니, 도대체 무엇을 믿고!"

예상은 질렸다는 듯 고개를 설레설레 저었다. 그때 그의 제자이자 만독부의 장로인 석종(石鐘)이 조심스럽게 나서며 입을 열었다. 예상의 나이가 정확히 백십오 세였기에 그의 여덟 명의 제자 또한 육십 세가 훌쩍 넘은 나이들이었다. 그중 석종이 대사형으로 팔십일 세였으며 무공이 만독부주인 예상 다음으로 최고로 손꼽히고 있었다.

"이제 그만 하시지요, 사부님. 이 녀석들도 충분히 잘못을 뉘우쳤을 겁니다."

"지금 그것이 문제가 아니지 않은가? 잘잘못을 떠나 어떻게 이런 대담한 일을 저지르느냔 말일세! 적어도 나에게 보고는 해야 하는 것 아넌가! 이번 일을 그냥 넘긴다면 다음에는 완전히 안하무인 격으로 일 처리를 할 것이 불을 보듯 뻔하다!"

"그것도 다 우리 만독부와 연합을 위한 마음에 판단력이 흐려져서가 아니겠습니까. 제가 따끔히 혼을 낼 테니 이만 노기를 거두어주십시오. 이미 일은 벌어졌습니다. 이 녀석들보다는 앞으로의 계획을 세우는 것이 우선입니다."

"휴!"

예상은 제자의 말에 한숨을 흘리면서도 다시 한 번 겁없는 손녀와 그 일당을 무섭게 노려보는 것을 잊지 않았다.

"반 시진 후 회의를 시작하세."

말과 함께 그가 막사를 나가자 석종 장로가 예원 등을 바라보며 사부님 앞이라 애써 참아왔던 화를 터뜨리고야 말았다.

"이런 바보 같은 놈들! 네놈들은 어떻게 된 녀석들이기에 앞뒤 분간을 못하고 달려들었느냐!"

"죄, 죄송합니다."

"그런 말은 집어치워라! 그리고 누가 이번 일을 주도했느냐? 너냐?"

석종이 자신의 제자인 양강현을 가리키자 소스라치게 놀란 그가 냅다 고개를 빠르게 가로저었다. 그때 예원이 석종의 눈치를 살피며 조심스럽게 대답했다.

"제, 제가 했어요. 하지만 저는 이렇게 만독부가 무시당할 수 없다고 생각했기에……."

"닥쳐라!"

그는 예원을 죽일 듯이 노려보며 말을 이었다.

"아무튼 이번 일이 끝나면 너희들 모두 각오하는 것이 좋을 게다. 고얀 놈들! 모두 가세."

그를 따라 만독부의 장로들까지 모두 막사를 나가자 실내에는 이번 일의 원흉들과 섬령방주만이 남게 되었다. 그때서야 예원을 향해 사형 양강현이 볼멘소리를 하기 시작했다.

"이제 어떻게 하냐? 만독부에 도착하는 날이 우리에게는 지옥이 될 거야."

"그냥 포기했다면 이런 일이 없었을 것을."

"휴, 이제 다시 나오기 힘들지도 모르지."

모두가 예원을 향해 한마디씩 거드는 것은 당연했다. 지옥 같은 수련이 눈앞에 선하게 그려지고 있었기 때문이다. 모두 걱정스런 모습으로 장탄식만 하고 있는데 그 모습을 지켜보고 있던 섬령방주가 피식 웃었다.

"너무 상심 말게나, 소협들."

그의 말에 양강현이 어두운 안색으로 물었다.

"무, 무슨 말씀이십니까, 방주님?"

"자네들에게는 말하지 않았지만 어제 회의에서 인질에 대한 긍정적인 의견들이 오갔었네. 다만 자네들이 일 처리를 너무 성급하게 했고 갑작스러웠기에……. 예상 어르신이 소리치신 것은 자네들이 걱정돼서이지 정말 화가 나서는 아닐 걸세. 그러니 이번 일만 뜻대로 풀린다면 조용히 넘어갈 수 있다는 말이지."

"그러면 좋겠지만……."

"그러지 말고 모두 가서 쉬시게. 나도 이만 회의를 하러 가봐야겠군."

제6장
건방진 놈, 건방진 조건!

다음날 아침 연합은 그들 진채와 달단방 중간에 위치한 밤나무 숲의 널찍한 공터에 몇몇의 무사를 보내 큼지막한 원형 막사 하나를 만들었다. 협상을 하기 위한 장소로 쓰기 위해서였다.

오시 초가 다 되어갈 무렵 원형 막사로 연합에서 온 삼십여 명의 사내가 모습을 드러냈다. 만독부주 예상을 비롯한 장로들과 예원 및 그의 사형제들, 그리고 섬령방주와 섬령방의 고수들이었다.

그들은 막사에 도착하기 바쁘게 부산하게 움직이며 경계를 시작했다. 연합에서도 꽤나 실력이 있는 자들만 모았기에 상당한 예기를 풍기는 위풍당당한 모습을 자랑하고 있었다.

막사 안에는 예상과 두 명의 장로, 섬령방주와 섬령방의 장로 두 명, 그리고 이번 일을 꾸민 당사자인 예원 등 총 열한 명이 들어섰다. 그들은 막사 안의 거대한 사각 탁자 한편에 자리하며 상대를 위해 반대편은 비워놓은 채 시간이 되기를 기다리고 있었다.

하지만 오시 초가 넘어가도 적들이 오지를 않자 섬령방주 소응영이 미간을 살며시 찌푸리며 걱정을 드러냈다.

"협상을 거부하는 것은 아닐까요?"

그의 말에 조응 장로가 역시 걱정스러운 표정을 감추지 못하며 입을 열었다.

"글쎄요. 이 시간까지 모습을 드러내지 않는 것을 보면 그럴지도 모르지요. 어떻게 할까요, 사부님?"

"좀 더 기다려 보도록 하지."

하지만 좀 더 기다린다는 시간이 일각이 넘어가고 이각이 넘어가자 실내가 점점 술렁였다. 급기야 이번 일로 할아버지의 미움을 산 예원이 참지 못하고 나직이 투덜거렸다.

"빌어먹을 자식들, 인질이 안중에도 없다는 거야?"

그 소리를 들은 양강현 역시 짜증나는 투로 조용히 거들었다.

"하기야 교활하고 악독한 놈들이니 기녀 한 명은 희생으로 치지도 않겠지. 게다가 그녀는 만월교의 교도도 아니잖아? 젠장, 괜히 일을 벌여 애꿎은 우리만 사부님께 혼났군. 완전히 바보가 됐어."

"뭘 잘했다고 떠드는 것이냐? 조용히 하거라!"

석종 장로가 노려보며 질책하자 그들은 다시 꼬리 만 강아지마냥 움찔하며 입을 다물었다. 그 모습을 본 조응 장로가 예상에게 조심스럽게 말했다.

"사부님, 일이 틀어진 것 같습니다. 이만 일어나시지요."

"흐음, 어쩔 수 없군. 섣불리 움직인 우리 잘못이지 누구를 탓하겠나. 이만 가세."

말과 함께 그가 자리에서 일어서자 약간의 아쉬움을 뒤로한 채 모두들 차례로 그를 따라 일어났다. 하지만 그때 막사 밖에서 무사 하나가 헐레벌떡 뛰어들어 오더니 예상 밖의 보고를 올렸다.

"적들이 오고 있습니다."

"정말인가?"

"예, 이곳으로 접근하고 있습니다. 그중 한 명이 달단방주임을 확인했습니다."

"몇 명이던가?"

"세 명입니다."

"뭐?"

무사의 말에 모두들 황당한 표정을 지었다. 아무리 협상을 위해 마주한다지만 달랑 세 명만 온다는 것은 상대가 그만큼 자신감이 있다는 것을 뜻했기 때문이었다. 그러니 졸지에 적들이 무서워 많은 무사들을 데려온 격이 되고 만 막사 안의 인물들은 떨떠름한 표정을 지을 수밖에 없었다.

모욕을 당했다고 생각했는지 섬령방주가 씁쓸한 듯 중얼거렸다.

"완전히 우리를 욕보이는군."

잠시 후 막사 휘장이 걷히며 세 명의 인물이 들어섰다. 그들은 모습을 드러내기 바쁘게 막사 안의 인물들을 찬찬히 살피더니 곧이어 맞은편 자리에 앉았다.

실내의 인물들은 다시 한 번 놀라움을 금치 못했다. 예원 등이야 악마금을 한 번 보았으니 그리 놀라지 않았지만 그 외의 사람들은 젊다라는 말만 들었을 뿐 만월교의 책임자가 이렇게 어릴 줄은 몰랐던 것이다. 게다가 갸름한 턱 선에 작고 앙증맞은 붉은 입술, 맑고 고양이 같은 두 눈은 흡사 계집을 보는 것 같지 않은가! 그 때문에 잠시간 실내에 침묵이 감돌았다.

그중 가장 먼저 입을 연 것은 역시 노련한 예상이었다.

"자네가 책임자인가?"

그는 산전수전 다 겪은 노고수답게 일부러 하대를 했다. 자신이 만독부의 부주 예상이라는 것과 동시에 강호에서의 위치를 도저히 고수라고 믿기 힘든 저 어린 녀석에게 확인시켜 주기 위한 의도에서였다. 이것이 상대에게 상당한 위압감이 된다는 것을 그는 잘 알고 있었던 것이다.

하지만 돌아온 대답은 뜻밖에도 모든 사람들을 황당하게 만드는 것이었다.

"굳이 물어볼 필요있나? 그럼 네가 만독부주?"

악마금의 말에 모두가 입을 쩍 하니 벌렸다.

그것은 같은 편인 현령과 역원 방주도 예외가 아니었다. 나이로 따져도 한참 아래이다. 굳이 적과 아를 떠나서 강호의 대선배로서의 예우는 해주어야 할 것이 아닌가?

'도대체 뭘 믿고 저러는 거지? 이렇게 상대를 도발해서 얻을 것은 아무것도 없을 텐데······. 미치겠군.'

하지만 역원의 불안감 어린 표정은 전혀 상관하지 않고 악마금은 한 술 더 떴다. 의자 등받이에 몸을 기대며 거만하게 고개를 꺾어 삐딱한 시선으로 예상을 바라보기 시작한 것이다. 흡사 하늘 아래의 것들은 모두 자신의 아래라는 듯한 태도였다.

"쓸데없이 시간 낭비하지 말고 결론부터 말해 봐. 원하는 조건이 뭐야?"

"……."

실내에 다시 한 번 침묵이 감돌았다. 현령과 역원은 진땀을 빼느라 바빴고 만독부 고수들과 섬령방 고수들은 분노에 몸을 떠느라 바빴기 때문이다. 급기야 참지 못한 예원이 두 눈을 부릅뜨며 나서려 했지만 예상이 그녀의 팔을 아무도 모르게 잡아 말리며 상대 악마금을 향해 입을 열었다.

"자네는 상당히 직설적인 성격을 가졌군."

"그런 소리는 처음 듣는데? 하기야 사람 사귈 시간이 거의 없었으니까. 아무튼 원하는 조건은? 항복? 아니면 정면 대결?"

"허허, 항복을 요구하면 어쩔 텐가?"

악마금이 피식 웃었다.

"글쎄, 안 된다는 것쯤은 그쪽이 더 잘 알 텐데? 그런 무리한 조건을 내걸려고 이렇게 협상을 요구한 것을 아닐 테고……. 뭐지?"

그때 사람들을 제치고 예원이 불쑥 나섰다. 장내의 어르신들 앞에서 이런 식으로 나선다는 것은 상당히 예의에 어긋나는 것이지만 자신의 할아버지에 대한 건방진 말투를 도저히 참기 힘들었던 것이다. 자연 위협적인 목소리가 튀어나올 수밖에 없었다.

"인질이 어떻게 돼도 좋다는 것이냐?"

"상관없으니 마음대로 해봐."

그의 대답에 장내의 인물들이 순간 멍한 표정을 지었다.

'그럼 여기에는 왜 나왔단 말인가?'

사람들이 그런 생각을 하고 있는데 예원이 말도 안 된다는 표정으로 외쳤다.

"무, 무슨 소리냐? 인질이 상관없다니!"

"말 그대로. 인질 때문에 내 목줄을 내놓을 정도로 나는 그리 멍청한 놈이 아니야. 대신 복수는 해주겠지."

악마금은 능글맞게 웃으며 다시 물었다.

"자, 그럼 다시 시작할까? 뭘 원해?"

상대가 전혀 동요를 보이지 않자 예상은 잠시 한숨을 흘린 후 찬찬히 말했다.

"백 명 대 백 명! 각자 알아서 고수를 뽑아 모두가 보는 앞에서 대결을 펼친다. 패자는 모든 조건을 승자가 원하는 대로 들어준다. 어떤가? 피해를 최소화하면서 시간 낭비도 없애는 방법이지. 그쪽에도 그리 불리한 조건은 아닐 게야. 상당한 고수들이 지원 나왔다는 것을 알고 있으니까 말일세."

"호호호, 생각보다 많군."

"뭐?"

악마금의 말에 예상이 처음으로 인상을 구겼다. 하지만 악마금은 자기 말만 계속했다.

"피해를 최소화한다면 백 명은 너무 많지. 적어도 수십 명의 사상자가 날 테니까. 게다가 당신은 꽤 실력을 자신하는 것 같은데 뭣 하러 그런 대결을 펼치나?"

"……."

"좀 더 좋은 조건을 말해 봐. 선심 쓰는 척하며 들어주지."

급기야 예상도 참지 못하고 노화를 터뜨렸다.

"아무리 버릇없는 녀석이라도 너무하는구나! 감히 나와 만독부를 욕보이려 하는 것이냐?"

순간 예상의 몸에서 은은한 살기가 퍼져 나왔다. 독공 때문인지 그 기운은 사람들의 피부를 따끔거리게 할 정도였다. 그 때문에 실내에 사람들은 돌연한 그의 반응에 놀라며 저마다 내공을 끌어올려 그 지독한 독기에 대항하기 시작했다. 현령과 석종은 별로 힘이 들지 않았지만 그들을 제외한 나머지들은 점차 인상까지 굳어가고 있었다.

하지만 악마금은 그 기운에 전혀 동요하지 않고 가만히 앉아 있을 뿐이었다. 미미하게 이마를 구기기는 했지만 크게 드러나지 않아 오히려 예상의 노기를 더욱 심화시켰다.

예상은 악마금을 노려보며 좀 더 내력을 끌어올려 체외로 뿜어내기 시작했다. 그러자 악마금이 점점 더 강해지는 지독한 독기에 실소를 머금었다.

'역시 화경의 고수로군. 생각보다 엄청난데?'

하지만 그도 가만있을 위인은 아니다. 피부에 와 닿는 강렬한 기운을 밀어내며 그 또한 내력을 뿜어냈던 것이다. 그러자 여기저기에서 경악성이 터져 나왔다. 악마금의 몸에서 예상과는 완전히 다른 종류의 차가운 한기가 뻗어 나왔기 때문이다. 그것도 뼈까지 얼리는 지독한 한기였다.

그쯤 되자 이제 현령과 석종도 진땀을 뺄 수밖에 없었다. 극강의 두 기운이 막사 내를 완전히 뒤덮자 견디기 힘들었기 때문이다.

　잠시 후 한기와 독기는 탁자를 중심으로 부딪쳐 서로를 밀어내며 작은 뇌전을 일으키기 시작했다. 치치직거리는 소리와 함께 무언가 타는 듯한 냄새가 풍기며 탁자가 잘게 떨리기까지 했다.

　그것을 지켜본 예상도 적지 않게 놀라고 있었다. 앞에 앉아 있는 건방진 놈이 자신의 기운을 완전히 차단시킬 수 있으리라고는 생각하지 못했던 것이다. 놀라 겁먹을 줄 알았던 상대가 오히려 느긋한 표정을 지으며 대항하고 있으니…….

　이렇게 가봐야 전혀 이득이 되지 않을 것 같다고 판단한 예상이 독기를 거두어들였다. 그와 함께 악마금 또한 한기를 거두자 순식간에 두 기운이 사라지고 장막 안의 공기가 빠르게 이동하며 바람을 일으켰다. 독공 때문에 뜨겁게 달궈진 공기와 악마금의 차가운 한기로 식은 공기가 섞이며 만들어내는 현상이었다.

　적잖이 놀란 예상이 화를 삭이며 물었다.

　"자네는 무엇을 원하나? 생각하고 있는 것이 있는 것 같은데, 노부의 말이 맞나?"

　"이제야 말이 통하는군."

　순간 악마금이 두 눈이 번뜩였다. 그는 두 눈 안에 담겨 있는 자신감을 전혀 숨기지 않고 말을 이었다.

　"당신과 나, 일 대 일!"

　"그, 그런!"

　"말도 안 돼!"

　여기저기서 경악성이 터져 나왔다. 물론 같은 편인 현령과 역원도 예외가 아니었다.
"조건은 같다. 승자가 모든 것을 결정, 패자는 따른다. 어때?"
"허, 대단한 자신감이군."
"꼭 그렇다고 볼 수는 없지. 사실 당신이 더 원하는 것이 아닌가?"
"……"
예상은 그 말에 대답하지 않았다. 잠시 후 그가 호기심 어린 표정으로 다른 소리를 했다.
"솔직히 조금 놀랐네. 자네 내공이 정말 심후하군. 어떻게 한 건가? 그 나이에 화경에 올랐을 리는 없고……. 기연이라도 얻은 것인가?"
"굳이 알 필요가 있을까?"
악마금은 대답할 필요도 없다는 듯 자리에서 일어서며 말을 이었다.
"그럼 서로 합의한 것으로 알고 협상은 이것으로 끝내지. 정확히 닷새 후 이 시간에 달단방에서 서쪽으로 오 리 정도 떨어진 들판에서 승패를 가르도록 하지. 할 말은?"
없었다. 사실 악마금의 말보다는 조금 전 겪었던 믿을 수 없는 현상에 생각할 정신이 없다는 표현이 맞다.
"그럼 그때 보도록. 참!"
악마금이 무언가 생각난 듯 천막 문을 잡다 말고 돌아섰다.
"……?"
"한 가지 물어볼 것이 있다."
"뭔가?"
"내 친구는?"
"걱정 말게. 우리도 그녀에게 피해를 입힐 생각은 처음부터 없었네.

곧 돌려보내도록 하지."

예상의 말에 악마금이 고개를 저었다.

"내가 묻고 싶은 것은 그것이 아니야. 단지 어떤 미친놈이 감히 내 친구를 납치했냐는 것이지. 대답해 줄 수 있나?"

그 말에 예상이 입을 떼기도 전에 발끈한 예원이 인상을 쓰며 자리에서 일어섰다. 하지만 조금 전 악마금의 살인적인 내력을 경험한 터라 선뜻 대답을 못했다. 악마금이 그녀에게 시선을 주자 예원은 잠시 몸을 떨더니 그것이 창피했는지 한껏 힘을 주며 떠듬거렸다.

"내, 내가 그랬다!"

악마금이 고개를 갸웃거렸다. 그녀의 말투에 자신에 대한 원한이 스며 있는 것 같았기 때문이다.

"너는 누구지?"

"나, 날 모른단 말이야?"

"글쎄, 기억이 안 나는군. 말하는 것을 보면 날 알고 있는 것 같은데……."

예원이 버럭 소리쳤다.

"닥쳐라! 벌써 회화루의 일을 잊어버렸단 말이냐? 그때 네 녀석 때문에 난……!"

그녀가 채 말을 마치기 전에 악마금은 생각난 듯한 표정을 지으며 탄성을 질렀다.

"아, 맞아! 이제 기억이 나는군. <u>호호호</u>, 그때 버릇없는 계집을 혼내 준 적이 있지. 그때 그 녀석이었나? 그런데 그 일 때문에 네가 나선 것이냐?"

"흥! 그렇다면 어쩔 거냐?"

그녀는 악마금의 부아를 돋우기 위해 한껏 비꼬는 어조로 말했지만 결과는 완전히 달랐다.

"호호호, 유치하군. 하기야 어딜 가나 너 같은 철없는 녀석들이 한두 명씩은 있기 마련이지. 아무튼 너는 각오하는 것이 좋을 거다. 이번 일이 끝나는 대로 너만은 따로 대가를 치르게 해주지."

말을 하던 중 엄청난 살기가 악마금의 몸에서 다시 풍겨 나왔다.

졸지에 철없는 여자가 되어버린 예원은 몸을 부들부들 떨었지만 어쩔 수 없었다. 그녀뿐만 아니라 모두들 이 예쁘장하게 생긴 녀석이 어떻게 이런 살인적인 기운을 뿜어낼 수 있느냐는 표정을 짓고 있을 뿐이었다. 하지만 악마금은 그러거나 말거나 상관하지 않고 막사를 나갔다.

그가 막사를 나오자 뒤따라 나온 역원과 현령. 그중 역원은 감히 대들지는 못하고 방금 전 자신을 무시하고 일방적으로 예상과 일 대 일의 대결을 정해 버린 악마금에게 항의했다.

"도대체 어쩌자고 그런 결정을 내리셨소? 만독부주가 얼마나 강한 고수인 줄 알고 그러는 것이오?"

"하하하, 걱정 마십시오. 이기면 그만 아닙니까?"

자신은 똥줄이 타 미치겠는데 악마금은 별스럽지 않다는 듯 말하고 있으니 미칠 지경이었다.

"아무리 그래도 그렇지, 만월교는 모르겠지만 이번 결과에 우리 달단방의 생사가 걸렸단 말이오. 어떻게 나와 아무런 상의도 없이 그렇게 일방적으로 결정할 수가 있소?"

"훗, 미안하게 됐군요. 하지만 전에도 말했듯이 그만한 대가를 치르게 한다고 하지 않았습니까?"

악마금은 짐짓 너스레를 떨며 역원 방주의 어깨를 위로하듯이 두들겨 주었다.

"어차피 결정되었으니 그런 소리 말고 내가 이길 수 있게 기도나 해 주는 것이 낫지 않겠습니까? 자, 오 일간은 적들이 공격해 올 염려가 없으니 그동안 연회라도 열며 즐깁시다."

"허!"

악마금의 말에 역원은 걸음을 멈추며 실소를 머금었다. 아무리 세상 물정 모르는 어린 놈이라지만 너무하다는 생각이 들었던 것이다. 하지만 악마금은 그 또한 상관하지 않았다. 역원이 따라오는 것도 확인하지 않은 채 그는 현령과 어깨를 나란히 하며 달단방을 향해 걸어가고 있었다.

그 모습을 멀찍이 바라보고 있던 역원이 마음속으로 억누르고 있던 욕을 냅다 퍼부었다.

"빌어먹을 개자식, 지기만 해봐라!"

한편 악마금 일행과 달리 연합 쪽은 정반대의 분위기였다. 다른 사람들은 예상의 실력을 믿는 만큼 잘된 일이라 환호하고 있었지만, 정작 예상의 표정은 어둡기만 했다.

그 모습을 보며 손녀 예원이 고개를 갸웃거렸다.

"할아버지가 분명히 압도적으로 이기실 거예요. 그런데 표정이 왜 그러세요? 혹시 몸이 편찮으세요?"

"아니다. 다만 조금 걸리는 것이 있구나."

"걸리는 것이라니요?"

"솔직히 자신은 있다만, 그 녀석의 내력이 신경 쓰인다. 분명 크게 내력을 끌어올린 것 같지 않은데 내력이 많이 응축되어 있었으니……. 내력이 응축되어 있다는 것은 단전에 담겨 있는 기의 성질이 변했다는 것이다. 그것이 무엇을 뜻하는 줄 알겠느냐?"

순간 그 말을 들은 사람들이 놀란 표정을 지었다. 하지만 예상의 제자 석종이 고개를 저었다.

"하지만 그 나이에 화경에 올라선다는 것은 불가능합니다."

"나도 알고 있네. 하지만 마음에 걸리는군. 만약 화경이 아니라면 어떤 특정한 무공을 익힌 것일 수도 있는데……. 본신의 내력 몇 배나 달하는 강력한 기운을 아무런 거리낌 없이 뿜어내는 무공이 있을까?"

"글쎄요… 강호는 넓고 기인은 많습니다. 무수한 시간을 흐르는 강물처럼 내려온 무림이니 속성으로 익힐 수 있는 무공을 개발한 사람도 있지 않을까요?"

그때 예원이 말도 안 된다는 듯 외쳤다.

"그가 강하든 말든 상관없어요! 어차피 할아버지를 이길 수는 없을 테니까요! 그렇죠?"

모두들 고개를 끄덕였지만 역시 예상은 대답을 하지 않고 먼 하늘만 바라보고 있었다.

'오 일 후면 알게 되겠지.'

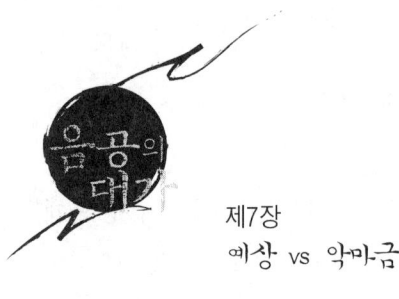

제7장
예상 vs 악마금

　보통의 비둘기보다 몸집이 두 배가량 큰 다섯 마리의 비둘기가 빠르게 하늘을 가르고 있었다. 특이한 점은 저마다 몸 색깔이 약간씩 다르다는 것이고, 공통점은 그들의 발에 손가락만한 통이 매어져 있다는 것이었다.
　그 비둘기들이 향하는 방향은 모두 같았다. 귀주의 서쪽에 위치한 만월교. 도균에서 변화가 있을 때마다 이렇게 연락을 보내는 것이었다.
　비둘기가 만월교에서 각종 연락을 담당하는 전각 삼층 창틀에 내려 앉자 대기하고 있던 흑의사내 하나가 급히 다가가 수를 확인하기 시작했다. 사냥꾼들에게 사냥을 당하거나 불의의 사고로 도중에 전달이 차단될 수도 있기에 한 번에 같은 내용의 전서구를 다섯 마리씩 보냈고, 그 수를 확인하는 것은 빼먹을 수 없는 작업이었다.

사내는 다섯 마리를 모두 확인하자 고개를 끄덕인 후 미리 준비해 두었던 먹이를 비둘기들에게 주며 통을 열었다. 통 안에 담긴 종이에는 깨알 같은 글씨로 암호가 적혀 있었다. 혹 적의 손에 들어갈 경우 낭패를 당할 수도 있기에 예전부터 시행하던 방법이다.

"흐음, 도균에서 보내왔군. 어이, 양원!"

잠시 후 방 안으로 말끔한 중년 무사 하나가 달려와 대답했다.

"부르셨습니까?"

"도균에서 전서구가 도착했다고 알려라. 그리고 암호를 해독한 후 장로님들께 갖다 드리는 것을 잊지 말고."

"알겠습니다."

사내가 급히 대답한 후 달려나가고 반 시진 뒤에 만월교의 장로회가 소집되었다. 교 내의 정보를 담당하던 통천 장로가 교주에게 아뢰어 주최한 것이었다.

회의에 참석한 인물들은 모두 다섯 명이었다. 교주와 통천은 물론이고 모양야 장로, 공손손 장로, 그리고 얼마 전 복귀를 한 마영 장로였다. 원래 화령 장로도 있어야 했지만 적룡문에 심상치 않은 움직임이 있다는 소식에 이틀 전 떠나 자리를 비운 상태였다.

모두 회의실에 자리를 잡기 바쁘게 통천 장로가 교주에게 고개를 끄덕여 보인 후 네 장의 종이를 꺼내 모두에게 건네주었다.

"반 시진 전 도균에서 전달된 전서구의 내용입니다. 한번 보십시오."

실내의 장로들이 의아함을 감추지 못했다. 도균에 악마금이 책임자로 간 것을 알고 있었고 지금까지의 보고로는 그리 큰 문제점이 없었기 때문이다. 그렇기에 그에 대한 문제로 이런 식의 회의는 하지 않았었다. 게다가 듣기로는 며칠 전 악마금이 적의 뒤를 치는 뜻밖의 계략으로 큰 성과를 거두었다고 하지 않았던가.

하지만 전서구의 내용을 읽어 내려가던 장로들의 표정이 점점 일그러지더니 급기야 경악성을 터뜨리기 시작했다.

가장 먼저 입을 연 것은 마영 장로였다. 그는 믿어지지 않는다는 표정으로 고개를 저어 보였다.

"말도 안 됩니다! 어떻게 이렇게 허무맹랑할 수가 있단 말입니까?"

모양야 장로도 고개를 끄덕이며 동조를 했다.

"제가 생각할 때도 조금 무리라고 생각되는군요."

"이것이 어떻게 무리 정도로 해석이 됩니까? 무리라는 말보다는 어린 녀석의 치기라고 말해야 옳습니다. 아무리 실력이 뛰어나다지만 만독부주와 일 대 일 대결을 펼친다니……! 악마금이 출가경에 도달했다는 말은 들었습니다. 하지만 그것은 음공을 익힌 특이한 경로 아닙니까? 실제 내력이 그만큼 뒷받침되는지는 아직 미지수이고, 무엇보다 그는 경험이 부족합니다. 강호의 싸움은 실력이 승패를 좌우한다지만 그것은 단지 이론일 뿐 실제로 경험을 무시할 수는 없습니다. 게다가 만독부주는 산전수전 다 겪은 노장입니다. 그런데 그와 단독으로 싸우겠다니, 이게 말이나 됩니까?"

"그렇긴 하지요. 승패는 둘째 치고라도 이대로 시간만 번다 해도 승리가 확실한데 굳이 이런 모험을 할 필요가 없으니까요."

모양야 장로는 말과 함께 통천에게 시선을 주었다.

"그런데 통천 장로께서는 왜 회의를 신청한 것이오? 여기에서 우리가 반대를 한다 한들 결정권은 이미 그가 가지고 있는 이상 번복할 수 없지 않소?"

"맞습니다. 하지만 이대로 방관할 수가 없다는 것이 교주님의 생각이십니다. 바꿀 수 있다면 바꿔야지요. 가장 문제가 되는 것은 전서구의 내용에 승자가 요구하는 조건을 모두 들어준다는 것입니다. 그래서 시간이 아직 있는 만큼 전서구를 띄워 악마금을 말릴 생각입니다만, 혹시 다른 의견이 있을지도 몰라 여러분들의 의견을 듣기 위해 회의를 소집한 것입니다. 여러 장로님들의 생각은 어떻습니까?"

마영이 당연하다는 듯 바로 대답했다.

"말려야지요. 무엇 하러 이런 황당한 대결을 펼친단 말입니까? 만에 하나 패하기라도 한다면 지금까지 우리가 쏟아 부은 노력은 완전히 물거품이 되지 않습니까."

"그럼 공손손 장로님의 생각은 어떠시오? 아직 아무 말씀도 하지 않고 계신데."

"글쎄요……."

공손손은 선뜻 대답하기가 힘든지 한참 동안 생각에 잠기더니 잠시 후 조심스럽게 의견을 밝혔다.

"저 또한 상책은 아니라고 봅니다. 하지만 이것은 악마금이 만독부주보다 약하다고 보기 때문이 아닙니다."

"그럼?"

"여러분들의 생각과 같이 이번 싸움은 만월교 전체의 사활이 걸린 일입니다. 악마금 그 녀석이 어떤 생각을 하고 있는지는 모르지만 아직 어리고 제멋대로인 것은 부정할 수 없는 사실. 이길 확률이 높다 하더라도 쉬운 길을 놔두고 어렵게 돌아갈 필요는 없지요."

그까지 반대를 하고 나서자 회의의 방향은 쉽게 결정되었다. 그가 말을 마치기가 바쁘게 교주가 고개를 끄덕이며 결정을 내렸다.

"모두의 생각은 잘 알겠다. 시간이 촉박한 만큼 지금 즉시 전서구를 띄워라. 내용은 그대들이 말한 대로 일 대 일 대결을 피하고 장기전으로 적을 와해시키라는 것이다."

"알겠습니다."

통천은 회의를 마치자마자 바로 전서구를 날렸다. 교주의 말대로 대결을 중단하고 적을 섬멸하라는 명이었다. 하지만 애석하게도 악마금은 그들의 의견을 받아들이지 않았다.

    *   *   *

닷새째 되던 날 아침, 만월교에서 도착한 전서구를 받아 들고 급히 악마금에게로 향한 현령은 서찰의 내용을 악마금에게 읽어준 후 물었다.

"어떻게 하시겠습니까?"

"원래의 계획대로 밀고 나간다."

"예?"

악마금의 말에 현령은 두 눈을 동그랗게 떴다.

"하지만 본 교에서의 지시는……."

"지시? 천 리 가까이 떨어져 이곳 상황을 전혀 모르는 사람들의 지시를 따르란 말이야?"

"하지만……."

"상관없어. 여기 책임자는 나다. 그리고 승리한다면 손 안 대고 코

푸는 격인데 왜 교인들을 희생하며 장기전으로 간단 말인가? 오히려 인질이 저들 손에 들어간 것이 기회야. 이 기회를 놓칠 수야 없지."

"그래도 대주님께서는 교주님의 지시를 거부할 권리가 없습니다."

"내가 한다면 한다."

악마금은 단지 그렇게만 말했다. 그러자 현령의 표정이 전에 없이 험악해지기 시작했다. 그가 악마금의 말에 따르는 것은 교주의 명이 있었고, 일시적인 것이기는 하지만 악마금이 자신의 상관이기 때문에 어쩔 수 없는 것이었다. 하지만 교주의 명을 이런 식으로 거부하는 이상 그를 상관으로 받아들일 수 없다는 것이 그의 생각이었다.

"교주님의 말씀은 천언(天言)이십니다. 무슨 수를 써서라도······."

악마금이 귀찮은 듯 그의 말을 잘랐다.

"시끄럽군. 전서구를 보낸 사람이 누군가? 교주님인가, 통천 장로님인가?"

"그것은······."

"분명 전서구를 보낸 사람은 통천 장로님이시다. 교주님의 인장이 찍혀 있지 않은 이상 통천 장로님의 명이라 해야겠지? 하지만 여기 책임자는 나고 교주님 이외에 계획을 변경할 수 있는 사람은 없어. 나는 내 방식대로 시행한다."

완벽한 억지라 할 수 있었다. 통천 장로가 보냈다는 것은 교주의 명이 있었다는 말과 같다. 하지만 악마금은 그것을 알면서도 거부하고 있었으니······.

그의 말에 현령은 더 이상 나서지 않았다. 상태를 보아하니 결정을 번복하기란 불가능해 보였기 때문이다.

예상 vs 악마금 87

하지만 완전히 포기하기에는 석연치 않은 현령이었기에 위협조로 한마디 하는 것을 잊지 않았다.

"이번 일은 차후 본 교에 돌아가 보고할 생각입니다. 문책을 피하실 수는 없을 겁니다."

"마음대로 해. 하지만 그거 아나?"

"……?"

"전투는 과정이 아니라 결과야. 그 결과가 어떻게 나느냐에 따라 승자와 패자가 갈리지. 뭣 빠지게 노력해도 막판에 패한다면 끝이다. 그리고 힘들게 승리한다 하더라도 피해가 크다면 상대가 패한 것일 뿐 우리가 이긴 것은 아니야. 시간이 다 되어가니 너는 명대로 준비나 해라."

"존명."

어쩔 수 없이 현령은 씁쓸한 표정으로 고개를 숙였다. 하지만 내심은 다른 생각을 하고 있었다.

'빌어먹을, 본 교에 돌아가서 보자. 그때 가서도 지금처럼 이렇게 기고만장할 수 있는지 한번 보겠다.'

현령이 대답과 함께 방을 나가자 악마금은 전에 도균에서 산 금을 꺼내 탁자 위에 올려놓았다. 그간 많은 연주로 조금 바랬지만 악기는 묵을수록 깊은 소리를 내는 법. 그는 흐뭇한 미소를 지으며 자신에게 맞게 길들여진 금을 연주하기 시작했다. 그러자 처연한 것 같으면서도 영웅의 기상이 깃들어 있는 강하고 웅장한 소리가 달단방을 울렸다.

약속 시간이 다 되어가자 연주를 멈춘 악마금은 악기를 다시 한 번 점검한 후 자리에서 일어나 밖으로 향했다.

밖으로 나가자 달단방의 대연무장에서는 만월교도들과 흑룡사, 그리고 달단방도들이 대열을 갖추고 그를 기다리고 있는 것이 보였다.

그가 모습을 드러내자마자 흑룡사 중 하나가 달려와 고개를 숙였다.

"현령 부대주께서는 출발하셨습니다. 지금 가시겠습니까?"

"미리 가서 기다리는 것도 나쁘지 않겠지. 지금 출발한다."

"존명!"

달단방 서쪽에 도착하자 아직 적들은 보이지 않았다. 드넓은 초원에는 현령과 만월교도 몇 명이 악마금이 미리 준비해 놓으라 지시했던 석상을 마련해 놓고 대기하고 있을 뿐이었다.

"적들은?"

"조금 전에 출발했다는 보고가 들어왔습니다. 일각 후면 도착할 겁니다."

"훗, 이번에는 나보다 늦게 오겠다는 말이군. 좋아, 어차피 비참하게 깨질 테니 참아주지."

말과 함께 악마금은 현령이 준비해 놓은 이 척(二尺:대략 60㎝) 높이에 가로, 세로 삼 척의 석상 위에 앉아 들고 온 금을 풀어 다리 위에 올려놓고 예상을 기다렸다.

잠시 후 족히 이천여 명은 되어 보이는 무사들이 초원 끝 나무 숲에서 모습을 드러냈다. 그들은 초원으로 들어서더니 달단방과 마찬가지로 반원을 그리며 자리를 잡았다.

양쪽 무사들의 거리는 백여 장. 그 중앙에 악마금이 앉아 있는 단상으로 만독부의 예상이 걸어나왔다.

만독부주 예상은 악마금을 발견한 후부터 쭉 인상을 쓰고 있었다.

예상 vs 악마금

자신의 실력을 안다면 긴장이라도 해야 할 것이 아닌가! 전에 만났을 때 파악한 성격으로는 전혀 긴장할 녀석 같지는 않았지만 그래도 이렇게 소풍이라도 나온 듯 느긋한 자세와 표정은 전혀 이해가 가질 않았다. 게다가 금까지 들고 나와 있으니…….

은근히 부아가 치밀어 오른 예상이 분노를 억누른 목소리로 나직이 입을 열었다.

"자네는 별로 긴장한 기색이 아니군."

악마금이 피식 웃으며 대답했다.

"뭐, 긴장한다고 승패가 달라지는 것도 아니니까. 게다가 그럴 나이도 지났지."

"그만큼 자신있다는 뜻인가?"

"글쎄, 한번 확인해 봐."

순간 예상의 눈빛이 달라졌다. 안광에 살기가 감돌기 시작하더니 섬독적화라는 별호답게 몸에서 뜨거운 열기가 피어오르며 이내 붉은색을 띠기 시작했다.

그의 몸 사방으로 독기가 퍼져 나오자 악마금이 약간 놀랍다는 시선을 던지며 말했다.

"소문은 들었지만 대단하군. 확실히 삼십 년간 수련을 하지 않은 화경과 부단히 노력한 차이가 나는 것 같은데?"

"무슨 말인가? 삼십 년간 수련을 하지 않았다니?"

"아, 내가 알고 있는 사람 중에 그런 사람이 있지. 삼십 년 전에는 화경의 고수라고 들었는데 다른 무공에 미쳐 수련을 거의 하지 않았다고 하더군."

"그자가 누군인지 물어봐도 되겠나?"

한껏 내력을 끌어올렸던 예상이 무인답게 강자에 대한 궁금중을 드러냈지만 악마금은 고개를 저었다.

"그것보다… 시작해 볼까?"

하지만 예상은 섣불리 나서지 않았다. 악마금이 아무런 준비 동작도 보이지 않고 있었기 때문이다.

"자네의 무공은 뭔가? 도법? 검법?"

"음공!"

"뭐?"

악마금의 미소가 순간적으로 비소로 바뀌었다.

"음공이라고 했다."

그의 말에 예상은 말도 안 된다는 표정을 지으며 실소를 머금었다. 하지만 그것이 실수였다. 황당한 나머지 심력이 흐트러져 내공 운용이 잠시 흔들렸던 것이다. 그것을 악마금이 놓칠 리 없었다. 말이 끝남과 동시에 줄 하나를 빠르게 퉁겼다.

띵!

순간 예상이 서 있는 곳 바로 삼 장 높이에서 반월형 강기 하나가 생겨나더니 바닥으로 쏟아져 내렸다. 그 광경에 놀랄 사이도 없이 예상은 급히 옆으로 몸을 날렸다.

쾅!

강기가 땅에 부딪치며 만들어지는 엄청난 굉음. 하지만 악마금의 공격은 거기에서 그치지 않았다. 그는 연이어 줄을 퉁겼고, 어김없이 예상의 주위로 강기가 번뜩이며 전신 요혈을 노리고 날아들었다.

콰콰콰쾅!

수도 없이 쏟아지는 강기는 바닥을 움푹움푹 패어놓기 시작했다.

갑작스런 공격, 그리고 신비막측한 공격에 반격할 생각도 못한 채 이리저리 몸을 날리며 피하기에만 바빠 예상은 정신이 없었다. 허공에서 강기가 생겨난다는 것이 도저히 이해가 가질 않았지만 눈으로 확인한 사실을 부정할 수는 없었다.

콰쾅!

여기저기에서 강기가 생겨나며 예상이 피하는 곳곳마다 예리한 칼날처럼 다가들었다. 하지만 예상도 그리 녹록한 인물이 아니었다. 어느 정도 시간이 지나자 악마금의 공격에 익숙해지며 점차 악마금에게로 접근하기 시작했다.

거리가 가까워지는 것을 느낀 악마금의 입꼬리가 슬며시 말려 올라갔다. 그는 즉시 몸 주위로 음강을 만들어내 접근하는 예상을 향해 퍼붓기 시작했다.

"크윽!"

공중에서 생겨나는 강기를 피하기도 바쁜데 악마금에게서 음강이 쏟아져 나와 접근을 막자 예상은 은근히 노기가 치밀었다.

"크아아!"

그는 기합성과 함께 방어를 무시하고 악마금에게 빠르게 달려들었다. 이대로 피하기만 하다가는 제풀에 지칠 것 같았기 때문이다. 하지만 악마금은 그것을 허용하지 않았다.

띠디디딩!

예상이 다가오자 손이 보이지 않을 정도로 빠르게 일곱 개의 줄을 오가며 소리를 만들어냈다. 순식간에 수십 가닥의 음강이 다가오는 예상을 향해 뿜어졌다. 하지만 예상은 속도를 멈추지 않았다. 지금까지의 경험으로 보아 접근만 하면 이길 수 있다고 판단했기 때문이다. 무리를 해서라도 악마금에게 붙어 근접전을 벌일 생각이었다.

"으읍!"

예상은 내력을 극도로 끌어올려 몸을 보호했다. 그러자 몸에서 은은한 붉은 빛이 흘러나와 그의 몸을 음강으로부터 막아주었다.

콰쾅!

음강과 붉은 기운이 부딪치며 손해를 본 것은 역시 예상이었다. 빠르게 움직인 탓에 음강을 정면으로 맞지는 않았지만 몸을 보호하기 위해 뿜어낸 기운이 음강에 충격을 받아 몸에까지 전해졌던 것이다. 하지만 그 정도는 충분히 감수할 수 있는 예상이었다.

"이얍!"

그는 외침과 함께 악마금에게 주먹을 뻗었다. 그러자 붉은 일자형의 장력이 섬전과 같은 속도로 악마금을 향해 쏟아져 나갔다. 예상 밖의 반격에 악마금이 인상을 찌푸리며 줄 하나를 퉁기며 몸을 솟구쳐 올렸다.

역시 음강 하나가 생겨나 다가오는 붉은 강기와 부딪쳐 연기와 회오리를 만들어냈고, 악마금은 공중에서 아직도 떨리고 있는 금음에 내력을 불어넣었다.

몸이 금과 멀어지기는 했지만 이미 진동하기 시작한 금은 계속 움직이기 시작했다. 소리가 소리를 움직여 부단히 금 줄을 퉁기고 있었기 때문이다. 소리가 울리는 것과 함께 음강은 끊임없이 예상을 향해 쏟아져 나가고 있었다.

예상은 급히 몸을 틀어 공중에 떠 있는 악마금을 향해 따라붙었다. 하지만 그것도 여의치는 않았다. 음강은 악마금과 그의 사이에서 계속 생겨났고 공중에서는 몸을 자유자재로 움직이기가 불가능해 피하기가 오히려 힘이 들었던 것이다. 채 오 장도 접근하기 전에 예상은 바닥으로 급히 내려서서 주먹을 뻗었다.

손이 보이지 않게 수십 번을 뻗었다 거두어들이기를 반복했다. 그에 따라 강렬한 빛을 발하는 일자형 강기가 악마금을 향해 날아갔다.

"꽤 하는군."

악마금은 말과 함께 빠르게 다가오는 강기의 음파를 감지해 방향을 틀어버렸다. 순간 예상의 두 눈이 불신으로 물들었다. 강기가 방향을 튼다는 말은 들어보지 못했기 때문이다. 수많은 강기가 악마금의 일 장 거리에서 방향을 틀어 비켜 나가자 결국 예상이 질린 듯한 경악성을 질렀다.

"이럴 수가! 어떻게……?"

"흐흐, 지금 그렇게 놀랄 시간이 없을 텐데?"

악마금은 잠시 공격을 멈춘 예상을 뒤로하고 다시 바닥으로 내려서며 발을 땅에 찍었다. 그러자 '푹' 하는 소리와 함께 발목까지 땅에 박혔고, 이내 그것을 예상을 향해 걷어차듯 들어 올렸다.

파파파팟!

발이 땅에 빠지며 흙이 예상을 향해 덮쳐들었다.

예상이 눈살을 찌푸렸다. 시정잡배도 아니고 적에게 흙을 뿌린다는 것은 고수들의 비무에서는 결코 있을 수 없는 저급한 행동이었기 때문이다. 하지만 흙 알갱이들이 그에게 가까워졌을 때 그는 그 생각을 완전히 지워 버려야 했다. 다가오는 속도도 속도였지만 그 속의 몇몇 알갱이에 엄청난 내력이 실려 있다는 것을 파악했기 때문이다.

'이, 이럴 수가! 허공을 격해 내력을 담아낸다? 그렇다면……?'

"출가경?"

본능적인 외침이었지만 그대로 서 있을 수만은 없었다. 예상은 바로 코앞까지 다가온 흙 알갱이를 피하기 위해 급히 옆으로 비켜나며 바닥으로 굴렀다. 화경의 고수로서 있을 수도, 있어서도 안 되는 꼴사나운 행동이었지만 지금 그에게는 그것이 문제가 아니었다. 처음 비무를 시작할 때부터 놀라움의 연속이었기에 정신이 없는 탓이었다.

푹푹푹!

악마금은 연신 바닥에 발을 꽂으며 연속으로 흙을 차 예상을 되도록 멀리 떨어뜨리는 데 집중했다. 생각과 같이 예상과의 거리가 벌어지자 악마금은 즉시 금이 놓여져 있는 석상으로 몸을 날렸다.

그때 뒤에서 예상의 분노에 찬 음성이 들렸다. 흙이 옷에 닿아 피를 본 예상이 악마금의 의도를 알아차리고는 거리를 좁히며 내는 소리였다.

"성질머리 하고는!"

악마금은 그 말과 함께 더욱 속도를 냈다. 지금까지 악마대에 있으면서 음공을 익히는 데 주력했지만 공손손은 강호에서 신법의 중요성을 알고 있었기에 악마대 전원에게 경공술과 신법을 상당히 단련시켰었다. 게다가 아이들이 내공까지 뒷받침되다 보니 당연히 신법에 빠른 진보를 보일 수밖에 없었다.

악마금은 신법의 오묘함이나 세밀한 것에 치중하지는 못했지만 그래도 출가경에 이르며 늘어난 내공이 있는 데다 음공을 자신의 몸과 맞추어 내력 소모를 극도로 줄였기에 빠르기에는 누구보다 자신이 있었다. 그는 오히려 예상과 거리를 더욱 벌리며 석상에 도착해 처음의 자세를 잡았다.

오히려 여유로운 태도까지 취하고 있자 예상이 괴성을 지르며 자신의 절초인 독령화(毒靈火)를 펼쳤다.

쿠아아앙!

그가 손을 뻗기 무섭게 괴성이 터지며 거대한 원구형의 강기가 악마금을 향해 쏘아져 나갔다.

"멋지군."

악마금은 약간 놀란 듯한 표정을 지었지만 이내 웃으며 강기를 뿜어내기 시작했다. 하지만 예상이 발출한 독령화에 엄청난 내력이 실려 있었던 모양이다. 무엇이든 못 베는 것이 없는 음강이 세 개나 부딪쳤는데 전혀 멈출 생각을 하지 않고 악마금에게로 다가오고 있었던 것이다.

살짝 미간을 찌푸린 악마금은 금음을 이용해 다가오는 원구의 강기에 흐르는 음파에 맞췄다.

쾅!

순간 악마금과 예상의 대결을 구경하던 사람들이 놀라움의 탄성을 질렀다. 굉음과 함께 거대한 구형의 강기가 허공에서 터져 버렸기 때문이다.

강기가 터지며 뿌연 연기가 사방으로 퍼져 나갔다. 그리고 그 연기 속에서 흐린 인영이 비치더니 이내 예상의 모양으로 번져 갔다. 강기가 터짐과 동시에 예상이 연기를 뚫고 악마금에게 기습을 하기 위해 몸을 날렸기 때문이다. 그로서는 이번이 근접전을 벌일 절호의 기회라고 생각했다.

하지만 악마금의 표정을 본 예상은 순간 이게 아니라는 생각이 들었다. 잠깐이지만 상대의 입가가 묘하게 뒤틀리는 것을 보았기 때문이다. 그것은 비웃음, 또는 무언가 꿍꿍이를 숨기고 있는 듯한 음흉한 웃음이었다.

"흐흐, 끝이군."

악마금은 이미 접근하기를 바랐다는 듯 말하더니 말과 함께 양손으로 일곱 개의 현을 동시에 퉁겼다.

띠띠띠띵!

순간 악마금의 주위로 불빛이 번뜩였다. 동시에 지면을 덮는 푸르스름한 반구형의 막이 생기더니 빠르게 퍼져 나갔다. 호신음강을 시전한 것이다.

주위 사방을 뒤덮을 듯 퍼져 가는 막은 곧이어 거리를 좁혀드는 예상을 향해 다가갔다.

"이런!"

예상은 상상 이상의 기운이 퍼져 나오자 급히 몸을 돌려 피하려 했다. 하지만 달려드는 속도와 평생 들어보지도 못한 희귀한 강기가 퍼져 나오는 속도에 가망이 없음을 본능적으로 감지했다.

그는 급히 전신의 모든 내력을 총동원해 다가오는 강기를 막고 따로 호신강기를 만들어 몸을 보호하려 했다. 하지만 악마금이 분출한 음강은 생각보다 강력한 것이었다. 내력이 파괴됨과 동시에 그것을 뚫고 호신강기까지 무너진 것은 극히 짧은 시간이었다.

"크아악!"

엄청난 고통이 동반되어 예상은 자신도 모르게 비명성을 질렀다. 그와 함께 천지를 뒤흔드는 폭음이 울려 퍼졌다. 악마금이 호신음강을 터뜨려 음폭을 사용했기 때문이다.

콰콰콰쾅!

희뿌연 흙먼지와 초원의 잡초와 풀이 폭발의 충격에 떠오르며 악마금을 중심으로 방원 삼십 장을 가득 메웠다. 예전 화경의 경지일 때는 음폭을 사용하면 거의 탈진 상태까지 가는 악마금이었지만 지금은 전혀 무리가 없었다. 출가경에 오르면서 내공이 상당히 늘어 살상 거리 역시 늘어난 데다 내공 조절 면에서도 상당히 진보했기 때문이다. 지금에 이르러서는 조절만 잘한다면 이 정도 파괴력은 다섯 번 정도도 사용이 가능했다. 게다가 지금의 공격으로 혹시 만월교도들과 달단방의 무사들까지 음강에 휘말릴까 봐 사정권을 삼십 장 내외로 줄였기에 파괴력은 그만큼 높아져 있었다. 그러니 느긋한 표정일 수밖에.

흙먼지가 가라앉자 주위는 거의 초토화되다시피 했다. 십 장 거리는 화산이 폭발할 때 생긴 구멍처럼 움푹 패어 있었고, 그 밖의 이십 장 또한 음강의 폭발에 휩쓸려 아무것도 남아 있지 않았다.

"이럴 수가!"

"저, 저것이 가능하단 말인가?"

그 믿을 수 없는 광경을 목격한 사천여 명에 달하는 무사들은 입을 쩍 하니 벌리고 경악성을 터뜨렸다. 만독부와 섬령방 쪽에서는 예상이 어떻게 됐는지 아예 관심조차 없었다. 그 거대한 파괴력에 모두 정신을 빼앗겼다.

"크으으윽!"

먼지구름이 바닥으로 거의 가라앉을 때쯤 떨리는 신음성이 흘러나왔다. 예상이 몸을 부들부들 떨며 바닥에서 힘겹게 일어서고 있었던 것이다.

그의 몸은 말이 아니었다. 옷은 거의 다 타서 검게 변해 있었고 얼굴도 피투성이인 채로 검게 그슬려 있었다. 그 모습을 바라본 악마금이 비릿한 미소를 흘렸다.

"과연 명불허전(名不虛傳)이군. 거리를 줄인만큼 음폭의 파괴력이 높아졌을 텐데……. 명줄이 긴 모양이야. 어때, 더할 수 있겠나?"

"크윽!"

예상은 대답도 못한 채 여전히 몸만 떨고 있을 뿐이었다. 분노해서라기보다는 서 있을 힘조차 없기 때문이었다.

악마금은 금을 놓으며 슬며시 석상에서 내려와 예상에게 다가가기 시작했다. 그와 동시에 예상의 눈에 잠시나마 두려운 빛이 떠올랐다.

"그럼 시작해 볼까?"

악마금은 말과 함께 손가락을 튕겼다. 그러자 '탁' 하는 소리가 들리고 예상이 이 장이나 무언가에 부딪친 듯 허공을 날더니 바닥으로 떨어져 내렸다. 하지만 악마금은 거기에서 그치지 않았다. 이제 서 있지도 못해 바닥에 누워 꿈틀거리는 예상 바로 앞까지 걸어가더니 발로 예상의 왼쪽 다리를 밟았던 것이다.

으드득!

뼈가 부러지는 소리가 들리고, 다음은 비명성이었다.

"크아아악!"

예상의 입에서 고통의 비명이 터지자 그럴수록 악마금의 표정은 살기로 번뜩였다. 흡사 그의 비명이 듣기 좋은 음악이라도 되는 듯 악마금은 발을 옮겨 예상의 허벅지까지 으스러뜨렸다.

 그 잔인한 광경에 연합 쪽의 무사들이 질린 듯, 또는 두려운 듯한 표정을 숨지지 못했다. 하지만 전혀 사람이 없지는 않은 모양인 듯 누군가가 외치며 달려들었다.

 "멈춰라!"

 만독부의 장로들이었다. 하지만 그들은 채 악마금에게 다가서기도 전에 반대편에서 달려나온 흑룡사에 의해 진로를 차단당해야 했다. 흑룡사 중 현령이 사이한 기운을 극도로 풍기며 으르렁거렸다.

 "아직 대결은 끝나지 않았다. 비겁하게 끼어들 참인가?"

 "……."

 장로들은 말없이 몸을 부르르 떨었다. 현령의 말대로 비무가 아닌 조건을 걸고 벌이는 대결인 이상 당사자가 죽어도 나설 수가 없는 것이기 때문이다. 대결의 끝은 당사자의 의사에 달려 있을 뿐 제삼자가 끼어들어서는 안 되는 것이다. 게다가 이렇게 중간에 끼어들어 부주를 구한다면 자부심 강한 예상을 욕보이는 일이기도 했다.

 이래저래 만독부의 장로들이 갈등하고 있을 때 악마금이 나직이 읊조렸다.

 "흐흐흐, 그러기에 만월교는 왜 건드려?"

 으드득!

 "큭!"

 이제 예상은 고통을 느끼지 못할 지경에 이른 듯 악마금이 밟을수록 짧은 신음만 낼 뿐 두 눈까지 돌아가 있는 상태였다. 한참을 밟아도 반응이 없자 그제야 악마금의 발은 멈춰졌다. 그는 반대편에 있는 만독부와 섬령방, 그리고 본문으로 돌아가며 남겨두었던 다른 문파들의 고수들을 보며 손을 올려 손가락 하나를 들어 보였다.

"첫 번째 조건이다. 지금 즉시 연합을 해체한다."

"……."

아무런 대답이 없었다. 하지만 악마금은 상관하지 않았다. 그들이 짓고 있는 두려운 표정이 마음에 들었기 때문이다.

"두 번째!"

두 번째 손가락이 들렸다.

"이틀을 주지. 그 안에 진채를 뽑고 각자 문파로 돌아간다. 이틀 후 한 명이라도 도균에서 눈에 띄면 그때는 그가 속한 문파를 내가 직접 찾아가 멸할 것이다."

이번에는 세 번째 손가락이었다.

"돌아가는 즉시 봉문을 선언한다. 향후 십 년간 무림의 일에 일체 관여해서는 안 돼. 그리고 네 번째!"

"……?"

"만월교에 공식적으로 사과를 한다. 귀주의 모든 문파들이 알 수 있게. 마지막으로 다섯 번째는 지금까지 만월교와 달단방에 입힌 피해를 전부 보상하고 태왕문이 가지고 있던 모든 영역을 달단방이 관리한다. 그에 대해 문제를 삼아서도 안 되고, 달단방을 적대시해서도 안 된다. 그리고 마지막은 내 친구를 돌아가는 즉시 풀어주는 것이다."

악마금이 비릿한 미소를 지으며 짧게 물었다.

"불만은?"

없었다. 이미 대결 전부터 승자의 모든 요구를 들어주기로 약속된 것이었기에 있을 수가 없는 것이다. 거절할 수도 있겠지만, 그리고 거절한다 해도 상관은 없겠지만 그러면 강호에서 얼굴을 들고 다닐 수가 없게 될 것이 자명했다. 평생을 비겁한 자들로 낙인 찍히게 될 상황이었다. 그것은 무인에게서 자존심을 죽이는 것과 같았다.

대답없는 그들을 향해 악마금은 예상의 다리에 올려져 있던 발을 치우며 덧붙였다.

"오늘 저녁 회화루에 갈 것이니 그때 내 친구를 볼 수 있었으면 좋겠군."

그리고는 미련없이 몸을 돌렸다.

"모두 돌아간다."

악마금이 사라지고 그를 따라 현령과 역원, 그리고 무사들이 뒤이어 사라지자 한참 동안 초원에는 침묵만이 감돌았다.

달단방과 만월교도들은 악마금을 따라가면서 아무런 말도 하지 않았다. 피해도 보지 않고 승리를 거두었기에 펄쩍펄쩍 뛰며 좋아해야 할 역원도 그럴 수가 없었다.

그 답답한 기분이 싫었던지 역원 방주가 고개를 설레설레 저었다.

'어디에서 이런 자가 나타난 것이냐? 이건 강해도 너무 강하잖아. 아무튼 이런 고수를 양성해 내다니, 만월교의 저력은 정말 대단하군. 도대체 인간 같지가 않으니……. 만월교가 수십 년간 무림에 모습을 드러내지 않은 이유를 알겠어.'

제8장
채찍은 주었으니 이번에는 당근을!

만독부주 예상과 대결이 있은 지 사흘이 지난 아침에 현령이 악마금의 방으로 들어왔다. 그는 기분 좋은 표정을 숨김없이 드러내며 보고를 올렸다.

"어제 적들이 진채를 뽑더니 지금은 모두 도균을 빠져나간 상태입니다."

그의 말에 악마금 또한 마주 미소를 지었다.

"저런 벌레 같은 것들은 원래가 힘에 내몰리는 법이지. 이제 방주도 한시름 놓을 수 있게 되겠군."

"하하, 뿐이겠습니까? 그간 지어왔던 우거지 죽상은 온데간데없고 연회를 준비한다며 달단방 전체가 떠들썩할 지경입니다. 태왕문의 세력권까지 삼키게 되었으니 당연한 것이지요."

"주변 일대의 반응은 어떤가?"

"조용히 숨죽이며 관망만 하고 있습니다. 아마 이번 일을 계기로 이 일대에서는 만독부 등과 같이 연합을 결성할 생각은 꿈도 꾸지 못할 겁니다."

"됐군."

하지만 현령은 잠시 아쉬운 듯한 표정을 드러냈다.

"그런데 이대로 끝낼 생각이십니까?"

의미심장한 그의 표정을 살핀 악마금이 고개를 갸웃거렸다.

"무슨 말인가?"

"적들의 사기는 떨어질 대로 떨어져 있습니다. 게다가 이미 승부가 났으니 방심까지 하고 있지요."

"기습을 하자는 말인가?"

"그렇습니다. 제게 지휘권만 주신다면 오늘 내로 뒤따라가 완전히 쓸어버리겠습니다."

"글쎄, 그래서는 만월교에 얻어지는 것이 아무것도 없지 않은가?"

"무슨 말씀이신지?"

"이대로 간다 해도 손해는 아니지만, 나는 좀 더 생산적으로 만들고 싶다는 말이야."

"……?"

"가령 만독부 등 여덟 개의 문파가 우리 만월교에 협력한다면 그 이득은 상당한 것이 아니겠어?"

"맞는 말씀이긴 합니다만 그것이 가능하겠습니까?"

"가능하게 만들면 되지. 우선 각 문파에 예물을 갖춰 사람을 보내게.

그리고 그들에게 우리 만월교와 뜻을 같이하자고 제의를 한번 해봐."

하지만 현령은 단호하게 고개를 저었다.

"거절할 것이 분명합니다."

"당연하겠지. 하지만 그에 따른 상당한 이익이 보장된다면?"

"글쎄요……. 이득의 크기가 얼마나 되느냐에 따라 다르겠지요. 어떤 생각을 하고 계십니까?"

"내가 제시한 봉문을 철회한다면 어떻겠나? 거기에 덤으로 달단방과 같이 그들의 세력을 성장시키는 데 상당한 지원을 해주겠다면?"

"거절할 수 없는 조건이군요."

"그렇겠지. 그들은 우리와 대립하면서 상당한 피해를 입었어. 이 정도면 충분히 매력적인 조건이 아닌가?"

"흐음, 확실히 그렇기는 합니다. 하지만 이런 사항은 저희가 단독으로 결정하기에 무리가 있습니다. 우선 우리에게 떨어지는 이득이 없습니다."

"없긴 왜 없나? 만약 내 말대로만 된다면 이 일대는 온전히 만월교의 세력으로 굳힐 수가 있어. 게다가 그동안 달단방에 신경을 쓴다고 우리 만월교가 얼마나 많은 희생을 감수했나? 성사만 되면 지금 달단방에 지원된 천여 명의 교도를 다른 곳으로 지원 보내 좀 더 안정을 꾀할 수가 있지."

그래도 미심쩍은 표정의 현령이었다. 그는 잠시 고민하는 듯하더니 이내 입을 열었다.

"하지만 적들도 자존심이 강한 무인입니다. 그래도 거절을 한다면 어떻게 하시겠습니까?"

"조금 비열한 방법이기는 하지만 어쩔 수 없지. 은근한 협박과 함께 다른 문파는 이미 우리와 뜻을 함께하기로 했다고 말해 버려."

"적들도 정보력이 있을 텐데요? 그 정도쯤은 얼마간 시간이 지나면 충분히 알 수 있을 겁니다."

"상관없어. 동시에 사람을 보내 그 자리에서 결정을 하도록 해. 그러면 어쩔 수 없겠지."

현령은 악마금의 말에 실소를 머금었다. 아무리 승리가 우선이고 이득이 먼저라지만 거짓말까지 해야 한다는 것은 내키지 않는 일이었다. 편법이라면 편법이고, 악마금의 말대로 비열하다면 비열한 방법이었다.

확실히 악마금의 말대로만 된다면 만월교에는 상당한 이득이 돌아오는 것은 사실이다. 잠시 생각하던 현령이 고개를 끄덕였다.

"알겠습니다. 하지만 본 교에는 어떻게 보고를 할 생각이십니까?"

"보고는 무슨……. 내가 이곳의 책임자라는 것을 잊었나? 내가 한다면 하는 거야. 보고는 다음이다. 역시 책임은 내가 지겠지만 상관없지. 좋아했으면 좋아했지 결코 나를 징계하지는 않을 거야."

그러면서 악마금은 음흉한 미소를 지었다.

"이 정도 이득은 가져다 주어야 만독부주와 대결을 펼친 것에 대해 문제 삼지 않을 것이 아닌가?"

"그렇다면 그것 때문에……?"

악마금이 고개를 끄덕였다.

"나는 바보가 아니야. 내가 손해 볼 짓은 하지 않아."

'그것까지 생각하고 있었군. 머리가 좋은 것인지 임기응변이 강한

것인지……. 아무튼 확실히 본 교에서 대결에 대한 책임을 묻지는 않 겠군. 영악한 놈.'

내심 그런 생각을 하고 있는데 악마금이 말을 이었다.

"아무튼 적당한 예물을 준비해 이틀 후 동시에 각 문파에 도착할 수 있게 출발시켜라."

"알겠습니다."

대답과 함께 돌아가려는 현령을 악마금이 불러 세웠다.

"참, 만독부의 상황은 어떤가?"

"도균을 벗어나기는 했지만 삼십여 명 정도는 만독부로 돌아가지 않 고 있습니다. 지금 천환(天歡)이라는 작은 마을에서 부주의 부상을 치 료하고 있습니다."

"잘됐군."

"……?"

"만독부는 내가 직접 찾아가지."

"예?"

현령은 이해를 할 수 없다는 듯 두 눈을 동그랗게 뜨며 말했다.

"다른 문파는 모르지만 그들은 우리에게 상당한 적개심을 보일 텐데 요? 잘못하다가는 문제가 일어날 수도……."

"그러니 내가 직접 간다는 거야. 그리고 버릇을 고쳐 줘야 할 녀석 이 있거든. 감히 나를 상대로 인질을 사용하다니, 간이 배 밖으로 나와 도 한참 나왔지. 만약 내 제안을 거절한다면 그 녀석들은 모두 죽일 생 각이니 흑룡사 삼십 명을 대기시켜. 이틀 후에 찾아간다."

"알겠습니다."

이틀 후 악마금은 계획대로 천환으로 향했다. 도균에서 삼십오 리 정도밖에 떨어지지 않아 느긋하게 주변을 구경하며 걸어도 두 시진이 채 걸리지 않는 짧은 거리였다.

천환에 도착한 그는 흑룡사와 함께 바로 만독부주를 찾았다. 그때 만독부는 작지만 제법 운치가 있는 집 한 채를 빌려 삼십여 명의 무사와 함께 기거하고 있었다. 예상의 극심한 부상을 살핀 의원이 이대로 장시간 여행을 할 수가 없다고 했기에 다른 인원은 모두 돌려보내고 나머지는 예상을 호위하기 위해 남은 것이었다.

끼이익!

갑자기 문이 열리자 백의무사 세 명이 급히 달려나와 악마금과 흑룡사를 가로막았다. 하지만 악마금의 얼굴을 확인한 그들은 경악을 금치 못하고 훌쩍 뒤로 물러섰다. 그중 나이가 제법 있는, 그래서 경험이 많은 듯한 무사가 역시 두려운 빛을 드러내며 물었다.

"무, 무슨 일로 이곳을 찾아오셨소? 우리는 약속대로 도균을 떠났소."

그의 말에 악마금이 슬쩍 미소를 지어 보였다. 그 모습이 며칠 전과는 달리 너무 화려해 오히려 무사들을 압박하고 있었다.

"제대로 찾아왔군. 부주님은 계신가?"

"용건을 말하기 전에는 대답할 수 없소."

말은 그렇게 했지만 이미 무사들의 다리는 절로 떨리고 있었다. 두려움 때문이라기보다는 악마금이 은근히 내뿜는 한기가 전신을 감쌌기 때문이다.

악마금은 그들이 떨고 있는 것을 본 후 흡족한 표정으로 은근히 몸 밖으로 뿜어내던 기운을 안으로 갈무리하며 다시 말했다.
"너희들을 상대할 시간 없다. 부주님과 할 이야기가 있으니 안내하도록!"
악마금은 둘째 치고라도 그의 뒤에 서 있는 사이한 기운을 풀풀 풍기는 흑룡사의 기세에 무사들이 흠칫거렸다. 만약 거절을 한다면 무슨 일이 벌어질지 알 수가 없는 상황 같았다. 저들의 놀라운 무공은 며칠 전에 실컷 구경하지 않았던가!
악마금의 말투로 보아 그리 악의가 있는 것 같지 않았기에 상황 판단이 빠른 중년 무사가 떠듬거리며 입을 열었다.
"잠시만 기다리시오. 여쭤보고 오겠소."
그가 사라지고 난 후 집 안에서 이십여 명의 만독부 무사가 모습을 드러냈다. 그들은 경계의 빛을 늦추지 않으며 언제든지 공격할 수 있게 진을 구성하기 시작했지만 악마금이 그에 연연할 리 만무했다. 꼴사납다는 듯 그들을 죽 훑어보는데 그때 중년 무사가 나오며 공손하게 말했다.
"들어오십시오."
"고맙군."
말과 함께 악마금은 흑룡사를 돌아보며 외쳤다.
"너희들은 이곳에 대기해라! 지시가 있을 때까지 절대 손을 쓰지 마라! 알겠나?"
"존명!"
그들의 대화에 만독부 무사들의 표정이 해쓱해졌다.

'무슨 소리야? 여차하면 공격도 불사하겠다는 말?'

그때 무사의 표정을 읽은 악마금이 웃으며 설명했다.

"아아, 걱정하지 마시오. 혹시 문제가 생길까 봐 그런 것이오."

방 안으로 안내를 받은 악마금은 주위를 둘러보았다. 방 안에는 두 명이 자리를 지키고 있었다. 방 안 중앙에 위치한 탁자 앞에 앉아 있는 만독부주 예상과 그 뒤로 그의 손녀 예원이 기립해 있었다.

예상은 자못 위엄 서린 모습을 갖추려고 노력하고 있었지만 사실 예전의 위풍당당함은 어디에서도 보이지 않았다. 상의는 벗겨진 채 붕대가 감겨져 있었고 악마금에게 밟혀 으스러진 다리는 부목을 덧대어 고정된 상태였다. 오히려 초라해 보일 정도였다.

악마금을 보자 침착함을 유지하려던 예상의 표정이 미미하게 뒤틀렸다. 악마금 때문에 한쪽 다리를 평생 쓰지 못하게 된 것이다. 자연 말이 좋게 나올 리가 없었지만 그는 경험 많은 강호의 선배답게 극도로 자신의 감정을 숨기며 물었다.

"여긴 어쩐 일인가?"

"볼일이 있어서. 그런데 몸은 좀 어떻소?"

"크윽!"

비꼬는 듯한 악마금의 말에 예상은 입술을 깨물었다.

"상관 말게."

"그러면 그렇게 하지요."

그러면서 악마금은 미리 준비해 온 작은 상자 하나를 내밀어 탁자에 올려놓았다. 그것을 보고 의아해하던 예상이 떠듬거리며 물었다.

"그, 그것은 무엇인가?"

악마금이 능청스럽게 대답했다.

"강호의 대선배님에 대한 저의 작은 선물입니다."

"선배?"

"그렇습니다. 저번에는 적이었기에 어쩔 수 없었지만 이미 승부가 갈렸으니 이 정도는 해야 도리가 아니겠습니까? 무례하게 군 죄 용서하십시오."

"허!"

잠시 실소를 머금은 예상이 비꼬는 듯한 어조로 입을 열었다.

"정당한 대결에서 패한 내게 무슨 용서를 구한단 말인가? 쓸데없는 서론은 빼고 원하는 것을 말해 보게. 무엇 때문에 왔나? 만독부의 독을 원하는가, 아니면 자금? 그것도 아니면 노부의 목숨인가?"

"아닙니다."

"그럼 뭔가? 날 놀리기 위해 직접 왔다고 보기에는 자네가 그리 한가한 사람은 아닌 것 같은데."

"맞습니다. 저는 한가한 사람이 아닙니다. 뭐, 그렇게 말씀하시니 돌리지 않고 말하죠. 만독부의 지원을 원합니다."

"지원이라니?"

"달단방과 같습니다. 우리 만월교와 뜻을 같이하며 서로 위험할 때 도와주는 것이죠. 사실 우리에게 그리 큰 도움은 필요없습니다만, 이 지역이 안정을 되찾는 것만 해도 상당한 골칫거리를 없애는 격입니다."

졸지에 골칫거리 문파의 수장이 되어버린 예상의 인상이 꿈틀거렸다. 하지만 뒤에 서 있던 그의 손녀 예원의 말이 더 빨랐다.

"닥쳐라! 너희 같은 비열한 놈들과 같은 길을 가다니, 우리 만독부가 그렇게 지조가 없어 보이느냐?"

그녀의 말에 악마금이 비릿한 미소를 머금었다.

"호호호, 비열하다? 무슨 근거로 그런 말을 하나?"

"몰라서 묻느냐? 야밤에 태왕문을 기습해 멸문시키고 그것도 모자라 몰래 뒤를 돌아 각 문파의 본거지를 공격해 놓고 비열하지 않다는 것이냐?"

"하하하, 너는 어르신과는 다르게 머리가 나쁘군."

그의 말에 예원이 발끈해서 외쳤다.

"무슨 소리냐?"

"우리가 쓴 방법은 병법에도 있다. '적이 생각지 못한 곳을 친다' 라는 것이지. 그건 비열하다고 하는 것이 아니라 전략이 뛰어났다고 해야 하는 것이지. 비열한 것은 오히려 만독부가 아닌가? 인질을 빌미로 상황을 자신들에게 유리하게 이끌려고 하다니 말이야."

스르릉!

악마금이 두려운 것은 사실이었다. 하지만 만독부를 욕하자 눈이 뒤집혀 앞뒤 상황 판단을 가리지 못한 예원이 검을 뽑아 들어 앞의 빌어먹을 놈을 향해 겨누었다.

하지만 악마금은 그에 신경도 쓰지 않는 듯 심드렁한 표정으로 그녀를 바라보더니 이내 예상에게로 시선을 돌렸다.

"어떻습니까? 제안을 받아들이겠습니까?"

"……."

"만약 우리의 제안을 받아들인다면 봉문을 철회해 드리겠습니다. 뿐만 아니라 앞으로 만독부가 성장하는 데 많은 지원을 해드리지요."

예상은 선뜻 대답하지 못했다. 그러자 악마금이 재촉했다.
"대답하십시오. 질질 끄는 것은 질색입니다."
그의 말에 잠시 악마금의 표정을 살핀 예상이 주춤거리며 물었다.
"만약 거절한다면 어쩔 텐가?"
"흐흐흐, 거절할 수 없을 겁니다. 왜냐하면……."
순간 말끝을 흐리던 악마금의 신형이 그 자리에서 순식간에 사라져 버렸다. 놀랍게도 그가 나타난 곳은 검을 뽑고 한껏 긴장하고 있던 예원의 옆이었다.

악마금이 갑자기 자신의 옆에 나타나자 예원은 소스라치게 놀라며 움찔거렸지만 이어 목으로 느껴지는 경악할 만한 고통에 놀라고만 있을 수도 없었다.

"크윽!"

악마금이 방어할 사이도 없이 그녀의 목줄을 잡고 힘을 주기 시작하자 예원의 얼굴은 금세 붉게 물들기 시작했다. 그녀는 검까지 떨어뜨리고 두 손으로 악마금의 손을 뿌리치려 했지만, 요지부동이었다. 흡사 천년고목처럼 악마금의 손은 꿈쩍도 하지 않았다.

그 모습을 보고 처음에는 놀란, 그리고 고통스러움의 표정으로 변해가던 예상은 분노에 몸을 부들부들 떨 수밖에 없었다. 하지만 악마금이 잔인하게도 예원의 두려움에 질린, 혹은 고통에 겨운 안색을 바라보며 즐기듯 웃자 그때부터는 예상의 얼굴에는 두려움이 감돌기 시작했다.

그런 예상과 예원을 더러운 벌레 보듯 번갈아 바라보던 악마금이 상황과는 다르게 활짝 웃으며 말을 이었다.

"어르신의 손녀가 제 손에 죽을 것이기 때문이죠."

"이, 이런……."

"흐흐흐, 어떻게 하시겠습니까? 저는 그렇게 자비롭지도 참을성이 좋지도 않은 놈입니다. 이후에는 어르신과 밖에 있는 삼십여 명의 무사, 그리고 며칠 후에 제가 직접 수하들을 데리고 만독부로 가 싸그리 도륙을 내버릴 겁니다. 빨리 결정하십시오."

악마금은 말을 하며 정신을 잃어가는 예원을 안됐다는 듯 바라보았다. 그러자 도저히 거절을 할 수가 없는지 예상이 급히 입을 열었다.

"알겠네. 자네의 제의를 승낙하지."

악마금이 대소를 터뜨렸다.

"하하하하하! 결정 잘하신 겁니다. 결코 만독부에 피해가 가는 일은 없을 것을 제가 장담하지요."

"그런 말보다 어서 그 아이를 놓아주게!"

"이런!"

악마금은 얼굴이 붉다 못해 검푸르게 변해 버린 예원을 살피며 목줄을 놓아주었다. 그의 손이 떠나자 예원은 바닥에 주저앉으며 '캑캑' 거렸다.

"아무튼 다시 한 번 감사드립니다. 며칠 후 사람을 보내 협정서를 두 부 보낼 테니 지장을 찍어 한 부는 저에게 보내주십시오. 어르신의 말만으로도 믿을 만하지만 요즘 세상이 어디 구두 계약이라는 게 통해야 말이지요."

능청스럽게 말을 하며 걸어가던 악마금은 더 이상 볼일이 없다는 듯 방문을 잡아 열었다. 하지만 그는 채 밖으로 나가기도 전에 급히 다시 몸을 돌렸다. 악마금의 얼굴에는 살기가 감돌았다.

"참!"

"……?"

"저는 확실히 약속을 지키는 놈입니다."

돌연한 행동, 알아들을 수 없는 말에 예상이 움찔거렸고, 아직도 고통에서 벗어나지 못해 연신 기침을 하고 있던 예원은 악마금의 눈치를 살폈다.

"하지만 어르신이 제 기분을 풀어주었으니 간단하게만 하죠."

"무, 무슨 말인가?"

"기억하고 있지 않습니까? 협상을 할 때 제가 했던 말. 흐흐흐, 저 버릇없는 녀석은 제가 따로 대가를 지불해 주겠다고."

순간 예원이 거짓말처럼 기침을 멈추고는 뒤로 물러서기 시작했다. 하지만 악마금이 가만있을 리 없었다. 그녀가 한 치 정도도 물러서기 전에 악마금이 손가락을 튕겼다. 그러자 예원의 몸이 무엇인가에 얻어맞은 듯 짝 하는 소리와 함께 몸이 날아가더니 벽에 부딪쳐 바닥에 곤두박질을 쳐버렸다.

목줄을 잡혔을 때보다 더욱 엄청난 충격을 받은 모양이다. 울컥 피를 쏟아내며 가래 끓는 기침을 한번 하더니 기절해 버렸던 것이다. 그 한 번의 공격으로 예원이 정신을 잃자 악마금이 걱정하지 말라는 듯 예상을 보며 말했다.

"그리 심하지는 않을 것입니다. 다음부터는 그러지 못하도록 따끔하게 훈계만 한 정도죠. 한 며칠 정도 요양하면 나을 겁니다. 그럼 저는 이만."

악마금이 방을 나가고도 예상은 한참 동안 멍한 표정으로 있었다. 그 후 쓰러져 있던 예원을 바라보며 고개를 저었다.

'어쩌자고 저런 자를 건드렸는지……. 그보다 저런 고수를 보유하고 있는 만월교의 저력이 정말 대단하구나. 자존심이 상하기는 하지만 잘하면 오히려 만독부에 득이 될 수도 있을 게야.'

그로부터 이틀 후, 영원문 등 각 문파로 향했던 만월교도들이 속속히 도착해 보고를 올렸다. 악마금의 예상과 같이 모두 만월교와 뜻을 함께하기로 한다는 내용이었기에 자연 기분이 좋을 수밖에 없었다. 하지만 그 후부터가 정말 바쁜 나날의 연속이었다. 달단방의 태왕문 세력권 접수 문제에서부터 이번에 포섭한 여덟 개의 문파에 대한 지원, 그리고 그간 봐왔던 손해를 만회하기 위해 사업채까지 늘여놓았기 때문이다.

하루에도 수십 개의 서류 뭉치가 악마금에게 날아들었고, 모두 하나하나 세밀하게 검토해야 하는 사항이었기에 잔머리를 굴리며 소홀히 넘길 수가 없었다. 그 때문에 처음으로 골머리를 썩으며 머리를 감싸 쥔 악마금이었다.

그렇게 보름이 훌쩍 지나 이곳에 온 지도 벌써 두 달이 다 되어가는 때 악마금이 현령을 호출했다.

"이제 달단방도 어느 정도 정상권에 들어섰으니 다음 목표물을 노려야 하지 않겠나?"

"맞는 말씀이지만 아직 처리해야 할 것들이 많이 남아 있습니다. 본교에서 이번에 이곳 도균에 표국 하나를 세울 예정이고 기루 또한 달단방 세력권 안에 몇 개를 지을 계획을 가지고 있습니다. 그때까지는 움직이기가 곤란합니다."

순간 악마금이 질린 듯 고개를 설레설레 저었다.

"그럼 본 교에 연락해서 머리 좋은 자를 하나 보내라고 해. 그자에게 맡기면 되겠지."

"하지만 이곳 책임자는 대주님이십니다."

"아아, 나는 그런 쪽으로는 영 머리가 안 돌아가서 머리가 아파 미칠 지경이라니까. 게다가 더 이상 달단방과 우리에게 위협이 되는 존재는 없지 않나."

"그건 그렇습니다. 다 대주님이 적들을 우리 쪽으로 끌어들인 덕분이죠. 본 교에서도 상당히 좋게 생각하고 있는 눈치입니다. 아마 복귀하시면 상당한 상이 내려질 겁니다."

"나는 그런 것에 관심없어. 공을 세우기 위해 이곳에 온 것은 아니니까."

"그러면……?"

"가라고 해서 온 것일 뿐 그 이상도 그 이하도 아니지. 십여 년간 금역에 갇혀 지냈기에 답답하기도 했고. 아무튼 이런 곳에서 시간을 낭비할 이유가 없다는 것이 내 생각이야. 흑룡사같이 뛰어난 고수 집단을 이런 곳에서 놀리는 것도 손해가 아닌가?"

"그럼 태화방으로 갈 생각이십니까?"

"그래야겠지. 애초에 목표는 그곳이었으니까. 게다가 교주님의 특별 지시도 있었으니 한바탕 크게 벌이는 것도 좋지 않겠나?"

그 말에 현령의 입꼬리가 슬며시 올라갔다.

"하기야 대원들도 상당히 지루해하기는 합니다. 수십 년간 강호에 몸을 드러내지 않은 채 무공 수련만 열중했으니 좀이 쑤실 만도 하지요. 솔직히 공명심이 앞선다는 표현이 맞을 겁니다."

"좋아. 본 교에 연락을 넣게. 이곳에는 다른 적임자를 보내면 우리는 철수한다고. 태화방의 문제까지 해결한 후 복귀를 할 테니 좋은 소식 기다리라고 전하게."

"알겠습니다."

"그런데 그녀는 어떤가?"

"해화라는 기녀를 말씀하시는 겁니까?"

"그래, 아직도 집에만 있나?"

"그렇습니다. 충격이 상당했던 것 같습니다. 하지만 자주 문병을 다니는 루주에게 물어보니 요즘은 상당히 나아졌다고 하더군요. 의원들도 정신적으로 약간 놀랐던 것일 뿐 몸에는 아무런 이상이 없다고 했으니 걱정하지 않으셔도 될 듯합니다."

하지만 악마금의 인상은 그리 밝지 않았다.

"휴, 좋은 친구를 얻었는데 나 때문에 고생만 했군. 아무튼 이틀 후 떠날 것이니 그전에 자네가 그녀에게 선물을 하나 준비해 보내게."

"알겠습니다."

"아, 그리고 그녀가 기루 일을 그만두고 싶다고 하면 언제든지 원하는 대로 할 수 있게 루주에게 말을 전하는 것도 잊지 말고. 돈은 적당히 자네가 알아서 지불해 주면 될 거야."

"그렇게 하겠습니다."

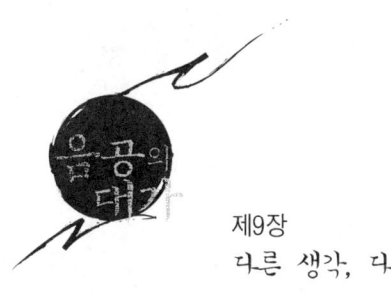

제9장
다른 생각, 다른 걱정

귀주 전체가 도균에서 퍼진 소문으로 긴장감을 감추지 못하고 있었다. 전혀 뜻밖의 상황은 귀주무림을 들썩이게 하기에 충분했던 것이다.

누구도 예상하지 못했던 만독부주의 패배, 그리고 도균을 중심으로 이루어진 연합의 패배는 많은 무림인들을 놀라게 했다.

"허, 정말 이럴 수도 있는 겁니까?"

개양을 중심으로 연합을 구성한 문파의 수장들이 모인 자리에서 태양문의 문주 사일검 마정정이 아직도 믿지 못하겠다는 투로 입을 열었다. 그러자 섬덕(剡德)에 자리잡고 있던 황안문(黃岸門)의 문주 구자연(區紫煙)이 역시 같은 표정으로 그의 말을 받았다.

"여덟 개의 문파가 힘을 합친 상태에서 패배를 하다니……. 연합의 패배야 그렇다 치더라도 만독부주 예상 선배의 패배는 정말 믿어지지가 않는군요. 어떻게 그것이 가능했을까요? 설마 만월교의 교주가 직접 나왔을 리는 없고."

그의 말에 화락방주 쾌영신 일섬이 침중한 목소리로 입을 열었다.

"만월교는 수십 년간 숨어 지냈습니다. 그동안 많은 고수들을 양성했을 테니 고수들이 많은 것이 그리 의아한 일은 아니지요. 아무튼 이번 일로 귀주 전체가 술렁이고 있는 것은 사실입니다. 우리 연합뿐만 아니라 다른 곳에서도 이번 일에 동요하고 있는 눈치이지요."

"앞으로 어떻게 할 계획이오?"

요차문주의 물음에 일섬은 잠시 생각하는 듯하더니 곧이어 대답했다.

"문제는 정보력입니다. 우리는 이미 무림에서 오랜 기간 드러나 알려질 대로 알려져 있습니다. 하지만 만월교에 대해서는 거의 아는 것이 전무하지요. 만독부주를 정식 대결로 이길 수 있는 고수가 몇이나 더 있는지, 또 그들의 세력이 어느 정도 되는지를 정확하게 알아내는 것이 우선일 겁니다."

그는 말과 함께 태화방주 혈도부 만건의를 향해 물었다.

"만 방주께서는 혹시 정보를 알고 있지 않습니까? 예전에 만월교와 잠시 함께하지 않으셨습니까?"

"글쎄요……. 저도 단편적인 것뿐입니다. 저번에 만월교를 나올 때 빼돌린 정보 외에는 거의 없지요. 대략 삼만의 고수를 보유하고 있다는 것 외에는 알지 못합니다. 절정고수를 얼마나 보유하고 있는지, 교주 이외에 장로들이 몇 명인지, 화경의 고수가 몇인지는 거의 알 수가 없었습니다. 그들은 뜻을 같이할 때도 그런 부분에서는 철저히 숨겼으니까요."

"흐음, 그렇다면 방법은 하나뿐이군요."

"무엇입니까?"

일섬의 자조적인 말에 이번에 새로 가입한 청화문(淸火門)의 문주 곽일제(郭一齊)가 물었다.

청화문은 문도 수 이천여 명을 보유한 중급 문파로 개양에서 남쪽으로 십여 리 떨어진 홍성(鴻聲)에 자리잡고 있었다. 최근 몇 달 동안 개양의 환락방을 중심으로 모여든 여섯 개의 연합 문파 외에도 열네 개의 문파가 뜻을 함께하기로 해 지금은 무시 못할 힘을 과시하고 있는 중이었다. 총 스무 개의 문파가 평균 천오백 명의 무사를 보유하고 있으니 총 삼만의 인원을 자랑하는 셈이었다.

그의 물음에 일섬이 입을 열었다.

"방어지요. 우선 적의 공격에 방어를 확실히 해야 합니다. 아직 이곳에는 만월교가 마수를 뻗어오지 않고 있습니다만 넋 놓고 기다릴 순 없는 것 아니겠습니까?"

"특별히 생각하고 있는 것이 있습니까?"

일섬은 조심스럽게 좌중을 살피며 자신이 생각한 바를 설명하기 시작했다.

"우리 모두 몇 명의 고수를 지원해 방어 단체를 만드는 것이 어떻겠습니까?"

"방어 단체라 하심은……?"

"말 그대로입니다. 문파에서 뛰어난 고수를 뽑아 전부 모아놓는 것입니다. 그들을 두 군데로 나누어 모아둔 후 우리 연합 문파가 공격을 받게 된다면 바로 지원을 할 수 있게 하자는 것입니다."

"꽤 괜찮은 방법입니다만, 솔직히 저는 용두사미(龍頭蛇尾)가 되지 않을까 걱정이오."

"용두사미라니요?"

요차문주의 말에 일섬이 고개를 갸웃거렸다. 그러자 평소의 직설적이고 거친 성격답게 요차문주 강건석이 개의치 않고 대답했다.

"솔직히 우리들끼리 있으니 까놓고 말하겠습니다. 만약 저에게 고수를 지원하라고 한다면 저는 우리 문파의 고수를 선뜻 내놓지 않을 겁니다. 문파의 이득을 지키기 위해 모인 상황에서 전력을 빼야 한다니……. 만약 그로 인해 공들여 키워낸 고수들을 잃는다면 어느 문주가 발벗고 나서겠습니까?"

"……."

그의 말에 장내에 잠시 침묵이 감돌았다. 솔직해도 너무 솔직한 말이었지만 그보다 강건석 문주의 말이 맞기 때문이었다. 문파를 지키기 위해 결성한 연합인만큼 문파에 피해가 돌아온다면 꺼려지는 것이 사실인 것이다.

침묵이 의외로 길어지자 처음으로 입을 열고 나선 사람은 요차문주와 원수 격인 태화방의 만건의 방주였다.

"좋소. 강 문주의 말대로 나 또한 뛰어난 고수를 내놓기는 어렵습니다. 그렇다고 하수만을 모아두었다가는 남들의 웃음거리가 되기 쉽지 않겠습니까? 단체를 만든 목적도 없어지는 것이고요. 그러니 뛰어난 고수는 아니더라도 어느 정도 문파에서 상급의 고수들을 보내는 것이 어떻겠습니까?"

"하지만 그 또한 애매하지 않소? 문파마다 고수들의 실력이 차이가 있는 것이 사실인데 어떻게 구별하자는 것이오?"

"그것에 대해선 제가 의견을 제시하지요."

모두가 돌아보니 지금까지 듣기만 하고 있었던 공양(共楊)의 공양문주(共楊門主) 정상(政商)이었다.

공양문은 칠백 명의 고수를 거느리고 있는 문파로 그리 큰 세력은 아니었지만 문주인 정상은 머리가 좋기로 유명했다. 무인이라기보다는 모사에 가까운 인물이 그였다.

"무슨 고견이 있으십니까?"

"예, 문파의 고수들을 뽑을 때 다른 문파에서 뽑는 게 어떻겠냐는 것입니다. 예를 들어 우리 공양문의 무사들을 제가 뽑는 것이 아니라 요차문주님이나 다른 문파에서 뽑는 것입니다. 물론 저희도 힘들게 키워낸 고수들을 다 내줄 순 없으니 몇 명을 제외시킬 것입니다. 그러니 그 외에 인물들 중 뛰어난 실력자들을 다른 문파에서 뽑는 것이지요."

"호, 좋은 생각이군요. 다른 분들의 생각은 어떻소?"

요차문주가 고개를 끄덕이자 모두들 수긍의 뜻을 비쳤다.

"좋습니다."

"괜찮은 방법입니다."

마지막으로 일섬 문주가 말했다.

"알겠습니다. 반대가 없으니 정 문주님의 말씀대로 하지요. 아무튼 지금 귀주의 분위기가 심상치 않습니다. 좀 더 보안에 신경을 써주시고, 혹 문제가 있다면 즉각 가까이 있는 문파에 도움을 요청, 도움을 필요로 하는 문파에는 지원을 아끼지 마시기 바랍니다. 그리고 이번에 뽑을 방위 단체는 둘로 나누어 이곳 개양에 하나, 옹안에 하나를 배치하겠습니다. 그 두 곳을 중심으로 여러분들의 문파가 퍼져 있으니 즉각 대처를 할 수 있을 겁니다."

"그렇게 하지요. 그런데 언제까지 해야 합니까? 빠르면 빠를수록 좋지 않겠소?"

"그렇지요. 열흘 안으로 마무리 짓는 것이 좋겠습니다. 그리고 그동안 저는 개양과 옹안에 많은 무사들이 지낼 만한 곳을 물색해 놓겠습니다. 그럼 오늘 회의는 이것으로 마치겠습니다. 한창 바쁠 시기에 이곳까지 찾아주셔서 감사드립니다."

그렇게 회의가 끝나자 사람들이 하나둘씩 돌아가기 시작했다. 그런 가운데 섬화부주가 일섬에게 물었다.

"정보에 대해서는 어떻게 할 생각이십니까?"

"저희 화락방이 원래 정보로 먹고살아 왔지만 사실 만월교에 대해 공작하기가 힘에 부칩니다. 원체 꼭꼭 숨은 놈들인데다 상당한 정보 단체를 보유하고 있는지 오히려 역공작까지 당하는 실정입니다. 아무튼 지금으로서는 최선을 다할 수밖에 없지요."

"그렇군요. 앞날이 어떻게 되려는지……."

"그래도 너무 걱정하지 마십시오. 저희뿐만 아니라 다른 연합도 각지에서 만월교를 견제하고 있으니 조만간 우리에게 유리한 상황으로 전개될 겁니다. 그 증거로 적룡문에서 이상한 조짐을 보이고 있습니다."

섬화부주가 고개를 갸웃거렸다. 처음 들어보는 말이었기 때문이다.

"이상한 조짐이라니요?"

"정확한 것은 아닙니다만, 최근 들어 한참 장문과 접전을 벌이던 적룡문이 갑자기 소강 상태에 접어들었습니다. 사실 장문이 적룡문의 상대가 될 리 없지만 그곳 또한 연합이 결성된 터라 적룡문이 밀리기 시작했지요. 그 시기로 보아 적룡문에서 만월교에 딴마음을 품고 있지 않나 하는 생각을 하고 있습니다."

그의 말에 놀랍다는 표정의 섬화부주 정석은 곧 밝은 표정이 되었다.

"듣던 중 반가운 소리군요. 적룡문의 힘이야 익히 들어 알고 있습니다. 오죽하면 남무림 열두 세력 중 하나로 꼽히겠습니까? 그런 자들이 만월교에서 빠져나간다면 엄청난 타격이 되겠지요. 우리에게는 득이 될 것이 당연하고."

"하지만 좀 전에 말했듯 정확한 것은 아닙니다. 추측일 뿐. 그 때문에 회의에서도 언급을 하지 않은 것입니다."

"아무튼 그쪽 일도 잘됐으면 좋겠군요. 방주님만 믿습니다."

"최선을 다할 따름이지요."

     *   *   *

귀주의 지역에 결성되어 있는 연합 세력이 도균에서 일어난 결과로 놀라움을 감추지 못하고 있을 때, 실제 지원을 보냈던 당사자인 만월교

또한 경악하기는 마찬가지였다. 보낼 당시 상당히 힘든 싸움이 되리라 생각했던 애초의 예상은 완전히 빗나가고 대승도 이런 대승이 없었기 때문이다.

거의 피해를 보지 않고 여덟 개의 문파를 제압하는 선을 넘어 그들을 만월교 쪽으로 끌어들였으니…….

이후 엄청난 이익이 발생될 것은 자명한 사실이었다. 그 때문에 만월교 총단 회의실에서는 오랜만에 화기애애한 분위기에서 담소가 오갈 수밖에 없었다.

"정말 이 정도까지 선전하리라고는 생각하지 못했습니다. 만독부주와의 일 대 일 승부, 거기에서 승리를 거두다니……."

"그러게 말입니다. 자세한 경과는 그들이 와야 알 수 있겠지만 이번 일로 우리 만월교에 대한 무서움을 충분히 알린 셈이지요. 앞으로 섣불리 우리를 건드리는 일은 없을 겁니다."

"그렇습니다. 그런데 이번에 보내온 전서구에 태화방으로 향한다는 내용이 있던데 그것이 조금 걸리는군요."

불현듯 통천 장로가 걱정스러운 표정이 되어 말하자 마영 장로가 고개를 갸웃거렸다.

"무슨 말씀이십니까?"

"저번에 내린 지시를 거부한 데다 이번에는 자리를 잡기도 전에 태화방으로 간다는 일방적인 통보를 보내온 것 말입니다. 능력은 있는 것 같지만 왠지 본 교의 지시를 받지 않으려는 것 같은 느낌이 들어서 석연치가 않군요."

잠시 생각에 잠겨 있던 모양야 장로가 그에 동조를 하며 입을 열었다.

"사실 저 또한 그 부분에서는 통천 장로와 같은 생각입니다. 하지만 본 교의 지시를 완전히 거부하는 것이 아닌 더욱 발전을 위한 선택이니 좀 더 지켜봐야 하지 않겠습니까?"

"하지만 앞으로도 본 교의 지시를 거스르고 독단적인 판단을 앞세운다면 간과할 수는 없는 일입니다. 그에 대해 단단히 주의를 주는 것이 좋을 것입니다."

"그래야 하겠지요. 돌아오는 대로 정황을 면밀히 살핀 연후에 그에 대해 문책을 하기로 하지요."

"알겠습니다. 그런데 묘한 것은 태화방을 어떤 식으로 해결할지가 기대된다는 것입니다."

"하하하, 기습인데다 적들도 전혀 생각지 못하고 있을 테니 도균에서보다는 쉽지 않겠습니까!"

"하지만 그곳의 연합은 결속력이 좋습니다. 단번에 끝내지 않으면 힘이 들 수도 있지요."

"뭐, 어련히 알아서 잘하지 않겠습니까! 그런데 공손손 장로가 보이지 않는군요."

그 말에 통천 장로가 고개를 설레설레 저으며 질렸다는 듯 입을 열었다.

"말도 마십시오. 요즘 악마대 진법 수련으로 얼굴 보기가 힘이 들 지경입니다. 얼마나 열을 올리고 있는지 주위 사람들에게 물으니 잠도 자지 않고 연구에 연구를 거듭한다더군요. 그래서 그리 중요한 자리가 아닌 것 같아 이번엔 불참해도 상관없다고 전했습니다. 아마 오지 않을 모양입니다."

"허허, 아이들의 수련도 좋지만 몸도 생각하셔야 할 텐데……. 이번 소식을 들으면 가장 좋아할 분이 아니오?"

"그렇지요. 악마금에 대해서는 특별한 관심을 가지고 계시니까요."

그때 마영 장로가 비어 있는 교주석을 바라보며 모양야 장로를 향해 물었다.

"그런데 교주님께서는 어느 정도 진전을 보이고 계십니까?"

교주는 며칠간 연공실에서 나오지 않고 있는 상태였다.

그녀를 보필하는 모양야 장로가 온화한 표정을 드러내며 말했다.

"천마강양장을 이제 십일성까지 익히신 것으로 알고 있습니다. 상당한 진전을 보이신 것이지요."

하지만 그의 말에도 불구하고 다른 장로들의 반응은 그리 좋지만은 않았다. 통상 십일성까지는 익히기 쉽다고 알려져 있었기 때문이다. 사실 범인이라면 십일성까지 올라서는 것도 상당히 힘이 들지만 십이성을 완성하기란 더욱 어렵다고 알려져 있었던 것이다. 그렇기에 통천 장로가 걱정스러운 표정을 드러내는 것은 당연한 것인지도 몰랐다.

"흐음, 십일성이라면은 장력을 뽑아낼 수 있지만 일반적으로 화경의 고수가 뽑아내는 파괴력보다 떨어지지 않습니까? 화경의 경지에 올라선 교주님의 본신의 파괴력보단 떨어지겠군요."

"그렇기는 하지요. 하지만 십이성이 완성된다면 본신 내력의 다섯 배에 달하는 내공을 끌어올릴 수 있으니 상당히 매력적인 무공인 것은 사실입니다. 게다가 장점은 그렇게 극심한 파괴력을 낼 수 있음에도 불구하고 내력 소모가 극히 적다는 것이 아닙니까!"

"맞습니다. 오대 교주께서 천마강양장을 십이성까지 익히셨다고 전해지는데 화경의 고수가 아니었는데도 엄청났다고 하더군요. 당시 남무림에서 다섯 손가락 안에 들 정도였다고 하니……. 아무튼 조속한 시일 내에 교주님께서 십이성까지 마무리 지으시길 바라는 수밖에 없습니다."

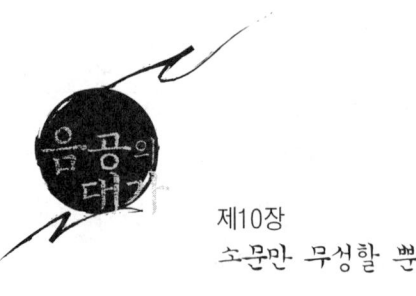

제10장
소문만 무성할 뿐

도균의 일로 무림이 소란스럽게 물결치고 있을 때 악마금은 요차산에서 사십 리 떨어진 현수(玄水)에 도착해 있었다. 도균을 떠난 지 칠일이 지난 후 현수의 작은 객점에 들어선 악마금이 옆에 있는 현령에게 말했다.

"오늘은 이곳에서 쉬고 내일 요차산으로 간다. 대원들에게 그동안 여행으로 쌓인 피로를 맘껏 풀게 해라."

"알겠습니다. 그런데 언제 공격할 생각이십니까?"

"내일 밤!"

순간 현령이 난감한 표정을 드러냈다.

"그래도 조금 시간을 두는 것이 좋지 않겠습니까? 이곳 지리도 익숙하지 않은 데다 분위기 파악도 되어 있지 않은 상태지 않습니까? 무엇보다 태화방 바로 근처에는 같은 연합 소속인 요차문이 있습니다. 그 또한 견제를 해야……."

그의 말이 길어지자 악마금이 짜증나는 듯 그의 말을 끊었다.

"뭐 그렇게 생각하는 것이 많나?"

"……."

"이곳은 도균에서와 상황이 완전히 달라. 도균은 지킬 곳이 있었지만 이곳은 없지. 우리가 해야 할 것은 무조건 공격, 그리고 잔인성, 마지막으로 빠른 도주뿐이야. 그런데 머리를 쓸 필요가 어디 있고 정보를 구할 필요가 어디 있나? 생각은 머리로 하고 움직일 때는 몸만 움직여야 하는 거야. 그리고 지금은 몸을 움직일 때지. 야밤에 기습하는데 무슨 문제가 있겠나?"

순간 악마금이 비꼬는 듯한 표정으로 현령의 얼굴을 훑었다.

"혹시 흑룡사의 실력에 자신이 없는 것이 아닌가?"

그 말에 현령의 미간에 주름이 잡혔으나 악마금은 개의치 않고 말을 이었다.

"예전에는 삼백 명이면 웬만한 문파는 단번에 박살 내버릴 자신이 있다더니, 과장이었나?"

"아닙니다."

"흐흐, 좋아. 아무튼 오늘을 푹 쉬고 내일 밤 기습한다. 그렇게 전달해."

"존명!"

시간이 지나고 다음날 밤이 되자 요차산에서 십여 리 정도 떨어진 태화방 근처에 삼백여 명의 흑의인이 조용히 움직이기 시작했다. 어둠 속에서 악마금의 음성이 나직이 울렸다.

"삼십 명씩 동서남북을 맡되 그들은 도망치는 자들을 차단한다. 한 명도 태화방을 빠져나가게 해서는 안 돼."

역시 현령이 나직이 대답했다.

"존명!"

"나머지는 나를 따라 기습에 가담, 최대한 단시간 내에 끝을 내야 한다. 명심할 것은 적의 방주는 살려두어야 한다는 것."

"알겠습니다. 하지만 의외로 저항이 거세면 시간이 더 걸릴 수도 있습니다."

"귀찮은 상황이 발생되지 않게 하려면 최대한 빨리 끝내."

"존명!"

말과 함께 지시를 받은 대로 백이십 명의 흑룡사가 빠져나가고 곧이어 악마금을 선두로 남은 흑룡사가 태화방으로 뛰어들었다. 그러자 병장기 부딪치는 소리가 들리더니 이어 기습이라는 고함이 뒤를 따랐다.

"어떤 놈들이냐?"

혈도부 만건의는 감히 이 부근에 세력과 명성이 꽤 알려진 자신의 태화방에 쳐들어온 간 큰 놈들이 누구인지 확인하기 위해 재빨리 창문으로 다가가 밖을 내다보았다. 하지만 눈으로 확인한 결과 놀랍게도 그가 상대할 수 있는 자들이 아닌 것에 벌컥 두려운 마음이 들기 시작했다.

하나같이 엄청난 극강의 고수. 저런 고수들을 대량으로 몰고 다닐 수 있는 곳은 귀주에 몇 되지 않았다. 그리고 그중 자신의 태화방을 공격할 정도로 감정이 나쁜 곳은……?

'만월교?'

"그럴 리가? 아무리 간덩이가 부어도 그렇지, 이십여 개의 문파와 연합한 우리를 어떻게……."

하지만 지금 그런 것을 생각할 시간이 없었다. 적은 분명 만월교의 고수들이었고 상황은 좋지 못했다.

그는 즉시 문을 박차고 복도로 뛰쳐나왔다. 그의 손에는 혈도부라는 명호답게 한쪽 날이 선 붉은색의 거대한 도끼 하나가 들려 있었다.

복도에는 갑작스런 적의 기습으로 놀란 무사들이 이리저리 달려나가는 것이 보였다. 그는 방을 빠져나오기가 무섭게 눈에 보이는 수하 하나를 붙잡고 지시를 내렸다.

"지금 즉시 개양에 전서구를 띄워라. 혹시 중간에 차단될 수도 있으니 여러 마리를 한꺼번에 보내도록!"

"알겠습니다."

무사가 지시를 받고 사라지자 만건의는 즉시 밖을 향해 뛰어나갔다.

전투는 그리 길지 않았다. 사실 전투랄 것까지도 없었다. 흑의인들이 그리 많지는 않았지만 모두가 절정의 실력을 보유하고 있는 반면 태화방의 고수들은 채 모여 무리를 이루기도 전에 각개격파당하고 있으니 싸움이 될 리 없었던 것이다. 특히 무슨 무공을 쓰는지는 모르겠지만 양손을 한 번씩 휘저으며 걸어다니는 녀석은 만건의를 경악하게 만들었다. 한 번 손을 휘저을 때마다 태화방의 무사들이 픽픽 나가떨어지고 있었기 때문이다.

"뭐 저런 놈이 다 있어!"

만건의는 분노가 치밀었지만 그의 나이만큼 오랜 강호의 경험을 토대로 섣불리 나서지는 않았다. 지금 나가봐야 헛되이 목숨만 잃을 뿐이기 때문이었다.

그에게는 시간이 필요했다. 무사들을 좀 더 모아 집단전을 펼칠 생각이었다.

그렇게 정동에서 구원군이 오기를 기다린다면 충분히 승리할 수 있으리라고 믿었다. 적의 수가 적은 만큼 뛰어난 고수 이천오백여 명을 다 상대할 수는 없을 것이니까.

그렇게 일각을 더 버티자 그의 주위에도 꽤 많은 무사들이 모여들기 시작했다. 머릿수를 헤아릴 것도 없이 그는 우렁차게 외쳤다.

"감히 태화방을 넘본 녀석들을 섬멸하라!"

"와아아!"

태화방의 무사들이 우르르 몰려나오자 흑룡사 대원들은 눈살을 찌푸리며 마주 달려들었다. 하지만 악마금이 그냥 보고 있을 리 없었다. 그는 흑룡사의 피해를 최소화하고 싶었기에 솔선수범하기로 마음먹었던 것이다. 흑룡사의 실력은 자신도 인정하고 있지만 적의 수가 무려 세 배 이상 차이가 나는 상황이니 작더라도 피해는 있을 것이 분명했다. 자신이 나선다면 그 피해는 상당수 줄어들 게 분명했다.

순간 악마금이 흑룡사와 태화방 무사들 중간에 끼어들자 마주 달려들던 두 무리가 급히 동작을 멈춰 세웠다. 흑룡사는 자신들의 대장이 있으니 멈춘 것이었고 태화방 쪽에서는 시간을 좀 더 지체할 수 있으니 마지못해 그에 따른 것이었다. 하지만 그 이후 벌어진 상황은 태화방주 만건의의 생각과는 완전히 달랐다.

중간에 가로막은 녀석이 갑자기 몸을 돌려 손을 휘젓는가 싶더니 여태까지 그랬던 것처럼 선두에 서 있는 몇 명의 무사가 비명과 함께 바닥으로 무너져 내렸다. 하지만 놀라운 것은 그 다음이었다. 비명성과 함께 검은 하늘에서 반월형의 푸른 강기가 번뜩이며 바닥으로 내리 꽂혔기 때문이다.

"콰콰콰쾅!

굉음을 토하며 눈을 뜨기도 어려운 먼지구름을 피어 올렸다. 그 속에서 악마금이 외쳤다.

"방주를 제외하고 모두 죽여!"

"존명!"

대답과 함께 흑룡사가 먼지구름을 헤집고 검을 날리자 처절한 비명성이 연이어 들렸다. 피와 뼈가 잘리는 비쾌한 소리와 함께 먼지구름이 가라앉을 때쯤에는 상황이 거의 종료되어 있었다. 그나마 무공이 높은 태화방주와 몇몇 무사들만이 저항하고 있을 뿐이었다.

그 모습을 보고 있던 악마금은 아직도 저항하고 있는 만건의에게 쏘아져 나갔다.

흑의인들의 공격을 막기에도 벅찬데 갑작스런 기습을 받았으니 만건의가 막을 수 있을 리 없었다. '퍽' 하는 소리와 함께 몸이 반대편 건물에 부딪쳐 바닥에 떨어졌는데, 악마금이 그곳으로 걸어가며 음산한 웃음을 흘렸다.

"호호호, 여기 붙었다 저기 붙었다 하며 꽤나 호강한 모양이군."

극한의 한기를 뿜어내며 다가오는 악마금을 바라보며 만건의가 두려움에 떨리는 음성으로 물었다.

"도, 도대체 자네들은 누구인가? 왜 우리를 공격하는 거지?"

"허! 이거 배가 부르니 기억력도 감퇴된 것인가, 아니면 일부러 모른 척하는 건가?"

"……?"

"우리가 누구인지는 네놈이 더 잘 알 텐데?"

"마, 만월교가 맞는 모양이군."

"흐흐흐, 당연하지. 내가 하자는 대로 하는 것이 신상에 좋을 것이다."

악마금은 말을 하며 한쪽 발을 만건의의 어깨 위에 올려놓았다. 그러자 만건의의 표정이 싸늘하게 식었지만 어쩔 수 없었다. 저항을 해봐야 득 볼 일이 없었기 때문이다. 어쨌든 살고 봐야 지금의 치욕을 갚아줄 수 있을 것이 아닌가? 게다가 잠시 후면 정동에서 무사들이 도착할 것이고.

그는 표정을 바꾸며 정중히 물었다.

"원하는 것이 무엇이오?"

"이제야 말이 통하는군. 그전에……."

악마금이 돌아보며 외쳤다.

"지금 태화방에 있는 모든 사람들을 이곳으로 잡아와라! 저항하는 놈들은 죽여도 좋다. 한 놈도 남김없이 모두 데려와야 해."

"존명!"

잠시 후 태화방에 기거하는 하인, 하녀와 무사들, 그리고 가솔들이 줄줄이 잡혀왔다. 흑룡사들이 그들을 위협해 중앙 공터에 무릎을 꿇게 하자 악마금이 다시 만건의에게 시선을 돌렸다.

"한 가지를 대답해 줘야겠어."

"뭐요?"

"구원을 요청했겠지?"

"그, 그건……."

만건의가 대답을 못하자 악마금이 차갑게 외쳤다.

"아무나 열 명의 목을 베어버려."

"존명!"

대답과 함께 두 명의 흑룡사가 빠르게 움직였다. 추호의 망설임도 없는 움직임. 오히려 기다렸다는 듯 지시와 함께 열 명의 목이 허공에 떠올랐다가 바닥으로 굴렀다. 그 놀랍고도 잔인한 광경에 만건의가 멍해 있을 때 악마금이 다시 명했다.

"다시 열 명!"

그때 만건의가 발악을 하듯 외쳤다.

"그, 그만! 말하겠소!"

"구원을 요청했겠지?"

"그렇소."

"몇 명인가?"

"한 사천 명 정도 될 거요."

만건의는 일부러 수를 두 배 가까이 불려 말했다. 그래야 적에게 위협을 주어 조금의 여유라도 가질 수 있기 때문이었다. 그의 생각대로 여전히 자신의 어깨에 발을 올려놓고 있던 빌어먹을 녀석이 인상을 찌푸렸다.

"상당히 많군. 정면으로 붙는다면 꽤 귀찮겠는데? 좋아, 두 번째 질문."

소문만 무성할 뿐 137

"……?"

"언제쯤 도착하나?"

"개양에 있으니 그리 오래 걸리지는 않을 거요."

그러자 악마금이 하늘을 올려다보며 생각에 잠겼다. 그리고 잠시 후 그는 비릿한 미소와 함께 입을 열었다.

"지금 이곳을 빠져나가도 추격을 해오겠군."

"그럴 거요. 그러니 지금 나와 저들을 풀어준다면 문제 삼지 않겠소."

"호, 문제를 삼지 않겠다? 고맙군."

"……."

"그런데 이걸 어쩌나? 나한테는 다른 방법이 있는데 말이야."

그러면서 악마금이 다시 흑룡사에게 명령을 내렸다.

"그들 중 방주의 가솔들이 있을 것이다. 그들만 따로 분류해라."

구별은 의외로 쉬웠다. 방주 만건의가 지내는 내원에서 잡아온 사람들 중 고급스런 옷을 입고 있는 자들이 분명했기 때문이다. 아닌 사람도 있겠지만 상관은 없었다. 어차피 다 죽을 팔자니.

흑룡사들이 기가 막히게 자신의 가족들만 골라서 끌어내자 만건의의 표정은 핼쑥해질 수밖에 없었다.

"어, 어떻게 하려는 것이오?"

"흐흐흐, 네 녀석이 나 좀 도와주어야겠다. 하는 것을 봐서 이렇게 끝을 내든지 아니면 네놈의 대가 이곳에서 끝장이 나든지 둘 중 하나가 될 것이다."

"무, 무엇이오?"

"정동에서 오는 녀석들을 마중 나가 다 돌려보내라!"
 순간 만건의의 표정이 일그러졌다. 그랬다간 정말 앞날을 기약할 수 없게 되기 때문이었다.
 그가 대답을 미적거리자 악마금이 다시 흑룡사에게 같은 명을 내렸다. 하지만 대상은 달랐다.
 "방주의 가족 중 세 명을 잡아 수급을 잘라!"
 막 흑룡사 한 명이 움직이려는데 만건의가 급히 외쳤다.
 "알겠소! 그렇게 하리다!"
 "흐흐흐, 진작에 그럴 것이지. 좋아, 내 말대로만 따라준다면 좋게 끝내도록 하지. 나도 살인을 즐기는 편은 아니거든. 흐흐흐!"
 악마금의 웃음이 귀에 거슬리기는 했지만 결국 만건의는 지시에 따랐다. 흑룡사 다섯 명을 태화방 무사로 위장시켜 개양 쪽에서 구원하기 위해 오는 무사들을 맞이하러 나간 것이다.
 정동에서 오고 있는 무사는 이백여 명 정도였다. 선두로 경공이 빠른 자들만 먼저 오고 있었기 때문이다. 그 뒤로 남은 무사들이 계속 달려오고 있는 중이었다.
 그들은 만건의가 자신들을 맞이하러 나와 있자 의아함을 감추지 못하고 물었다.
 "왜 여기에 나와 계십니까? 태화방은요?"
 그 말에 만건의가 쑥스러운 표정을 감추지 못하며 입을 열었다.
 "멀리서 왔는데 미안하게 됐네."
 지금까지 쉬지 않고 경공술을 펼쳤던 무사들에게는 정말 뜬금없는 말이 아닐 수 없었다. 그들 중 선임이 고개를 갸웃거리며 떠듬거렸다.

"무, 무슨 소립니까?"

"허허, 그것이 좀도둑을 보고 수하들이 놀라는 바람에……. 정말 미안하게 됐네."

"허!"

무시는 황당한, 그래서 허탈한 탄성을 터뜨렸다. 그래도 한 문파의 수장 앞에서 짜증 낼 수는 없는 일. 한참 동안 분노한 감정을 숨기며 숨을 고른 후 입을 열었다.

"개의치 마십시오. 당연히 해야 할 일입니다. 그럼 저희는 이만 돌아가지요."

무시는 여전히 붉게 물든 안색을 숨기지 못하고 급히 몸을 돌렸다.

"모두 돌아간다!"

그들의 모습이 사라지자 만건의 또한 안타까움의 탄성을 흘릴 수밖에 없었다. 기껏 도와주러 온 자들인데 그냥 보내는 것이 못내 아쉬웠기 때문이다.

만건의가 태화방으로 돌아오자 악마금이 웃으며 다가왔다.

"모두 보냈나?"

"그렇소. 그러니 이제 돌아가시오."

"돌아가?"

악마금이 무슨 소리를 하냐는 듯 고개를 갸웃거렸다.

"내가 언제 돌아간다고 했나?"

"무슨 소리요? 약속이 틀리지 않소!"

"글쎄, 좋게 끝낸다고 했을 뿐 돌아간다고는 말 안 했던 것으로 기억하고 있는데. 흐흐흐! 네가 잘못 해석한 모양이군."

능청스러운 악마금의 말에 만건의가 분노해서 외쳤다.

"닥쳐라! 감히 나를 속이고 무사할 것 같으냐!"

"무사하지 못하면?"

"네, 네놈들을, 네놈들을……!"

악마금이 지루한 듯 귀를 후비며 그의 말을 끊었다.

"한 가지는 약속하지."

"……?"

"아주 깔끔하게 끝내주겠어."

그러면서 악마금이 옆에 있는 현령을 향해 명했다.

"모두 고통없이 처리해라!"

"존명!"

그 순간 흑룡사 전원이 무릎 꿇린 포로들 사이를 종횡무진 누비기 시작했다.

그 모습을 경악한 눈으로 바라보고 있는 만건의를 향해 악마금이 비릿한 미소를 머금었다.

"이것이 우리 만월교를 배신한 대가다. 잘 봐두도록. 그리고 네놈은 내가 직접 손을 봐주지."

말과 함께 악마금이 손가락 하나를 튕겼다. 그러자 만건의의 한쪽 팔과 한쪽 다리가 '파곽' 거리는 소리와 함께 사방으로 흩어졌다. 말 그대로 터져 버린 것이었다.

살과 뼈, 그리고 그에 묻어난 피가 폭죽이라도 되는 양 터져 나가자 갑자기 자신에게 일어난 상황을 이해 못한 만건의가 잠시 후에야 바닥에 쓰러지며 비명을 질렀다.

"크아악!"

하지만 악마금은 동정은커녕 눈살을 찌푸리며 고통으로 바닥을 뒹굴고 있는 만건의를 바라보고 있을 뿐이었다.

"시끄럽군."

말과 함께 악마금은 방주 만건의의 머리를 걷어차 버렸다.

퍽!

"크윽!"

내공을 담겨져 있지는 않았지만 상당히 힘을 실어 찼기에 만건의는 정신을 잃고 말았다. 악마금은 피식 미소를 지으며 중얼거렸다.

"조금 조용해졌군. 그러기에 한 우물만 파야지 뭐 하러 박쥐처럼 여기저기 옮겨붙어? 그 때문에 내가 몸소 이곳까지 오는 수고를 해야 했잖아. 지금 것은 그 대가다."

그는 이제 즐비한 고깃덩어리로 변해 버린 태화방 사람들, 그 주위로 서 있는 흑룡사들을 바라보았다. 흑룡사들의 흑의는 너나 할 것 없이 피로 물들어 검붉게 변해 있었다.

마치 악귀와도 같은 그들을 향해 악마금이 말했다.

"아직 숨어 있는 놈이 있을지도 모른다. 좀 더 수색을 해 숨이 붙어 있는 것은 짐승도 예외없이 모두 죽여라."

"존명!"

"참, 그리고 이 녀석을 담아갈 만한 마차 한 대를 구해봐."

"알겠습니다."

악마금이 만건의를 턱으로 가리키며 말하자 남아 있던 몇 명의 흑룡사가 빠르게 주위로 흩어졌다.

마차를 구하려는 것은 먼 여행을 해야 하니 만건의를 숨겨 사람들의 이목을 피하기 위한 것이었다.
그로부터 반 시진 후, 흑룡사는 모든 일을 끝마치고 악마금을 중심으로 몰려들었다.
그들이 보고를 마치기 바쁘게 악마금이 외쳤다.
"지금부터 열 명씩 조를 나누어 행동한다! 적들의 이목도 있으니 그것이 행동하는 데 나을 것이다."
"도착 지역은 어딥니까?"
"환산에 있는 천계령이다. 육 일을 줄 테니 먼저 도착한 사람은 대기하도록. 그 후 본 교로 돌아간다. 질문은?"
"……."
"좋아. 없으면 출발!"
흑룡사는 왔을 때와 마찬가지로 조용히 태화방을 빠져나갔다. 태화방은 도시와 상당히 떨어진 곳에 자리잡고 있었기에 사람들에게 들킬 염려는 없었다. 하지만 다음날 아침 또 한 번 사람들을 놀래킬 만한 소문이 떠돌기 시작했다. 잘 나가던 문파 하나가 하루아침에 시체 소굴로 변했으니 당연했다.
일반 야인들은 정황도 모른 채 두려움에 떨었고 무림인들은 만월교의 소행인 줄 알고 있었기에 은근히 몸을 사리는 움직임까지 벌어졌다.

제11장
만월교로 복귀

"미치겠군."

악마금은 난감한 표정으로 고개를 설레설레 저었다. 천계령에 집합해 환산으로 들어서자 어떻게 알았는지 주변 마을에 살고 있던 만월교도들이 너나 할 것 없이 환영 인사를 나왔기 때문이다.

길 양편으로 쭉 늘어서 총단까지 수많은 인파가 이어 서 있는데 악마금 일행을 향해 함성을 지르는가 하면 소곤거리기도 하고 은근한 눈빛이 되어 무안할 정도로 빤히 바라보기도 했다. 그러니 한 번도 이 정도 사람들의 시선에 집중되어 본 적이 없는 악마금으로서는 흡사 희귀한 동물이라도 된 듯한 기분이 들 수밖에 없었다. 전에 없이 얼굴까지 붉힐 정도였으니 말이다.

하지만 그것은 흑룡시들도 마찬가지였다. 그들 또한 악마금과 별반 다르지 않은 당황한 기색으로 걷고 있었다. 걸음걸이는 자연 어색했고, 모두의 시선은 바닥으로 향할 뿐이었다.

"빌어먹을, 안 되겠다."

결국 참지 못한 악마금이 나직이 읊조리자 뒤따라 걷던 현령이 조심스럽게 물었다.

"무슨 말씀이십니까?"

"나는 더 이상 눈요깃거리가 될 마음이 없어. 도대체 무슨 생각으로 교도들에게 알렸는지 모르겠군!"

"본 교에서도 결과에 상당한 만족을 했기에 그러는 것이 아니겠습니까?"

"아무튼 나는 들어가야겠어."

"예? 무슨……?"

악마금은 흑룡사 뒤를 따라오던 태화방주 만건의를 감금한 마차를 턱으로 가리켰다.

"나는 들어가 있을 테니 총단에 도착하기 전에 알려."

말과 함께 악마금이 마차로 들어가자 현령의 왼쪽 눈 밑에 자리한 화상이 꿈틀거렸다.

환산에 드넓게 퍼져 있는 마을의 교도들을 한참이나 지나쳐 총단 근처에 도착했을 때는 다행히 더 이상의 인파는 보이지 않았다. 그때서야 마차에서 내려 걷던 악마금은 총단 입구에 마중 나와 있는 한 떼의 무리를 볼 수 있었다. 그리고 그들 중 몇몇은 상당히 눈에 익은 인물들이었다.

악마대의 사부 격인 공손손과 제일장로 모양야 등 몇몇의 장로들이었다.

그들은 악마금 일행이 보이자 환하게 웃으며 다가와 환대를 해주었다.

"사고는 치지 않았겠지?"

공손손의 표정과는 달리 지극히 사무적인 말투에 악마금이 피식 웃으며 대꾸했다.

"훗, 한동안 못 봐서 잊어버렸는데 그 말투는 여전하시군요."

"건방진 놈, 네놈도 그 건들거리는 행동과 비꼬는 말투는 여전하구나."

"호호, 그렇게 봐주시니 감사할 따름입니다."

기분 나쁜 말인데도 불구하고 악마금이 오히려 비꼬듯 자신의 말을 받자 공손손의 표정이 잠시 일그러졌다. 그가 화가 난 듯 호통이라도 칠 요량으로 입을 열려는 순간 옆에 있던 모양야가 끼어들었기에 어쩔 수 없이 참을 수밖에 없었다.

"그래, 이번에 자네가 이루어낸 성과와 그 과정에 대해서는 보고를 들었네. 대단하더구먼. 그래서 이렇게 전 교도들에게 알려 환영을 하고 우리가 직접 마중을 나온 걸세."

그 말에 악마금이 보이지 않게 표정을 구기며 대답했다. 별로 마음에 들지 않았던 일, 전혀 바라지도 않았던 만월교의 행동이었기에 악마금으로서는 당연한 반응일 수밖에 없었다.

"그럴 필요는 없었는데요. 그리고 저에 대한 소문이 퍼지는 것은 오히려 본 교에 손해가 아닙니까?"

"허허, 그렇네. 그래서 교도들에게는 도균에서 우리가 승리했다는 사실만 알렸지. 자네와 만독부주 간의 대결이나 태화방을 무너뜨린 것에 관해서는 일절 언급하지 않았네. 그것은 우리 만월교의 상층부에서만 알고 있는 것일세. 그것이 나중을 위해 여러모로 유리하니까 말일세. 어차피 귀주에 퍼지는 소문은 막을 수 없겠지만 그것이야 사실을 확인할 수 없는 허황된 것으로 치부해 버리면 되니까 문제는 없을 걸세."

"……."

"아무튼 교주님도 이번 일에 상당히 흡족해하시는 바, 우리가 어찌 총단 안에서 자네들을 맞이할 수 있겠는가? 교주님께서도 우리에게 직접 마중을 나가라 지시를 하셨네."

그렇게까지 말하자 악마금은 한숨을 쉰 후 고개를 까딱거려 나름대로의 예를 표시했다.

"그렇다니 황송할 따름입니다. 별 대단한 일도 아닌데요."

"대단한 일이 아니라니……. 아무튼 여기에서 이럴 것이 아니라 들어가세. 자네들을 위해서 전양전(全樑殿)에 음식과 술을 준비했다네. 오늘은 그간 고생했던 일들을 한꺼번에 털어버리고 마음껏 즐기게나."

"신경 써주셔서 감사합니다."

전양전은 총단 중심에 있는 만월향에서 오십 장 정도 떨어진 곳에 위치한 호수 위의 아름다운 건물이었다. 인공 호수를 만들어 그 위에 떠 있듯이 만들어놓은 전양전은 동서남북으로 네 개의 징검다리가 놓여져 있었다.

다리를 건너 장로들을 따라가자 들어가자 아직까지 한 번도 전양전 내부를 구경하지 못했던 악마금과 흑룡사 대원들은 두 눈이 휘둥그레

지며 멍한 표정을 지었다.

매끄럽게 다듬어져 붉게 빛나는 바닥과 삼 장 높이의 천장에 달려 있는 울긋불긋한 조명등(照明燈), 그리고 사방에 그려져 있는 다양한 종류의 벽화가 그들의 시선을 잡아끌었기 때문이다. 호화로운 정도를 넘어서 사치 그 자체였다. 게다가 즐비하게 늘어선 식탁과 그 위에 올려져 있는 산해진미(山海珍味), 그리고 식탁과 식탁 사이에 쌓여 있는 술동이는 그들의 식욕을 돋우고 있었다.

아무런 말 없이 주위를 두리번거리는 악마금 일행을 향해 모양야가 슬며시 기분 좋은 웃음을 흘렸다.

"허허허, 그렇게 멍하니 서서 뭐 하는 것인가? 자네들을 위해 준비한 자리니 어서 앉게."

그러면서 그가 손뼉을 몇 번 쳤다. 그러자 벽 쪽에서 대기하고 있던 여인들이 다가와 술병과 잔을 정리하기 시작했다.

그것을 본 흑룡사 대원들의 표정이 순식간에 밝게 빛났다. 악마금이야 도균에서 방탕한(?) 생활을 하며 매일 술을 즐겼으니 모르겠지만 자신들은 적의 내습에 대해 대비한다 어쩐다 하며 그럴 시간적인 여유가 전혀 없었기 때문이다. 마지막 달단방에서 벌어진 연회에도 참석하지 못한 채 태화방으로 가야 했기에 솔직히 술 생각이 많이 난 것이 사실이었다. 그런데 그간의 고통을 보상이라도 하려는 듯 아름다운 여인들과 산해진미, 좋은 술이 주어졌으니 은근한 미소를 지을 수밖에.

그래도 흑룡사라는 자부심이 있었기에 몸가짐을 흩트리지 않은 채 절도있는 동작으로 자리를 차지했다.

"자네들은 날 따라오게."

흑룡사와 같이 자리에 앉으려던 악마금과 현령이 의아함을 드러내며 모양야를 바라보았다.

"여기에서 대원들과 함께 즐기는 것도 좋겠지만 자네들은 따로 교주님께서 보고 싶어하시네. 그래서 술상을 따로 봐놨지."

"그러실 필요까지야……."

악마금은 교주를 직접 대하기가 괜히 껄끄러웠기에 거절의 의사를 나타내려 했으나 순간 공손손이 그의 팔을 툭 쳤다.

"쓸데없는 소리 말고 영광인 줄 알아."

어쩔 수 없이 장로들을 따라 정문 반대편 통로로 들어가자 대청(大廳)보다는 작은 밀실이 자리잡고 있었다. 하지만 밀실이라고 하기에는 상당히 커 보였다.

역시 열 명은 족히 앉을 수 있을 것 같은 긴 원형의 탁자가 중앙에 비치되어 있었고, 희귀하고 맛있어 보이는 음식과 술이 올려져 있어 입맛을 유혹했다.

문 옆과 반대편에는 큼지막한 단상이 있었다. 반대편에는 반 장 정도 되어 보이는 높이에 따로 작은 식탁이 올려져 있었는데, 거기가 바로 교주의 자리였다. 공식적인 자리인지라 교인들과 같이 술을 마실 수 없는 지고한 교주였기 때문에 그곳에 자리를 마련한 것이었다. 그리고 문 옆의 단상에는 악사들이 연주를 위해 대기하고 있어 악마금의 눈길을 끌었다.

하지만 가장 악마금의 눈을 끈 것은 교주가 있는 단상 쪽이었다.

악마금은 교주를 향해 공손하게 몸을 굽히며 비릿한 미소를 지었다. 소교주 마야가 교주의 옆 자리에 경직된 표정으로 앉아 있었기 때문이다.

 물론 소교주야 아직 십오 세 소녀이니 술을 마실 리야 없겠지만 나중에 만월교를 이어받아야 했기에 이런 공식적인 자리에는 거의 대부분 참가해 얼굴을 비췄다.

 아무튼 그녀는 악마금이 인사를 하는 와중에도 번뜩이는 눈빛으로 자신을 힐끔 쏘아보자 흠칫 몸을 떨었다.

 모두가 자리를 잡자 교주가 입을 열었다.

 "오늘은 악마대 대주와 흑룡사를 위한 날이니 마음껏 즐기고 그간 쌓였던 피로를 풀기 바란다."

 "교주님의 넓으신 아량에 감사드립니다."

 실내의 모든 이들의 대답을 시작으로 본격적인 술자리가 시작되었다. 악사들의 은은한 연주가 흘러나오는 가운데 저마다 한마디씩 해 분위기는 꽤 흥겨워졌다. 그때 불현듯 교주가 악마금을 보며 입을 열었다.

 "그래, 힘든 점은 없었느냐?"

 "없었습니다."

 "보고를 듣기는 했지만 자세한 사항은 알지 못한다. 어땠는지 말해 줄 수 있겠느냐?"

 그러자 악마금은 별로 대단할 것 없었다는 듯 심드렁하게 대답했다.

 "술자리에서 떠벌릴 정도의 것은 아니니 신경 쓰지 마십시오."

 아주 자연스럽게 흘리듯 하는 말이었지만 순간 실내의 분위기가 차갑게 식었다.

 한낱 대주가 정면으로 교주의 말에 거역을 했으니… 비록 술자리이고 대단한 것이 아니라고는 하지만 장로들의 기분은 언짢을 수밖에 없었던 것이다.

다들 잠시 두려운 표정을 드러내며 교주의 표정을 살필 뿐이었다.

악마금의 말에 가장 난감한 안색을 드러낸 것은 자연 현령이었다. 그는 본능적으로 장로들의 기분을 파악하고는 위험 수위에 이르렀다는 것을 알아챘다. 결국 분위기를 바꾸기 위해 그가 악마금을 대신해 나섰다.

"대주께서 겸손해서 그렇습니다. 사실 대단했습니다."

지금의 분위기가 싫었던 모양야 장로도 그에 맞춰주기 위해 과장된 몸짓으로 궁금증을 드러냈다.

"호, 그런가? 그럼 자네가 설명해 보게."

"네, 처음 도균에 도착하기 이틀 전이었습니다."

현령은 어쩔 수 없이 환산을 떠난 후부터 도균에서 벌어진 일, 그리고 태화방을 멸한 일까지 그리 상세하지는 않았지만 자신이 할 수 있는 말주변을 총동원해서 모든 경과를 설명하기 시작했다. 그러자 분위기는 다시 처음처럼 좋게 변하고 있었다. 그의 말을 듣던 장로들이 감탄을 하는가 하면 놀라기도 하고 상당한 관심을 나타내기도 했기 때문이다.

하지만 모든 사람들이 그렇지는 않았다. 아직도 악마금의 건방진 말 때문에 기분이 상해 있던 마영 장로가 약간 경직된 표정으로 입을 열었다.

"듣고 보니 대단하구나. 아무튼 둘 다 수고했다는 것은 부정할 수 없는 사실이다. 하지만 왜 본 교에서 보낸 지시를 어기고 만독부주와 대결을 펼쳤지?"

"……."

순간 다시 장내에 침묵이 감돌았다. 하지만 마영은 전혀 개의치 않았다. 그의 생각으로는 이번 기회에 악마금을 확실히 걸고넘어질 작정이었기 때문이다.

"그 때문에 본 교에서 얼마나 노심초사(勞心焦思)했는지 알고는 있는 것이냐? 아무튼 이번 일은 그냥 넘어가지 않을 것이니 그리 알고 있거라."

"예상하고 있던 바입니다. 하지만……."

아무렇지도 않은 표정으로 수긍하는 듯했지만 실제 악마금의 표정은 미세하게 구겨지고 있었다. 노인네 특유의 짜증스러우며 거만한 듯한 말투가 신경에 거슬렸기 때문이다. 그래서 뭔가 반박을 하려는데 옆에 앉아 있던 공손손이 보이지 않게 탁자 밑으로 악마금의 무릎을 살며시 잡았다. 더 이상 문제가 커지지 않게 입 다물고 있으라는 무언의 압력이었던 것이다.

"하지만 뭔가? 더 할 말이 있는 것 같은데?"

공손손의 경직된 표정을 바라본 악마금은 마영의 말에 어쩔 수 없이 입을 다물었다.

"아닙니다."

표정을 숨긴다고는 했지만 오랜 세월 산전수전 다 겪은 실내의 노고수들이 악마금의 몸에서 은근히 풍겨 나오는 반항적인 기운을 감지하지 못할 리는 없었다. 자연 어색한 분위기가 계속될 수밖에 없었는데, 다행히도 교주가 입을 열어 그 무거운 분위기를 반전시켰다.

"듣기로는 너의 금음 실력이 대단하다고 하던데……."

"……."

"음공을 익혔으니 당연한 것이겠지만 한번 들어보고 싶구나."

"그리 대단한 것은 아닙니다."

역시 악마금이 공손하기는 했지만 예의에 어긋나게 말을 내뱉었다. 하지만 교주는 미소를 머금고 있었다.

"그래도 들려줄 수는 있겠지?"

악마금은 대답없이 고개를 한 번 끄덕이고는 자리에서 슬며시 일어나 문 옆 단상 쪽으로 향했다. 그 또한 이런 분위기가 싫었고 사람들 앞에서 자신의 연주를 들려줄 수 있으니 거절할 이유가 없었다.

그가 자리에서 일어나 단상으로 다가가자 악사 하나가 자리를 비키며 금을 건넸다. 금을 받아 쥔 악마금이 단장에 앉아 금을 연주하기 시작했다.

뚜둥! 뚱!

연주는 부드러우면서도 고음을 자주 사용하는 곡이었다. 도균에 있을 때 해화의 연주에 감명을 받아 최근 들어 그에 관한 기법을 연구하고 있었고, 처음으로 사람들 앞에서 들려주고 싶었기 때문이기도 했다.

느리면서도 고음 특유의 날카로운 음이 실내를 휘감자 순식간에 분위기가 묘하게 흐르기 시작했다. 악마금의 연주가 상당한 실력인 것도 있었지만 그가 음공의 첫 단계로 사람의 마음을 움직이는 방법을 시전하고 있었기 때문이다.

사람 하나하나의 심장의 울림은 다르지만 음을 시전하면서 차근히 맞춰 나가니 내공을 운용하지 않고 있던 장로들과 교주, 그리고 소교주까지 마음이 동하는 것은 당연했다.

어떤 사람은 자신도 모르게 고개를 끄덕이는가 하면 어떤 사람은 눈을 감고 음을 음미하기도 했다. 가장 극심한 변화를 보이는 것은 바로 소교주 마야였다. 그녀는 반 각 정도 연주가 지속되자 급기야 눈물을 주르륵 흘리기까지 했던 것이다.

하지만 소교주라는 체면도 잊은 채 훌쩍거리는 그녀의 모습에 신경 쓰는 사람은 아무도 없었다.

그만큼 악마금의 연주는 사람들의 마음을 빼앗기에 충분했고 감정을 끌어당기는 힘이 있었다.

그 모습을 하나하나 살피며 연주를 하던 악마금은 내심 비소를 흘렸다.

'멍청한 늙은이들, 내력 운용을 전혀 하지 않다니……. 방심해도 너무 방심하는군. 이 상태로 계속 연주에 홀려 정신을 못 차린다면… 흐흐흐, 내가 마음먹고 내력을 싣는다면 모두 저승길로 갈 수도 있다는 것은 생각도 못하겠지?'

그런 생각과 함께 악마금은 음공에 대해 잘 아는 공손손을 힐끔 바라보았다. 그는 어떻게 대처하고 있는지 궁금했던 것이다.

'후후후, 역시 사부님은 다르군. 눈치채지 않게끔 내력을 끌어올리고 있어. 그만큼 나도 못 믿는다는 것인가? 하기야 나도 여기 있는 사람 모두를 믿지 않으니 서운한 마음을 느낄 필요는 없겠지.'

뚜둥!

마지막 현이 퉁겨지고 일각에 이은 연주가 끝이 나자 악마금이 자리에서 일어나 교주를 향해 공손히 고개를 숙였다.

"어줍잖은 연주를 들어주셔서 감사합니다."

사람들이 하나같이 감탄한 듯한 표정을 드러내며 악마금을 바라보았다. 조금 전의 기분 나쁜 표정은 온데간데없었고 경의에 찬 시선들이었다.

소교주는 상당히 아쉬운 표정까지 짓고 있었다. 그녀는 그제야 자신이 눈에 물기가 고였다는 것을 알았는지 눈물을 훔치며 얼굴을 살며시 붉혔다.

교주도 상당히 놀란 모양이었다. 그녀는 감고 있던 눈을 스르륵 뜨며 입가에 흥분에 찬 미소를 담아내고 있었다.

"대단하구나. 지금까지 금음이 이런 것인 줄은 정말 몰랐다. 설마설마 했는데 이 정도일 줄이야……."

"과찬이십니다."

말과 함께 악마금은 다시 자신의 자리로 가 앉았다. 그 후로 간단한 이야기가 오가며 술자리는 계속되었지만 그 시간이 그리 길지는 않았다.

어느 정도 시간이 지나자 교주는 지금까지 자리를 지킨 것만으로도 교주로서의 일에 충실했다고 생각했는지 자리를 떠나 연공실로 직행했다.

소교주 또한 잠시 후 자신의 처소로 사라졌으니 다른 장로들도 더 이상 술판(?)을 벌이고 있을 이유가 없는 것은 당연했다. 악마금과 현령에게 다시 한 번 이번 일에 대해 칭찬을 하며 하나둘씩 자리를 떠나기 시작했다.

아무도 없는 실내에 악마금과 현령도 더 이상 미련이 없었다. 장로들이 떠날 때 배웅을 함과 동시에 마지막으로 밀실을 지키고 있던 그들은 밖에서 즐기고 있던 흑룡사 대원들과 합세를 했다.

하지만 역시 악마금은 거기에서도 그리 긴 시간을 보내지 않고 전양전을 나왔다. 이제는 출입 통제가 풀린 악마대의 숙소로 가기 위해서였다.

그런데 거기에서 약간의 문제가 있었다. 그가 만월교를 나가 있는 동안 악마대는 많은 것이 바뀌어 있었기 때문이다.

악마대가 공식적으로 알려진 만큼 그간 지내왔던 허름한 건물은 없애고 새로 짓고 있는 중이었다. 그러니 숙소가 있을 리가 없었다.

한참 공사로 바쁜 인부들만 보일 뿐이었다. 그 인부들 중 비교적 젊은 사내 하나를 붙잡고 악마금이 물었다.

"언제부터 건축(建築)을 시작했지?"

사내는 악마금의 차림새가 그리 속되지 않았으므로 공손히 대답을 했다.

"두 달 정도 됐습니다요."

"그럼 원래 이곳에 있던 자들은 지금 어디로 옮겼나?"

"글쎄요……. 저희는 만월교도들이 아닌지라 내부 사정을 정확히 모릅니다. 그저 돈 받고 시키는 일만 하니까요."

"그렇군. 알겠네."

악마금은 몸을 돌리며 인상을 찌푸렸다.

"젠장, 사부님은 벌써 건망중인가? 숙소가 바뀌었으면 미리 말이라도 해주셨어야지. 어디 가서 물어보지?"

솟구치는 짜증을 억누른 악마금은 다시 전양전으로 향했다. 그곳에서 지나다니는 사람 아무나 붙잡고 물어볼 생각이었다. 그런데 다행히도 총단까지 가지 않아도 될 듯싶었다. 도중 숲길에서 십여 명의 여인을 만나 수고로움을 덜 수 있었기 때문이다.

그런데 여인들 중 중앙에 선 인물은 악마금도 익히 아는 자였다. 그 때문에 잠시 당황한 악마금이었지만 이내 표정이 묘하게 뒤틀리기 시작했다.

"허, 이게 누구십니까?"

그의 음산한 목소리에 산책을 하던 소교주 마야가 순간 흠칫거렸다. 그녀 또한 이곳에서 저 무서운(?) 악마금을 만날 줄은 생각지도 못했던 것이다.

한 시진 전에야 교주와 장로들이 옆에 있었기에 두려움을 억누를 수 있었지만 지금은 고작 몇몇 호위들만 덩그러니 붙어 있지 않은가! 그녀의 머리 속에는 어쩔 수 없이 예전 악마금이 자신의 호위들을 무참히 학살하던 장면이 떠오를 수밖에 없었다. 그 살인귀와도 같았던 혐오스러운―그녀가 보기에는 충분히 그랬다―모습이 말이다.

소교주가 잠시 주춤거리는 사이 악마금은 다행이라는 듯 다가와 고개를 까딱거려 보였다.

불손하기 그지없는 행동. 그러나 마야는 그에 대해 질책할 정신이 하나도 없었다. 빨리 피하고 싶은 생각뿐이었다.

하지만 그녀의 호위들의 생각은 완전히 다른 모양이었다. 그녀들은 인상을 찌푸리며 자신들에게 다가오는 악마금의 진로를 막아섰다. 그것도 위협적으로 검 손잡이를 잡은 채.

그 모습에 마야가 경악하며 그녀들을 제지했다. 예전과 같은 상황이 지 않은가? 그녀는 그때와 같은 일이 벌어질까 걱정이 되었다. 그때야 악마금이 자신이 소교주라는 것을 모르고 했다지만 지금 역시 악마금이 두렵기는 마찬가지였던 것이다.

"모, 모두 비켜라."

"하지만 이자의 행동이 너무 무례하지……."

여인의 말은 마야의 떨리는 외침에 끊어질 수밖에 없었다.

"모두 비켜!"

'죽기 싫으면…….'

마지막 말은 마음속으로 삼키는 마야였다.

호위들은 소교주의 행동을 보며 의아해할 수밖에 없었지만 비키라니 어쩔 수 없었다.

얼떨결에 마야의 앞에서 물러선 호위들 사이를 지나쳐 악마금이 바로 앞에까지 다가와 피식 미소를 지었다.

순간 마야가 몸을 다시 떨었다. 그 빌어먹을 미소는 마야에게 있어서 예전에 있었던 일을 떠올리게 하기에 충분하고도 남는 것이었다. 하지만 그것을 아는지 모르는지 당사자인 악마금은 전혀 상관하지 않고 입을 열었다.

"악마대의 숙소가 어디로 옮겨졌는지 알고 있습니까? 오랜만에 왔더니 많은 것이 변했군요."

"아, 악마대 숙소?"

"네. 다시 건축하고 있던데 다른 대원들이 어디에서 지내는지 알아야 저도 쉴 수 있을 것 아닙니까?"

"나, 나는 그런 것은 잘……."

지고하신 소교주께서 대원들의 숙소를 알 리가 없었다. 게다가 아직

어렸기에 만월교의 세부적인 일을 모르는 것은 당연했다. 그런데 마야가 얼버무리는 사이 옆에 있던 호위 하나가 그녀를 향하여 대답했다.

"지금은 임시로 동영전 근처 건물에서 지낸다고 들었습니다."

"동영전?"

"네. 정확히 서쪽으로 이 리 정도 떨어진 곳에 위치한 삼층짜리 목조 건물에서 지낸다고 합니다."

그녀의 말에 마야가 악마금을 힐끔 바라보며 중얼거렸다.

"도, 동영전이래."

"흠, 동영전이라……. 그런데 동영전은 어디에 있습니까? 총단에는 몇 번 가보지를 않아 잘 모르겠군요."

그러자 호위가 대신 말했다.

"총단에 아는 건물은 있겠지요?"

"만월향과 전양전은 알고 있는데……."

"그럼 됐습니다. 만월향 정면으로 대로가 하나 있는 것을 아실 겁니다."

"알고 있네."

"그 대로를 따라 이각 정도 걸어가다 보면 전양전이 나옵니다. 만월교에서도 다섯 번째로 큰 건물이니 찾기 쉬울 겁니다. 거기 전양전 뒤로 작은 길이 세 개가 있는데 그중 가운데 길로 이 리 정도 가다 보면 목조 건물이 몇 채 있을 겁니다. 거기가 바로 악마대들이 임시로 지내는 곳입니다."

"고맙군."

악마금은 그리 고맙다는 표정이 아니었지만 마야를 호위하는 여인은 예의상 고개를 까딱거려 응답했다.

 사실 소교주의 호위라는 지위 자체가 만월교에서 상당히 높은 것이지만 앞에 있는 젊은 놈이 워낙 당당히 말하는 탓에 자신보다 높은 신분인 줄 직감적으로 알아차렸기 때문이다.

 하지만 역시 악마금은 그녀의 반응에는 신경조차 쓰지 않았으며 소교주를 앞에 두고도 건방지게 자신의 할 말만 했다. 그것도 비릿한 미소를 머금은 채 말이다.

 "전보다 더 예뻐지셨군요. 흐흐흐, 이제 남자들의 시선에 신경을 쓰셔야 하겠습니다?"

 그 말에 순간 마야가 고개를 푹 숙이며 얼굴을 붉혔다. 호기심 많고 순진무구한 사춘기 소녀 마야. 당연히 부끄러워할 수밖에 없는 것이었다.

 그런 그녀의 모습을 보고 악마금이 조롱 섞인 표정으로 미소를 짓고 있는데 참지 못한 호위 하나가 불쾌한 목소리로 외쳤다.

 "무엄하오! 감히 소교주님께 그따위 농을 하다니! 이름이 무엇이오?"

 악마금이 표정을 약간 꿈틀거렸다.

 "알아서 뭐 하게?"

 "상부에 보고를 올려 불손한 언행에 대한 처벌을 내리라 할 것이오! 어서 직책과 이름을 말하시오!"

 "훙! 날 처벌하겠다고?"

 악마금은 마야를 보고 음산한 웃음을 띠었다. 그 모습이 몇 달 전 호숫가에서 보여주었던 것과 흡사했다. 은근히 몸에서 퍼져 나오는 한기와 살인적인 기운 또한 같았다.

그것이 잠시 진정된 마야의 몸을 다시 떨게 만들고 있었다.

"소교주님?"

"……."

"이자가 나를 처벌하겠다고 하는데… 호호호, 소교주님께서는 어떻게 생각하십니까? 예전과 같은 상황이 벌어지기를 바라는 것은 아니시겠지요?"

순간 마야의 얼굴이 하얗게 탈색되었다.

"무, 무슨 소리냐? 그, 그럴 리가 없잖아!"

소스라치게 놀란 그녀가 즉시 호위에게 소리쳤다.

"이자에게 신경 쓰지 말고 빨리 돌아가자!"

"소교주님, 하지만 이자의 말은 충분히 처벌을 받고도……."

"나는 상관없으니 돌아가!"

"그럼 산책은요?"

"지금은 그냥 쉬고 싶어!"

교주의 연공실을 나와 산책을 나온 지 얼마 되지도 않았는데 다시 돌아가겠다니, 그녀의 호위들은 고개를 갸웃거리며 의아함을 감추지 못했다. 하지만 분명한 것은 악마금과 소교주 간에 무슨 사정이 있다는 것이었다. 그렇지 않고서야 소교주 마야의 표정이 저렇게 변할 수 없을 것이니 말이다.

마야에게 이끌린 호위들은 어쩔 수 없이 그곳을 지나칠 수밖에 없었지만 그래도 악마금에게 마지막으로 충고하는 것을 잊지 않았다.

"소교주님께서 문제를 삼지 않으시겠다니 감사히 여기시오. 오늘은 그냥 넘어가지만 앞으로 조심해야 할 것이오."
그녀들이 사라지자 악마금이 대소를 터뜨렸다.
"크하하하하! 멍청한 계집들, 나보고 조심하라니……. 너희들이나 운이 좋은 줄 알아야 할 것이다."
순간 악마금의 눈이 가늘어지면서 음충맞은 표정으로 변하기 시작했다.
"흐흐흐, 아무튼 저 소교주라는 녀석에게 잘해주어야겠군. 마야라고 했던가? 언젠가는 이용 가치가 있을 것 같단 말이야? 의외로 순진한 데다 잘 구슬릴 수 있을 것 같기도 하고……. 참!"
말을 하다 만 악마금이 문득 총단 쪽으로 고개를 돌려 만월향을 바라보았다.
"만월향 앞 대로를 따라가라고 했지? 젠장, 완전히 반대쪽에 붙어 있었군."

"들어와라!"
목소리와 함께 눈 밑이 화상으로 얼룩진 사내 현령이 들어섰다. 그러자 지금까지 면담을 하고 있던 여인이 인사를 건네며 밖으로 나갔다. 그녀는 바로 도균으로 향할 때 연락을 담당하던 네 명 중 한 명이었다. 그녀가 오기 전에도 현령뿐만 아니라 많은 사람들이 이곳에 불려와 일대 일 면담을 했고, 지금 현령이 마지막 면담자였다. 사실 면담이라기보다는 증언이라고 해야 했다.
여인이 나가고 현령과 모양야 장로 둘만이 남자 모양야가 물었다.
"왜 불렀는지는 알고 있겠지?"

"그렇습니다."

"내가 원하는 것은 몇 가지를 알고 싶다는 것뿐이네. 자네가 보고 들은 바를 정확히 진술만 하면 되니 그리 부담 갖지는 말게."

"알겠습니다."

"우선 환산에서 도균까지의 여행 경로와 그사이 있었던 일을 설명해 보게. 단, 악마금의 행동을 위주로 말해야 하네. 그가 어떤 말을 했는지, 어떤 행동을 했는지 등에 대해서."

"알겠습니다."

기억을 더듬던 현령은 자신이 알고 있는 바를 차근차근 설명하기 시작했다.

그의 진술이 끝나자 모양야가 고개를 끄덕이며 입을 열었다.

"흠, 다른 자들과 진술이 비슷하군. 그럼 이번에는 도균에서의 일을 설명해 보게."

그 후로 현령은 많은 것을 모양야에게 설명해야 했다. 악마금에게 그리 좋은 인식을 가지고 있지는 않았지만 그래도 없는 말을 지어낼 정도로 치졸한 그는 아니었다. 있는 그대로 도균에서 적들과 대치한 방법과 악마금의 행동 등을 기억하고 있는 대로 설명했다.

그의 말을 들으며 생각에 한참 잠겨 있던 모양야가 불쑥 손을 저어 그의 입을 막았다.

"그만, 됐네. 그것에 대해서는 더 들을 필요가 없겠군. 자네 말을 들어보니 지금까지 다른 이들의 진술과 비슷하네."

"그럼 이것으로 끝입니까?"

"아니지. 지금부터가 정작 중요한 것이야."

"무슨……?"

모양야 장로가 목소리를 나직이 하면서 은근한 표정을 지었다.

"악마금의 언행에 대해서네. 지금까지 자네가 말한 것이 아닌 비공식적인 자리에서 내뱉은 말이나 행동을 말하는 것일세."

"정확히 어떤 점을 듣기 원하시는지 저는 잘 모르겠습니다."

"자네가 알고 있는 바대로 말해 보게."

"흠."

잠시 생각하던 현령이 그간 악마금과 했던 대화들을 말하기 시작했다. 본 교의 일을 거부하고 만독부주와의 대결을 결정할 때 한 말이나 그 외 사적인 자리에서 주절댄 것들이 대부분이었다. 그러자 모양야 장로의 표정이 점점 어두워지기 시작했다. 그것을 놓치지 않은 현령이 말을 멈추며 물었다.

"많은 부분이 있지만 지금까지 기억나는 것은 다 말했습니다. 더 원하는 대답이 있으십니까?"

"자네가 생각할 때는 어떤가?"

"……?"

"그러니까… 자네가 보기에 악마금은 어떤 자인가 하는 것이야. 이것은 지극히 자네의 주관적인 판단을 물어보는 것일세. 솔직히 답해보게."

하지만 역시 현령은 곧이곧대로 대답하지 않고 슬며시 물음을 띄웠다. 여기에서 자신의 주장에 따라 많은 상황이 변할 수 있었기에 신중해야 할 필요성을 느낀 것이다.

"구체적으로 어떤 말씀이십니까?"

"악마금의 장점이나 단점, 그리고 중요한 것은 교인으로서의 악마금을 말하는 것일세."

"그의 장점은… 조금 웃기는 말이지만 자신이 정한 길을 돌아보지 않고 밀어붙이는 집요함입니다."

"집요함?"

"그렇습니다. 한번 정한 것은 결코 바꾸지를 않습니다. 하지만 그 결정이 상당히 이치에 맞고 실리적이라는 것에 저는 점수를 주고 싶습니다. 웬만한 녀석들은 적을 앞에 두고도 방법을 결정 못해 기회를 놓치는 경우가 많으니까요. 하지만 그는 다릅니다. 결정을 내릴 때는 상당히 신중한 것 같았으며 한번 결정하면 그대로 밀어붙입니다."

"흠, 자네 말대로라면 지휘자로서 상당히 뛰어난 자질을 가진 셈이군. 과단성이 있다는 말이니까. 그것이 무엇보다 중요하지. 그럼 다른 점은?"

"뭐, 장로님께서도 알고 계시겠지만 바로 무공입니다. 실제 겪어본 바로는 상당했습니다. 무인으로서 빼놓을 수 없는 장점을 가진 셈이지요."

"구체적으로 말해 보게. 어느 정도의 실력을 가지고 있던가?"

"글쎄요……. 보통 무림에 통용되는 무공과 그 궤를 완전히 달리해서 설명하기가 상당히 곤란합니다."

"그럼 만독부주와의 대결을 설명해 보게."

그러자 현령은 만독부주와 악마금의 비무를 하나도 빠짐없이 풀어놓았다. 듣고 있던 모양야 장로가 중간중간 놀라움의 탄성을 질렀다.

"대단하군. 만독부주가 그 정도로 당했단 말인가? 손 한 번 제대로 놀려보지 못하고?"

"그렇습니다. 그는 근접전을 펼치려고 했으나 그것이 오히려 손해를 가져왔습니다. 차라리 장거리에서 그의 장기인 장력을 뿜어냈다면 그리 밀리지는 않았을 것이라는 게 저의 생각입니다."

하지만 모양야는 고개를 저었다.

"아닐세. 만독부주는 바보가 아니야. 분명 근접전을 펼치려는 의도가 있었을 것일세. 장거리에서는 분명 음공에 보이지 않는 영향을 받았겠지. 아니면 승산이 없다고 판단했는지도 모르고. 그럼 이번에는 그전에 태왕문을 공격할 때를 설명해 보게."

"알겠습니다. 그때는……."

현령이 다시 설명을 하고 끝마치자 모양야 장로가 역시 감탄성을 질렀다.

"허허, 이렇게 놀라보기도 오랜만이군. 악마금 혼자서 수백 명을 반각도 되지 않아 처리했다는 말인가?"

"그렇습니다. 상대의 실력이 그리 뛰어나지 않았던 것도 한몫했지만 실제 그의 실력이 엄청난 것도 사실입니다. 정말 뛰어난 장점은 대량 살상력이지요."

"그렇군. 그럼 이번에는 만월교인으로서의 악마금일세. 교도로서의 그는 어떤가?"

여기에서는 현령도 선뜻 대답을 하지 못했다. 악마금의 그 불량했던 행실과 말투를 생각하며 잠시 주춤거리고 있는 사이 모양야가 채근했다.

"숨김없이 말해 보게. 이것은 좀 전에 말한 바와 같이 자네의 개인적인 생각을 묻는 것이네."

"사실 조금 걱정스러운 면이 없는 것도 아닙니다."

"걱정스럽다?"

"그렇습니다. 뭐랄까, 행사와 의식에는 빠짐없이 참석했고, 교주님을 찬양하지만, 그 이면에 반항적인 생각을 가지고 있다고나 할까요?"

"좀 더 구체적으로 설명하면?"

"흠, 겉으로는 만월교인 척히지만 속마음은 다른 곳에 있는 것 같았습니다."

"다른 곳에 있다라……. 이해할 수가 없군."

"저도 그렇습니다. 그래서 대답하기가 꺼려지는 것입니다. 확실하지 않으니까요. 게다가 그가 만월교에 딴마음을 품을 이유가 없기 때문입니다."

"그건 그렇지만 역시 불안하군. 그의 행동도 그렇고 비공식적인 자리에서 자네에게 한 말도 걸리고. 그런데 정말 그렇게 말했나?"

"어떤……?"

"자신이 지휘를 맡은 이상 누구의 명령도 받지 않을 것이라고 하지 않았나?"

"그렇습니다. 제가 본 교의 지시를 기다리자는 말에 종종 그런 말을 한 것으로 기억합니다."

"흠!"

"하지만 교주님 이외의 명령은 받지 않겠다는 뜻도 은연중 비쳤으므로 그리 문제된다고 생각하지는 않습니다."

"과연 그럴지가 걱정이군. 아무튼 지금까지 많은 대원들과 면담을 한 결과 악마금은 관심을 가지고 계속 지켜봐야겠다는 결론일세. 자네 생각은?"

"저도 그렇습니다. 아무튼 성격 하나만은 엄청 삐뚤어져 있으니까요. 어디로 튈지 모르니 항시 감시해야 할 대상입니다. 참, 성격적인 면에서 한 가지 더 말씀드려도 되겠습니까?"

"말해 보게."

"그간 제가 파악한 바로 그의 성격은 상당히 불안정합니다. 어떻게 보면 잔인할 정도로 피에 굶주려 있는 듯도 하고 어떤 면에서는 보는 제가 두려울 정도로 차갑고 차분한 성격입니다. 확실한 것은 상대가 적으로 간주되면 절대 사정을 봐주지 않는다는 것이죠. 그것이 적으로 하여금 저항하지 못하게 만드는 힘을 가지게 합니다. 그리고 음공과 악기 연주에 대한 자부심이 상당합니다. 같은 금을 연주하는 기녀에게는 상당히 신경을 써주고 잘해줄 정도입니다."

순간 모양야가 멍한 표정으로 고개를 갸웃거렸다.

"기녀?"

"예. 해화라는 기녀인데, 사람들 사이에서는 모종의 관계를 가졌다고 소문이 돌 정도로 가까웠습니다."

"의외로군."

"모두들 그렇게 생각하겠지만 제가 알기로는 역시 악기 때문이지요. 실제 그녀와 관계는 가지지 않은 것으로 알고 있고 오랜 친구처럼 대했습니다."

"그런데 그런 보고는 왜 전서구에 담겨 있지 않았지?"

"그리 대단하지 않은 것이라 뺐을 겁니다."

"내가 보기에는 오히려 가장 중요한 정보 같은데?"

"예? 무슨 말씀이신지……?"

순간 모양야가 얼굴을 붉히며 손을 저었다.

"아, 아닐세. 그럼 이만 나가보게. 참, 그리고 지금 자네가 알고 있는 모든 것은 기억에서 지워두게. 혹 흑룡사의 대주가 물어볼 리는 없겠지만 물어보더라도 교주님의 지시로 극비 사항이라 말하게. 그것이 자네의 입장과 본 교의 입장에서도 좋을 게야. 비밀을 아는 사람은 적을수록 잘 지켜지는 법이니까. 아직은 악마대와 악마금에 대해서 드러날 단계가 아니라고 판단하고 있네."

"알겠습니다. 그럼 수고하십시오."

현령은 모양야의 집무실을 나와 밖으로 향했다.

'악마금이라……. 위험한 상대인 것은 확실하지만 이렇게까지 할 필요가 있는 것인가? 하기야 만독부주를 무공으로 승리를 거둔 녀석이니 관심이 가겠지만…….'

그는 내심 그런 생각을 하며 음흉한 미소를 지었다.

"아무튼 상층부에서 그를 견제하기 시작한 것은 확실하군. 건방진 녀석."

*   *   *

대방 북쪽에 위치한 현자의 거대한 전각.

그 전각의 밀실에 장난기 가득한, 그리고 약간 중성적인 느낌에 묘한 매력을 풍기는 여인이 앉아 있었다. 그녀는 약간 놀란 듯했다.

"만독부주를 격패시킨 자가 이십대? 그것도 많이 봐도 이십대 중반이라고?"

"그렇습니다."

수하의 말에 그녀는 더욱 놀랍다는 표정을 지었다. 그리고 이내 고개를 저었다. 그녀의 얼굴에 담긴 표정에는 장난스러움이 깃들어 있었다.

"거짓말하지 마."

"제가 어찌 이런 자리에서 거짓을 고하겠습니까? 수하들의 말을 종합해 본 결과 이제 약관도 되어 보이지 않는 자라고 합니다."

"하지만 환골탈태한 중년 고수일 수도 있잖아?"

"아니지요. 일사께서는 무공에 크게 관심이 없어서 잘 모르시겠지만 환골탈태를 한다고 해도 크게 어려지지는 않습니다. 실제 몸과 근육이 변하고 젊게 보이는 것은 사실이지만 한계가 있다는 말이지요."

"흠, 그래서?"

"그의 겉으로 보이는 나이는 십구 세 정도. 그런데 거의 화경의 경지를 넘어 보였다고 합니다. 쓰는 무공은 놀랍게도 자연동화 경지와 같다고 하니……."

순간 여인, 모양각의 각주이자 제일사 묘강이 경악성을 터뜨렸다. 무공에 관심이 없었지만 그녀도 무공을 익혔고 실력도 꽤 있는 편이었다. 그러니 자연동화경에 대해서는 알고 있었다. 손짓 하나로 태산을 무너뜨린다는 거대한 경지를.

"자연동화경?"

"그렇습니다. 신기하게도 거의 몸을 놀리지 않는다고 합니다. 그저 바라만 볼 뿐인데 이상하게 상대는 튕겨져 나가거나 내상을 입는다더 군요. 뿐만 아니라 손짓으로 허공을 격해 검강을 만들어 쏘아붙이기도 한다고 들었습니다. 그러니 못해도 화경의 경지는 넘었을 거라는 추측이 가능합니다. 아무튼 화경에 올라서 환골탈태를 겪으면 젊어지는 것은 사실이지만 육십 세의 고수가 이십대로 젊어지는 것은 아니지요."

"흠, 그럼 네 말은 그가 삼십대 정도, 아니면 그 이하라는 거군?"

"그렇습니다. 겉으로 보이는 나이로 보아 이십오 세 이하일 가능성이 더 높지요."

"그럼 큰일인데?"

말과는 달리 그녀는 별다른 반응을 보이지 않았다. 재밌다는 듯 웃기까지 했다. 그것이 불만인 듯 수하가 약간 볼멘소리로 투덜거렸다.

"지금 그런 반응을 보이실 때가 아닙니다. 도균은 이미 만월교에 들어간 것이나 다름없습니다. 정보에 의하면 만독부 등은 모종의 계약을 체결했다는 정보입니다. 사실인지 아닌지는 정확하지 않습니다만, 만독부 등의 움직임으로 보아 충분히 가능성이 있습니다. 이 상태로 가다가는 만월교가 유리해질 가능성이 있습니다."

"흠, 그 만월교의 늙은 여우가 꽤 하는데? 하지만 우리가 그리 반응을 보일 필요는 없잖아?"

"하지만 지금 귀주는 빠르게 변하고 있습니다."

"그래서 어쩌자고? 우리도 연합에 가입해서 만월교와 싸우자는 거야?"

"그, 그런 것은 아닙니다만… 제일사께서 너무 쉬고 계신 것이 아닌가 하는 생각이 들어서요."

"내가 쉬는 게 배 아프다는, 뭐 그런 뜻?"

수하가 무슨 소리를 하냐는 듯 고개를 저었다.

"그럴 리가 있겠습니까? 아무튼 정보에 촉각을 곤두세우고 일이 벌어지면 빨리 그에 대처할 수 있게 준비를 해야 한다는 것입니다."

"좋아. 하지만 그전에 만월교의 정보를 좀 알아봐. 너희들이 가져오는 정보로는 만월교의 힘을 가늠하기가 너무 힘들어. 만월교의 고수들이 몇 명인지, 좀 전에 말했던 그런 고수가 몇이나 있는지, 그리고 어떤 계획을 가지고 있는지 등등."

"하지만 만월교는 정보 공작을 하기가 거의 불가능한지라……. 경계가 철통같습니다."

그의 말에 묘강이 의미심장한 미소를 지었다.

"그런 소리 할 것 없잖아? 정보를 빼내기 쉽다면 뭐 하러 우리가 있어? 안 그래?"

"그건 그렇습니다만……."

"총단 안으로 들어갈 수 없다면 그 주위에서 감시를 해봐. 얼마나 많은 사람들이 오가는지 주기적으로 파악한다면 어느 정도 예상은 할 수 있을 거야."

"알겠습니다."

"그럼 다른 정보는?"

"별다른 것은 없습니다. 그리고 정보까지는 아니고 얼마 후에 적룡문에서 전대 문주 현령검(顯靈劍)의 생신 잔치가 있답니다. 상당히 큰 잔치를 벌이려고 하는 모양인데, 그 모습이 상당히 수상쩍습니다."

"수상쩍다? 훗, 뭐가 수상하다는 거야? 보면 뻔하지."

"예?"

"바보!"

그녀는 수하를 향해 혀를 내밀고는 말을 이었다.

"적룡문은 장문과 그에 속한 연합 때문에 상당한 힘을 소진한 상태야. 하지만 만월교에서는 변변한 지원을 해주지 않고 있지. 만독부가 월등히 귀주를 제압해 나가고 있다면 모르겠지만 그런 상황도 아니니 불안했겠지."

"그렇겠지요. 하지만 그것이 무슨……."

"이번에 적룡문은 만월교와 관계를 청산하려 했을 거야. 그런데 적룡문도 만월교가 도균을 공격해 성공한 것을 들었겠지. 그러니 갈등이 될 수밖에 더 있겠어?"

"그렇군요."

"그래서 이번에 큰 행사를 벌여 다른 문파들을 초대하려는 걸 거야. 그런 식으로 여기도 저기도 아닌 중간 입장을 취하려는 것을 은근히 알리겠지. 그리고 나중에 어느 한쪽이 우세하다고 판단되면 그때 그쪽 손을 들어줄 거야. 아마 만월교도 초대를 할걸?"

"설마 만월교와 다른 문파들을 한꺼번에 불러들일 리가 있겠습니까?"

"그건 아무도 모르는 거야. 아무튼 그때가 되면 또 재밌는 일이 벌어지겠네. 그곳도 관심있게 관찰해 봐. 그리고 만월교도 상당한 수의 정보원들을 투입했을 거야. 가장 눈에 거슬리는 곳이니까. 그러니 너는 따로 역공작을 펼쳐 만월교를 교란시켜 봐."

"알겠습니다."

"호호, 그 늙은 여우는 아마 백 년은 더 늙을 거야. 바보 같은 여우, 자신들의 중원 진출을 위해 남무림 통합이라니……."

그녀는 수하를 보며 자리에서 일어섰다.

"그럼 끝난 거지?"

"그렇습니다."

"후아암!"

그녀는 크게 기지개를 켠 후 몸을 돌리며 마지막으로 덧붙였다.

"아까 말한 그 녀석에 대해 좀 더 자세히 조사해 봐."

"누구를 말씀하시는지?"

"뭐, 자연동화경이라고 했잖아. 상당히 끌리는 녀석이란 말이야. 어떤 무공을 익혔는지, 성격은 어떤지, 또 만월교에 불만은 없는지 등등 다 알아봐. 나중에 쓰일 데가 있을 거야."

"알겠습니다."

제12장
월랑(月郞)과 월봉(月鳳)

　강철 문이 앞을 가로막고 있는 입구. 주위에는 다섯 개의 책장이 양편으로 나열되어 있으며 그 책장 사이의 중앙 탁자에는 교주와 모양야 장로가 자리를 하고 있었다. 교주의 손에는 모양야에게 건네받은 서류가 들려 있었다.
　서류를 한참 훑어보던 그녀가 특유의 어눌한, 그래서 무미건조하게 들리는 목소리로 입을 열었다.
　"여기 적혀 있는 보고가 사실인가?"
　그녀의 물음에 모양야 장로는 고개를 끄덕였다.
　"그렇습니다. 지금까지 연락을 담당했던 네 명의 대원과 흑룡사 두 명, 그리고 현령에게 직접 받은 진술을 토대로 작성한 보고서입니다. 뒷장은 제 개인적인 견해가 따로 담겨 있으니 그 점을 생각하고 봐주십시오."

그의 말과 함께 교주는 모양야의 의견이 담긴 부분을 넘기며 읽어 내려가기 시작했다. 잠시 후 찬찬히 내용을 되새기던 그녀가 고개를 갸웃거리며 물었다.

"진술서와 자네의 의견에는 꽤 신빙성이 있지만 섣불리 단정 지을 수는 없는 것이 아닌가?"

"맞습니다. 그래서 그 점을 생각하고 봐주시라는 것이었습니다."

"그래서?"

"……?"

"그래서 자네가 원하는 것은 무엇인가?"

다른 사람 같았으면 교주의 몸에 배어 나오는 적의와 도발적인 말투에 진땀을 뺐겠지만 역시 모양야는 달랐다. 이미 수십 년간 그녀를 곁에서 보좌해 왔기 때문이다. 그는 오히려 기분 좋은 미소까지 띠며 고개를 저었다.

"허허, 제가 원하는 것이 무에 있겠습니까? 다만 이번 악마금의 처벌에 관해 어떤 결정을 내리실지, 그리고 그에 대해 참고가 되었으면 하는 바람에서 보고서를 들고 찾아온 것이지요."

"처벌이라……. 자네 생각은 어떤 것이지?"

"글쎄요. 사실 악마금의 죄는 상당히 무거운 것입니다. 본 교의 뜻을 완전히 저버리고 독단적인 판단으로 일을 처리했으니까요. 성공했기에 망정이지 그렇지 않았다면 다 이긴 싸움을 적에게 내줄 뻔한 것은 부정할 수 없는 사실입니다."

"저번처럼 뇌옥에 감금을 하겠다는 것이냐?"

모양야는 고개를 저었다. 그러자 교주가 처음으로 표정 변화를 보이며 물었다.

"그럼 어떻게 할 생각인가?"

"솔직히 악마금의 행동에 문제가 있는 것은 사실이지만 그 모든 것은 본 교를 위한 것입니다. 게다가 가장 중요한 것은 사기 문제입니다. 지금 도균과 태화방의 일로 만월교 교인들의 사기는 상당히 올라갔다고 할 수 있습니다. 그것을 간과해서는 안 되지요."

"그렇군."

"그래서 저는 열흘간의 근신으로 처리했으면 하는 바입니다. 더불어 현령은 그를 말리지 못한 죄로 오 일간의 근신을 명했으면 합니다. 교주님 생각은 어떠신지요?"

"당분간 자네에게 모든 것을 일임했으니 그렇게 하겠다면 굳이 나에게 말할 필요가 뭐가 있나? 뜻대로 하게. 나는 지금 연공에만 전념해야 한다. 그런 작은 일에 신경 쓸 겨를이 없으니 알아서 해라."

"알겠습니다. 하지만 꼭 그것 때문에 찾아온 것은 아닙니다. 다른 보고 사항도 있기에 겸사겸사 온 것이지요."

"문제라도 있나?"

"없을 리가 없지요. 지금 귀주는 혼란기니까요. 하지만 그보다 먼저 악마금에 대한 대우를 결정해야 할 것 같습니다."

"악마금에 대한 대우라……. 확실히 자네의 생각대로 위험한 녀석이기는 하지. 하지만 지금 결정할 필요가 있을까? 훗날 그에게 총관 직을 주어 분타에 내보낼 생각인데 말이야."

"맞는 말씀이지만 문제는 그의 성격입니다. 예전 소교주님께 행한 행동도 그렇고 이번에 작성한 보고서에도 나와 있듯이 상당히 괴팍한 녀석인지라 무슨 생각을 가지고 있는지 도저히 종잡을 수가 없는 자입니다. 그런 부류는 일치감치 싹을 잘라 버리거나 아니면 회유하는 것이 만약에 일어날 문제를 없애는 가장 좋은 방법이지요. 아니면……."

"아니면?"

"따로 감시를 붙여 계속 주시하는 방법도 있습니다."

"그렇게까지 그의 행동이 신경 쓰이느냐?"

그 말에 모양야가 평소와 달리 쑥스러운 표정을 지었다. 혹 자신이 어린 녀석을 시기하는 것 같은 느낌으로 교주에게 비추어질지도 모른다는 생각이 들었기 때문이다.

"저야 이제 오늘 내일 하는 늙은이인데 무슨 신경을 쓰겠습니까? 하지만 분란이 일어날 수 있는 빌미는 애초부터 막아야 한다는 것이 제 생각이고 다른 뜻은 없습니다."

"호호호, 나도 안다."

교주는 나이만큼이나 주름이 깊게 패인 모양야의 얼굴을 지그시 바라보더니 이내 눈을 감고 생각에 잠겼다. 그 후 눈을 뜬 그녀가 조심스럽게 입을 열었다.

"솔직히 나는 그 녀석이 마음에 들어. 특히 그 대담성이 마음에 들지. 그리고 강한 무공 또한 그렇고."

"그렇기는 하지요. 그 도발적인 성격만 뺀다면 나무랄 곳이 없는 자입니다. 묘한 매력까지 느껴질 정도니까요. 하지만 그 성격도 그만의 특성은 아닌 것 같았습니다."

"무슨 말인가?"

"공손손 장로에게 들은 바로는 악마금뿐만 아니라 악마대 대원 대부분의 성격이 특이하다 못해 이상하다고 하더군요."
"음공의 특성 때문인가?"
"그럴지도 모르지요. 하지만 역시 정확한 판단은 할 수 없습니다. 공손손 장로 또한 모르겠다고 고개를 절레절레 흔드는 실정이니……."
"훗, 확실히 그럴 만하기는 하지."
"무슨……?"
"악마대 말이야. 그 짧은 시간에 극강의 고수들이 됐으니 정신이 온전할 리 있겠나?"
"흠."
"아무튼 악마금에 대해서는……."
순간 교주는 말끝을 흐리며 의자 등받이에 기대었다. 거만한 표정으로 눈을 치켜뜨던 그녀에게서 아무런 말이 없자 모양야가 슬며시 물었다.
"따로 생각하고 계신 것 같은데……. 아닙니까?"
그의 말마따나 교주는 악마금에 대해 예전부터 생각하고 있는 것이 있었다. 교주는 모양야 장로를 보면서 슬며시 고개를 끄덕여 보였다.
"사실 있기는 있지. 하지만 지금 결정하기에는 조금 무리가 있다."
"어떤 생각을 하고 계시기에 그러십니까?"
"월랑(月郎)!"
"예?"
모양야가 순간 멍한 표정을 지었다. 하지만 그것도 잠시, 그의 표정은 경악으로 물들더니 놀란 듯 교주를 바라보았다.

"워, 월랑이라고 하셨습니까?"

"그렇다. 충분히 그럴 재목이라고 생각하고 있다."

"허!"

모양야는 자신도 모르게 헛바람을 흘려야 했다. 월랑이란 교주의 남편을 지칭하는 것이기 때문이었다. 지금 그의 눈앞에 있는 교주야 나이가 있으니 대상에서 제외될 것은 분명하고.

'그럼 소교주님의?'

답은 그것밖에는 없었다. 그렇게 생각하니 지금 결정을 내리지 못한다는 말이 이해가 갔다. 소교주는 이제 십오 세 소녀이다. 나이가 아직 차지 않은 것이다.

만월교의 교주는 신으로서 추앙받지만 그렇다고 인간이 누려야 할 모든 것을 포기하지는 않는다. 그것은 결혼도 예외가 아닌데, 교주가 남성일 경우 그의 반려자는 월봉(月鳳)이라고 칭하고 여성일 경우는 월랑이라 칭했다.

신성한 교주와 몸을 섞는 사이이니 월랑과 월봉의 경우 교주 다음으로 신성한 몸이 되었다. 모든 교도들에게 찬양과 존경을 받으며 부러움의 대상이 되기도 한다.

하지만 실제 그들에게 실권은 주어지지 않았다. 삼십여 명의 독립 호위대만이 주어지는데 그것은 분란을 막기 위한 명목 때문이었다. 실제 역대 교주들의 경우 월랑과 월봉을 한 명만 택한 것이 아니었기에 그 수가 많을수록 내부적으로 은근한 세력 다툼이 벌어질 수도 있기 때문이었다. 그리고 월랑과 월봉 외에도 비공식적으로 교주의 눈에 띄어 몸을 섞는 자들이 종종 있는데 그들에게는 그리 큰 대우는 없었다.

아무튼 교주의 말에 모양야 장로는 한참 동안 할 말을 잃어야 했다. 그만큼 놀라운 것이기 때문이었다.
"왜, 놀랐나?"
"그것은 아니온데……."
말끝을 흐리며 할 말을 찾던 그가 고개를 끄덕였다.
"꼭 그렇게까지 하실 필요가 있을까요? 월랑이라면 상당한 위치입니다. 하지만 실권이 없고 만월교의 세부적인 일에 간섭할 수 없기에 큰 문제점이 없습니다만, 악마금은 조금 다르지 않습니까?"
"그렇지. 월랑이라는 자리에 있으면서 악마대의 대주, 그리고 이번에 새로 만들 분타의 총관 직에 앉힐 작정이니까. 하지만 월랑 정도는 되어야 그가 딴마음을 품지 않을 것이 아닌가? 실제 그 아이가 다른 마음을 품고 있는지 아닌지는 모르겠지만 월랑으로 지목된다면 분명 만월교를 자신의 몸처럼 생각할 것이야. 하나의 소속된 집단이 아닌 가족이 되는 것이지."
"하지만 너무 과한 것은 사실입니다. 게다가 또 다른 문제점이 있습니다."
"다른 문제점이라면 무엇을 말하는 건가?"
"소교주님의 의사입니다. 월랑과 월봉은 대대로 교주님들 당사자가 정하게 되어 있습니다. 그런데 소교주님이 그것을 허락할지가……."
"그것이라면 문제될 것이 없지 않나? 악마금의 외모, 무공, 어느 것 하나 부족하지 않은데."
"제가 말씀드린 것은 그런 뜻이 아닙니다. 자세한 소교주님의 마음은 알 길이 없으나 겉으로 느껴지는 바로는 악마금을 상당히 껄끄러워

하시는 것 같았습니다."

"나도 알고 있다. 그렇기에 아직 결정을 못하고 있는 것이다. 좀 더 지켜볼 생각이지. 하지만 그런 고수를 평생 붙잡아두며 온전한 만월교인으로 만들 수 있다면 그리 나쁜 조건은 아니겠지."

"그건 그렇습니다."

"그래서 말인데……."

"……?"

"마야에게 악마금을 붙여줄 생각인데 자네 생각은 어떤가?"

"붙여준다 하심은 무슨 의미이십니까?"

"악마금의 무공이 대단하니 마야의 무공 교두로 지정하고 싶다는 말이야. 실제 그런 고수에게 배울 수 있다는 것은 무인에게 큰 영광이지. 뿐만 아니라 악마금과 마야에게 자주 붙어 있을 시간을 주면 서로 간의 거부감도 없앨 수 있지 않겠어?"

"흠, 소교주께서 순순히 허락하실지가 걱정이군요."

"그건 내가 직접 명을 하도록 하지. 그러면 어쩔 수 없을 것이야. 그리고 월향원(月香園)의 집사 영환(鈴煥)을 불러주게. 악마금에 대해서 그에게 따로 지시를 할 것이 있네."

"알겠습니다. 그럼 제가 악마금게는 제가 따로 지시를 내리도록 하지요. 하지만 월랑에 관한 것은 확실해질 때까지 다른 이들에게는 언급하지 않는 것이 좋을 것 같습니다."

"나도 그럴 생각이니 걱정 말아라. 아무튼 악마금에 대한 대우는 차분히 생각해 보도록 할 것이다."

"알겠습니다. 그럼 본론으로 들어가지요."

모양야는 품속에 따로 챙겨왔던 서류를 꺼내 들었다.

"이것은 화령 장로에게서 온 전서구의 내용입니다."

서류를 건네받은 교주가 한 번 훑어보며 입을 열었다.

"흠, 적룡문 건은 어떻게 됐지?"

"화령 장로의 말로는 아직까지 정확한 파악을 할 수 없다고 합니다. 야일제 문주는 계속 잔치 준비로 바쁘다는 핑계로 차일피일 회담을 미루고 있는 실정이지요. 그렇다고 같은 편인데 드러내 놓고 주변을 감시할 수 없는 노릇이니 화령 장로도 상당히 애를 먹고 있는 것 같습니다. 뿐만 아니라 귀주 전체를 감시해야 하니 인원도 상당히 부족한 실정이고요."

"정말 우리에게 등을 돌릴 심산인가?"

"지금까지의 정황으로는 그럴 가능성이 농후합니다. 그들의 힘을 믿은 만큼 우리가 많은 지원을 해주지 못한 것이 문제였습니다. 수년간 주위 문파들을 공격하면서 크고 작은 전투를 벌여왔으니 상당한 손실이 있었을 겁니다. 게다가 장문과의 격돌이 가장 힘겨웠을 것이고요."

"장문을 우리가 처리하는 것은 어떤가? 그렇게만 된다면 확실히 우리에게 딴마음을 품지는 않을 텐데."

"그것이 지금 힘든 상황입니다. 아니, 애매하다는 표현이 맞지요."

"……?"

"만약 적룡문이 완전히 우리와 손을 끊을 생각을 가지고 있다면 곤란한 처지에 놓일 수도 있습니다. 최악의 경우 앞뒤로 적을 맞아야 하는 것이죠. 최근 적룡문의 움직임이 이상해진 것이 바로 장문이 그 일대의 연합에 가입하면서부터입니다. 장문이 크기는 하지만 적룡문의 상대는 아니지 않습니까. 하지만 연합을 구축하면서부터 적룡문이 힘에 부쳐 하는 것이 사실입니다. 그 일대의 연합 세력은 아주 막강하니까요. 지금까지 버틴 것도 상당히 대단하다고 해야 할 겁니다."

"흠, 그럼 그들의 뜻을 정확히 파악하는 것이 먼저군."

"그렇습니다. 화령 장로도 그것을 알아내기 위해 최선을 다하고 있습니다."

문득 교주가 의아함을 드러냈다.

"그런데 잔치 준비란 무엇을 말하는가? 문주의 생일은 지난 것으로 알고 있는데? 개문(開門) 일인가?"

"아닙니다. 전대 문주이자 현 문주의 아버지인 현령검(顯靈劍) 야일지(冶日志)의 생신입니다. 두 달 후라고 그러더군요."

"생각해 볼 것도 없군. 한창 적과 대립해야 할 시기에 갑자기 두 달 후에나 있을 생일 준비라니……. 지금 적룡문은 어떻게 하고 있지?"

"두 달 전부터 소강 상태로 들어갔습니다."

"확실히 의심스럽군. 아무튼 화령 장로에게 최대한 빠른 시일 내에 그들의 뜻을 파악하라고 일러라. 만약 그들이 우리와 반대되는 길을 걷는다면 상당히 위험해질 수가 있다. 차후 그에 대한 결정은 그들의 의도를 파악한 후 다시 내리겠다."

"알겠습니다. 그리고 이번에는 태화방주에 대한 처리 문제입니다."

"맞아. 태화방주가 있었지. 어떻게 됐나?"

"지금 뇌옥에 갇혀 있습니다. 그런데 상태가 엉망이더군요."

"어느 정도지?"

모양야 장로는 고개를 설레설레 저으며 말했다.

"한쪽 팔과 한쪽 다리를 완전히 잘라 버렸습니다. 악마금이 했다던데 손속의 잔인함은 알아줘야겠더군요. 이용 가치가 있는 자인데 그렇게 만들어놨으니……. 다른 곳의 부상도 심한 편이라 의원들이 진땀을 뺄 정도였습니다."

그 말에 교주가 피식 미소를 지었다. 모양야 장로가 고개를 갸웃거렸다.

"왜 그러십니까?"

"훗 악마금이라는 녀석이 내가 보기에는 확실히 말을 잘 듣는 녀석이라는 생각이 들어서 말이야."

"말을 잘 듣는다는 것은 무슨……?"

모양야의 물음에 교주는 자신이 일부러 그것을 악마금에게 지시했다는 것을 굳이 설명하지 않고 손을 저었다.

"아니다. 다른 사안은?"

"아직 결정된 것은 아니지만 분타 건설 건에 관해서입니다. 귀주 통합을 위한 교두보로 소교주님을 보낼 것이니 장소를 신중히 고르고 있는 중입니다."

"흠."

교주의 신음과 함께 모양야 장로가 어두운 표정을 드러냈다.

"왜 그러지? 문제라도 있나?"

"그런 것은 아닙니다만 소교주님이 조금 마음에 걸립니다."

"……?"

"아직 나이가 어리시지 않습니까. 그런데 총단을 떠나보내도 될까요? 혹 문제가 생기지 않을지 모두가 걱정을 하고 있습니다."

"어차피 본 교를 이어받아야 한다면 어쩔 수 없다. 이번을 계기로 소교주로서 상당한 성장을 할 수 있을 것이야. 뿐만 아니라 교도들의 사기도 한층 올라갈 것이고."

"그렇기는 합니다만……."

"걱정 말아라. 그래서 일부러 악마금과 같이 보내는 것이니까."

"알겠습니다. 그런데 장소는 혹시 따로 생각하고 계신 곳이 있으십니까?"

한동안 침묵을 지키던 교주가 슬며시 미소를 지었다. 그러자 모양야 장로는 고개를 갸우뚱거릴 수밖에 없었다. 미소에 담긴 웃음이 의미심장해 보였기 때문이다. 그녀의 대답을 듣기 위해 기다리고 있는데 교주가 웃으며 말했다.

"요차산은 어떤가?"

"요차산이라면… 태화방과 요차문이 있는 곳을 두고 하는 말씀이십니까?"

"그렇다. 자네 생각은?"

"허허, 글쎄요……. 요차산이라면……."

"정확히 말해 요차산 인근이라기보다는 태화방이지."

"예?"

"내가 말하는 것은 요차산이 아니라 태화방 자체를 말하는 거야."

그녀의 말에 모양야가 놀란 듯 되물었다. 하지만 교주의 말을 곱씹어 생각하더니 이내 고개를 끄덕였다.

"확실히 따로 건물을 세울 필요가 없으니 시간은 절약되겠군요. 하지만 그 인근의 연합 세력이 꽤나 커놔서요."

"그러나 특별히 주의해야 할 고수나 세력은 없지 않은가?"

"그렇기는 합니다. 연합 세력은 많지만 허울 좋은 개살구지요. 그럼 그쪽으로 생각하고 계시니 다른 장로들과 함께 회의를 해보겠습니다. 결정 후 보고서를 올리겠습니다."

"알겠네. 또 다른 사안은 없나?"

"없습니다. 나머지는 교주님께서 신경 쓰실 필요 없는 사소한 것들 뿐입니다."

"다행이군. 그럼 나는 다시 연공실에 들어갈 테니 그동안 자네가 만월교를 잘 이끌게."

"최선을 다하겠습니다. 그런데… 한 가지 여쭈어봐도 되겠습니까?"

"……?"

"교인들이 상당히 궁금해합니다. 지금 교주님의 성취도를 말입니다."

"흠."

잠시 침음을 흘리는 교주의 안색은 그리 좋은 편이 아니었다.

"아직 십이성까지 도달하지 못했다. 내공 운용은 되는데 이상하게 마지막 구결이 이해가 되질 않는군. 하지만 걱정 마라, 조만간 마지막을 완성해 낼 것이니."

"저희는 교주님을 믿습니다. 그럼 이만 물러가지요."

월랑(月郞)과 월봉(月鳳)

제13장
비무

휘적휘적 산보라도 가는 양 나부끼는 걸음걸이와는 달리 악마금의 표정은 똥이라도 씹은 듯했다. 그럴 수밖에 없었다. 지금 그가 가고 있는 곳은 소교주 마야의 연공실이었기 때문이다.

근신을 열흘이나 한 것도 짜증이 솟구쳤는데 풀리자마자 소교주의 무공 수련을 도우라는 지시가 떨어졌으니 악마금으로서는 더러운 기분일 수밖에.

"빌어먹을!"

숙소에서 나와 벌써 다섯 번째 욕이었다.

연신 투덜거리고 있었지만 가슴속 깊이 묻어 나오는 짜증은 쉽게 가라앉지 않았다.

"상부에서는 무슨 생각을 하고 있는지 모르겠군. 내가 왜 그런 애송이 녀석에게 무공을 가르쳐야 된다는 건지……. 내 몸 하나 건사하는 것도 힘겨워 죽겠는데."

생각 같아서는 단호하게 거절하고 싶었지만 교주의 명이라니 어쩔 수 없었다. 이래저래 귀찮은 일뿐이라는 생각이었다. 하지만 정작 악마금을 짜증스럽게 만든 것은 연공실에 도착하고 나서부터였다.

소교주의 연공실은 교주가 머무는 총단 중앙에 위치한 월향원(月香園)에 있었다. 교주와 소교주가 지내는 곳답게 호화로움의 극치였다.

드넓은 정원 사이사이에 모두 열두 개의 큰 건물들이 자리하고 있었다. 하지만 사실 소교주 혼자만의 공간이라고 해도 맞는 말이었다. 바쁜 교주가 이곳에 올 일은 거의 없었고, 몇 년 전부터는 아예 연공실에서 머물렀으니 이곳의 시녀들도 교주를 보지 못한 지 꽤 되는 터였다.

아무튼 미리 연락을 받은 적룡사 대원들은 별다른 제재 없이 악마금을 들여보내 주었지만 연공실에서부터는 상황이 조금 달랐다. 수련을 위한 공간이니만큼 거대한 것은 좋았지만 연공실에는 소교주만 있는 것이 아니었던 것이다.

소교주 마야 주위로 삼십여 명의 사람들이 벽 쪽으로 옹기종기 모여 있는데 악마금이 들어서기가 무섭게 그들 모두 문 쪽으로 경계의 시선을 던졌다.

이들은 대부분 무공을 익힌, 만월교에서도 제법 뛰어난 고수들이었다. 하지만 그것만은 아니었다. 하인, 하녀나 의원으로 보이는 자들도 있었다.

혹 수련 도중 존귀하신 소교주의 몸에 상처라도 날까 우려하여 대비 차원에서 미리 대기하고 있는 모양이었다. 그러니 악마금이 연공실을 훑어보며 황당한 표정까지 지어 보이는 것은 당연한 일이었다.

'완전히 황제 저리 가라군. 도대체 수련을 하겠다는 건지 사람들 앞에서 광대처럼 눈요깃감이 되겠다는 건지 알 수가 없군. 이 많은 사람들은 도대체 뭐야?'

내심 그런 생각을 하고 있는데 그동안 수련에 열중하고 있어 악마금을 보지 못한 소교주가 그제야 움직임을 멈췄다.

"어, 언제……?"

그녀의 말이 채 이어지기도 전에 악마금이 다가가며 거드름을 피웠다.

"지금 왔죠. 그런데 이 구경꾼들은 다 뭡니까?"

졸지에 구경꾼이 된 실내의 인물들의 표정이 싸늘하게 식었다. 그중 하나가 으르렁거리며 말했다.

"우리는 소교주님의 수련을 보조하고 있소."

"호, 수련을 보조한다?"

"……."

"그런 건 어떻게 하는데? 팔 한 번 놀릴 때 힘들지 않게 손을 받쳐주는 것인가, 아니면 땀이 날까 봐 무서워 부채질이라도 해주는 것인가? 이해가 되질 않는군. 어떻게 하면 보조를 할 수 있지?"

완전히 조롱하는 듯한 악마금의 말에 삼십여 사람들의 표정이 싸늘함을 넘어 험악하게 변하기 시작했다. 하지만 악마금은 그들에게 신경도 쓰지 않고 마야를 향해 말했다.

"저에게 소교주님께 무공을 가르치라는 상부의 지시가 있었습니다."

"나, 나도 알고 있다."

"그럼 솔직히 말하겠습니다. 수련은 혼자 하는 것이지 다른 사람의 도움은 전혀 필요없습니다. 저런 바보 같은 놈들이 옆에 붙어 있으면 집중도 안 될뿐더러 응석받이가 되기 쉽죠."

"그럼 어떻게……?"

"저에게 무공을 배우고 싶다면 다 내보내십시오."

그때 악마금의 말을 묵묵히 듣고 있던 몇몇 무사가 앞으로 걸어나왔다.

"듣고 있으니 정말 무례하군. 아무리 악마대의 대주라고 하지만 우리는 당신에게 무시당할 정도로 지휘가 낮지는 않소. 그런데 바보라니……. 지금 그 말, 우리에게 싸움을 거는 것이라 판단해도 되겠소?"

"호, 꽤나 열받은 모양인데, 글쎄, 난 너희 같은 녀석들이랑 한가하게 노닥거릴 시간이 없어서 어쩌지?"

"흥!"

스르릉!

악마금의 말이 끝나기 무섭게 한 사내가 콧방귀를 뀌며 검을 뽑아 들었다. 실제 악마금의 실력을 알았다면 결코 하지 못할 행동이었지만 불행히도 상층부에서는 악마금에 대한 대부분의 정보를 막았기에 그는 알 길이 없었다.

순간 악마금의 표정이 꿈틀거렸다. 하지만 기분이 나빠서 그런 것은 아니었다.

오히려 그 반대였다.

안 그래도 기분이 꿀꿀해 화풀이 대상을 찾고 있는 이때 걸어오는 싸움을 마다할 그가 아니었다. 게다가 소교주의 무공 교두를 장기간 해야 한다면 자주 부딪쳐야 할 녀석들이니 이 기회에 완전히 기선을 제압해 버리는 것도 좋을 것이란 판단도 선 상태였다.

악마금의 입가가 묘하게 뒤틀리더니 몸을 돌려 사내를 바라보았다. 소교주가 뭐라 말하려고 했지만 살기로 번뜩이는 악마금의 눈빛을 보고는 꼬리를 만 쥐 꼴이 되고 말았다.

"문제를 일으키기 싫었지만 꼭 승부를 봐야 하겠다면 어쩔 수 없지. 흐흐흐!"

자신은 하기 싫은데 억지로 비무에 응하는 것 같은 말투였다. 사전에 자신에게 불리하게 전개될 문제의 소지를 싸그리 없애 버리는 영악한 악마금인 것이다. 이제 분위기도 잡혔고―물론 악마금보다 그를 상대하려는 무사의 분위기였지만―자신에게 돌아올 질책의 문제점도 없어졌으니 손을 들어 까딱거렸다.

"덤벼!"

"후회하지 마시오!"

팟!

순간 바닥을 박찬 사내의 신형이 악마금을 덮쳐 왔다. 확실히 만월교에서도 상당한 실력에 속하는 자임에는 분명해 보였다. 하지만 문제는 상대가 악마금이라는 것. 거기에 정작 사내의 불행은 악마금이 손 속에 사정을 두지 않는다는 것이었다.

퍽!

"크아악!"

둔탁한 소음과 함께 뒤이어 고통의 괴성이 터져 나왔다. 물론 그 목소리의 주인은 악마금에게 달려들었던 무사의 것이었다.
"저럴 수가!"
"어떻게?!"
마야는 당연히 아무런 말도 못한 채 몸을 떨고 있었고, 다른 자들은 경악성을 질렀다. 무사는 악마금의 일 장 거리에서 보이지 않는 벽에 부딪친 듯 튕겨 나가더니 이내 온몸의 뼈마디가 부러지는 소리가 들려왔기 때문이다. 그리고 그것은 소리뿐만이 아니었다. '드드득' 하는 소리와 함께 전신의 몸이 괴상하게 뒤틀리고 있었다. 흡사 조각 인형이 인위적으로 여기저기 꺾이는 것 같은 현상처럼.
"흐윽!"
마지막 비명은 의외로 작았다. 이미 기운이 다해 정신을 잃어버렸기 때문이다. 다음은 쓰러지는 일밖에 없었지만 그것도 여의치 않았다. 악마금이 그 정도로 끝낼 생각이 아니었기 때문이다.
정신을 잃은 채로 몸 여기저기가 꺾여 있는데 순간 악마금이 손가락을 튕기자 놀랍게도 무사는 그 자리에서 날아가 벽에 부딪쳐 바닥으로 떨어졌다.
간간이 몸을 꿈틀거렸지만 그것은 본능적으로 고통을 느끼는 몸이 무의식 중에 나타내는 행동일 뿐이었다. 그런데도 실내의 다른 사람들은 아무도 움직이지 못하고 있었다. 그만큼 악마금이 보여준 무공은 놀라운 것이었고, 괴이하다 못해 신기했던 것이다.
"……"
"……"
침묵은 한참 동안 이어졌다. 그 침묵을 깬 사람은 악마금이었다.

"어때? 다시 해볼 사람 있나?"

있을 리 없다.

"두말하는 것만큼 짜증나는 것이 없지. 나는 다른 자가 내 무공을 훔쳐 배우는 것을 원치 않아. 그러니 모두 나가라."

사람들은 아무런 말도 하지 못한 채 서로 눈치를 보더니 어쩔 수 없이 주춤거리며 움직이기 시작했다. 좀 전의 비무로 보아 자신들 전부가 달려들어도 어떻게 할 수 있을 것 같지 않았기 때문이다. 게다가 소교주의 무공 교두로서 왔으니 소교주에게 허튼 짓은 하지 않을 것이 아닌가!

괜히 자존심을 지키려다가 좀 전과 같은 무사 꼴이 되고 싶지 않았기에 쓰러진 무사를 부축해 나가며 연공실 밖에서 대기하기로 했다.

그들이 모두 사라지고 문이 닫히자 악마금이 마야를 힐끔 바라보았다.

"호호호, 이제 모두 사라졌군요."

순간 마야가 흠칫 떨었다.

"그, 그래서… 어, 어쨌다는 것이냐?"

"아니, 그렇다는 거죠. 자, 그럼 무공 수련을 시작할까요?"

그러면서 악마금이 내력을 몸 밖으로 방출하기 시작했다. 피부를 찌르는 듯한 한기에 마야의 눈이 동그랗게 변하며 떠듬거렸다.

"지, 지금 뭘 하는 것이지?"

"뭐라니요? 수련에 가장 좋은 것은 비무밖에 없지요."

"뭐?"

마야는 파랗게 질린 얼굴로 뒷걸음질을 쳤다. 악마금의 실력이 아직도 강렬히 머리 속에 남이 있는 터. 그런데 그런 극강의 고수와 비무를 해야 한다니……

자연 몸이 떨리고 두려운 기분이 들 수밖에 없는데, 얄밉게도 악마금은 그런 마야를 손안에 든 벌레 보듯 하며 계속 다가오고 있었다.

"머, 멈춰!"

"왜 그러십니까?"

"나, 나는 비무 따위는 할 생각이 없어."

'특히 너 같은 자랑은!'

역시 악마금이 두려웠기에 마지막 말은 당사자 앞에서 내뱉지 못한 마야였다. 그러자 그녀의 반응에 악마금이 고개를 갸웃거렸다.

"그럼 도대체 저와 무엇을 하겠다는 것입니까? 춤이라도 출까요? 흐흐흐."

그의 노골적인 말에 온 힘을 짜내어 마야가 버럭 소리를 질렀다.

"닥쳐라! 감히 나에게 그따위 말을……!"

"후후, 아무도 없는데 어떻습니까? 설마 다른 사람에게 일러바치는 그따위 저급한 행동을 하지는 않으시겠죠? 대만월교의 소교주님께서 말이지요."

그러면서 악마금은 계속 마야에게 다가가고 있었다. 마야는 그가 다가오는 만큼 뒤로 걸음을 옮기고 있었다.

그녀는 이 상황을 벗어나야겠다는 생각으로 뭔가 부단히 할 말을 찾으려 했지만 결국 입을 열지 못했다. 말을 하려다 입을 다물기를 반복할 뿐. 그러니 악마금이 더욱 기고만장해지는 것은 당연한 것일지도 몰랐다.

"자, 그럼 물러서지만 마시고 한번 공격해 보십시오."
"네, 네가 왜 너와 비무를 해야 한다는 것이냐?"
"좀 전에도 설명해 드렸지 않습니까?"
"……?"
"그럼 저에게 무엇을 배우고 싶으신 겁니까? 혹시 악기 연주를 배우시고자 하는 것은 아니겠지요?"
"그건 그렇지만……."
"아니면 음공을 익히겠다는 말씀?"

마야는 자신도 모르게, 그러면서도 당연하다는 듯 고개를 저었다. 사실 세상에는 많은 무공이 산재해 있고 그 종류만큼이나 많은 수련 방법이 있다. 그중에서도 서로 비슷한 성질의 무공이 있어 기본적으로 익히고 있는 무공 외에 따로 익힐 수 있는 것들이 있는가 하면 심법 자체가 다르거나 그 성격이 달라 극과 극의 길을 가는 무공들도 있었다.

마야가 지금 익히고 있는 것은 역대 교주들이 그랬듯이 파괴력을 중요시하는 권과 장법이었다. 그러니 음공을 익히기 위해서는 지금까지 익혔던 모든 무공을 버리고 새로 시작해야 한다는 것을 뜻했다. 게다가 모든 무림인들이 그러하듯이 소교주 또한 음공에 대해 좋지 않은 편견이 있었으니 익힐 생각이 있을 리 없었다.

하지만 가장 중요한 것은 바로 그녀 자신의 인식이었다. 교도들 사이에서 가장 재능있는 아이였고 또 지금까지 상당히 열심히 수련을 한 그녀가 음공 따위를 익힐 수는 없지 않은가?

실제 그녀의 수준은 나이에 비해 월등했기에 무공에 있어서는 누구보다 자부심이 강할 수밖에 없었다.

"나는 음공 따위를 익힐 생각이 없어!"

눈을 질끈 감고 발악하듯 외치는 말에 의외로 악마금은 심드렁한 표정이었다.

"그러니까 비무밖에 없다는 겁니다."

"하지만 다른 것을 가르쳐 주면 되지 않느냐?"

"흠, 다른 것이라……. 소교주님께서는 뭔가 착각하고 계시군요."

"……?"

"저 같은 고수라도 모든 무공을 다 소화할 수 있는 것은 아닙니다. 실제 음공 외에 제가 할 수 있는 무공은 몇 되지 않죠."

마야가 떠듬거렸다.

"다, 다른 건 뭐, 뭘 잘하는데?"

"뭐, 모든 무인들이 그러하듯 신법은 상당히 뛰어나죠. 사실 악마대 전원이 신법에는 상당한 자신감을 가지고 있습니다. 사부님께서 어릴 때부터 상당히 신경 쓴 덕분이죠. 그 외에도 권각법이나 검, 도, 편 등 다양한 종류의 무공을 익히고는 있지만 저 같은 경우야 많이 알고는 있지만 실제 실력은 좋은 편이 아니죠. 오히려 권각술에서는 소교주님 보다 초식 운영이 뒤떨어질지도 모릅니다. 그런 제게 뭘 배우겠다는 말씀이십니까? 역시 비무밖에 없지 않습니까? 그리고 제가 좀 전에 소교주님의 무공을 본 바로는 상당히 좋은 움직임을 가지고 있습니다만 솔직히 초식 자체는 죽어 있습니다."

그 말에 마야가 발끈했다.

"무슨 소리냐? 내 초식이 어때서?"

"실전 경험이 부족하다는 말입니다. 상대의 공격은 전혀 생각하지 않고 정해진 초식대로만 반복 수련을 하고 있으니 그럴 수밖에요. 소교주님께 정작 필요한 것은 실전 경험입니다. 그것을 제가 도와주겠다는 겁니다. 흐흐흐."

말은 이치에 맞았기에 수긍이 갔지만 왠지 악마금의 표정에 담겨 있는 음흉한 웃음이 못내 마야의 마음을 석연치 못하게 했다. 하지만 악마금은 그녀의 마음 따위는 헤아려 줄 아량이 전혀 없었다.

"그럼 선수를 양보하는 것으로 알고 먼저 손을 쓰겠습니다."

"자, 잠깐만! 나는 아직 준비가…….'

마야가 놀라 급히 손을 저었지만 악마금의 공격은 이미 시작되었다.

휘이익!

눈으로 좇을 수 없을 정도로 갑자기 접근하더니 주먹이 마야의 얼굴을 향해 뻗어졌다.

"앗!"

마야는 급히 몸을 움츠려 피했지만 공격은 그것이 다가 아니었다. 그것이 시작을 알리듯 악마금의 양손과 다리가 화려할 정도로 마야를 압박하기 시작했던 것이다.

하지만 악마금이 전력을 다한 공격은 아니었기에 시간이 조금 지나자 마야도 어느 정도 대응을 할 수 있었다. 사실 악마금은 본신의 반의 반도 안 되는 내력을 끌어올리고 있었기 때문이다.

어느 정도 소교주와 평수를 이루기 위해서였지만 실제 그것도 마야에게는 엄청난 위협일 수밖에 없었다. 그나마 다행인 것은 악마금의 움직임이 엄청난 내력으로 인한 쾌만 동반하고 있다는 것뿐 그의 말대로 권각술이 그리 뛰어난 것은 아니라는 점이었다.

타다닥!

악마금의 다리가 도저히 피할 수 없을 정도로 빠르게 치고 나오자 결국 마야는 양손을 교차하며 막을 수밖에 없었다. 콩 볶는 소리가 순식간에 터지더니 그 충격에 그녀는 몇 걸음이나 물러서야 했다.

"흐흐!"

악마금은 뒤로 밀려나며 자세가 흐트러진 마야를 보고 음흉한 미소를 지었다. 그리고 이번에는 손을 놀려 그녀의 옆구리를 향해 섬전과 같이 뻗어갔다.

쇄에에엑!

힘을 뺀다고는 했지만 그래도 상당한 내력이 실려 있으니 움직임을 따라 경풍이 일었다. 그리고 느껴지는 물컹함.

마야가 피하지 못하고 공격을 그대로 받아버린 것이다.

"꺅!"

옆구리에서 인 통증은 그녀의 몸을 경직시켰다. 그러니 신음 또한 제대로 나올 리가 없었다. 본능적으로 애처로운 표정을 지어봤지만 그 따위가 이 빌어먹을 악마금에게 통할 리 만무했다. 오히려 악마금은 기다렸다는 듯 몸을 놀렸다.

그는 수도로 반대 손을 이용해 마야의 목 왼쪽을 후려치고, 곧이어 왼쪽 발로 그녀의 정강이를 걷어차 버렸다.

부지불식간에 당한 생각지도 못한 공격에, 그것도 수차례나 당한 마야는 바닥으로 무너져 내렸다. 통증 때문에 쉬이 말도 꺼내지 못하더니 한참 후에야 숨을 몰아쉬며 분노에 잘게 떨리는 음성으로 말했다.

"나, 나에게 어떻게……? 무엄하다."

하지만 악마금은 고개를 갸웃거리며 왜 그러는지 모르겠다는 듯 천진난만한 표정을 지었다.

"무엄하다니요? 비무에서 상대를 공격하는 것은 당연한 것 아닙니까?"

"그래도 어떻게 내 몸에 손을 댈 수 있단 말이냐?"

그 말에 악마금이 황당한 듯한 표정이 되더니 이내 싸늘하게 변했다.

"비무에서 무엇을 원했던 겁니까? 설마 적과의 실전에서도 그런 식으로 말할 수 있다고 생각하십니까?"

그의 갑작스러운 표정 변화에 마야는 다시 움찔거리며 악마금의 눈치를 살폈다.

"어리광을 부릴 나이는 지난 것으로 알고 있는데……. 아닙니까? 지금과 같이 온실 속에서 수련해 봐야 아무것도 되질 않습니다."

"누가 온실 속에서 수련했다는 것이냐?"

"그럼 아닙니까? 다른 아이들이 어떻게 수련하는지 알고는 있습니까? 만월교를, 그리고 훗날 소교주님을 위해 목숨을 바치려고 수많은 자들이 피를 흘리고 뼈를 깎는 수련을 마다하지 않고 있습니다. 멀리 볼 것도 없이 저와 악마대를 들 수 있지요. 지금 제가 가진 실력이 그저 얻은 것이라 착각하는 것은 아니겠죠? 그렇지 않으면 실전에서도 그런 식으로 말하실 겁니까?"

"……."

순간 악마금의 표정이 묘하게 변하더니 목소리를 여자처럼 내기 시작했다. 소교주의 흉내를 내려고 했던 것이다.

"감히 나에게 어떻게 손을 대는 것이냐? 너희들은 나를 공격할 자격이 없어! 이렇게요? 아니면 무공을 겉멋으로? 그것도 아니면 재미로 배우는 겁니까?"

순간 마야는 악마금의 불경한 짓거리에 수치심이 가득한 얼굴로 분하다는 듯 입을 열었다.

"그런 식으로 말하지 마! 나도 최선을 다하는 거야!"

"후후, 그렇습니까? 그럼 투정 부리지 말고 일어서시죠."

마야는 어쩔 수 없이 자리에서 일어섰다. 그리고 그간 쌓인 분노를 풀기 위해서인지 처음과는 달리 제법 굳은 표정으로 악마금에게 달려들었다.

'확실히 매가 약이야. 훨씬 좋아졌군.'

내심 그런 생각과 함께 악마금은 마야의 공격을 받아내기 시작했다. 실제 마야의 실력은 악마금이 생각해도 상상 이상의 것이었다. 다른 아이들에 비해 월등히 뛰어난 내공과 함께 초식의 운영 면에서는 탁월한 능력을 가지고 있었던 것이다.

"얍!"

순간 마야가 악마금의 빈틈을 찾아내고는 기합성을 질렀다. 이번에야말로 복수를 하겠다는 듯 상당한 내력을 집어넣은 채였다. 점 하나 없는 고운 손에 푸르스름하게 변하며 악마금의 복부를 노리고 공격해 왔던 것이다. 하지만 악마금이 그냥 보아 넘길 리가 없었다.

급히 몸을 튼 그는 왼손으로 마야의 공격을 흘려 버리고는 오른손을 그녀의 목을 향해 찔러 넣었다.

싱!

마야는 급히 고개를 숙여 주먹을 비켜 버렸다. 그 후 그녀는 악마금의 다리를 공격했다. 악마금은 그것을 피하고 다시 그녀의 복부를 공격.

용기 백배한 마야가 혼신의 힘을 다하기 시작하자 대결은 팽팽하게 진행되었다. 물고 물리는 근접전.

사실 악마금이 근접전에는 그리 강하지는 못했지만 소교주에 비해 떨어지는 초식의 허점을 본능적인 순발력과 빠른 몸놀림으로 대응하니 어느 정도 평수를 유지할 수 있었다. 하지만 그것도 시간이 지나자 지루함을 느꼈다.

"얍!"

또다시 마야의 기합성이 터지고 그녀의 양손이 악마금의 가슴을 노렸다. 그런데 막 악마금의 가슴을 때리려던 마야가 급히 손을 거두고 뒤로 물러서기 시작했다. 악마금의 몸에서 극심한 사기가 풍겨 나왔기 때문이다.

'뭐, 뭐지?'

얼떨결에 공격을 거두기는 했지만 의아한 마야였다. 하지만 곧 그녀의 생각은 엄청난 통증으로 되돌려 받아야 했다. 악마금이 순간적으로 내공을 끌어올림과 동시에 공격을 퍼부었기 때문이다.

퍼퍼퍼퍽!

마야는 정신없이 두들겨 맞고 벽에 부딪쳤다. 얼마나 맞았는지 입가로 가는 선혈이 흘러나오고 있을 정도였다. 내상을 입었기 때문이다. 하지만 그보다 갑작스런 악마금의 행동에 놀라고 있었다.

"왜?"

서 있기도 힘들어 보이는 마야를 향해 악마금이 느긋하게 뒷짐을 지며 말했다.

"방심하지 말라는 교훈을 가르쳐 주기 위해서지요."

"무슨 소리냐?"

"강호에서의 실제 대결에서는 본래의 실력을 숨기는 것이 대부분입니다. 상대가 자신보다 강하다 싶으면 불의의 기습을 하기 위해서죠. 소교주님께서도 그 점을 생각하십시오. 항상 지금 상대의 실력을 믿지 말고 대비하는 습관을 기르라는 말입니다. 흐흐흐, 그럼 다시 시작할까요?"

비무는 반 시진이나 계속되었다. 그리고 결과는 마야의 대패.

악마금을 한 번도 건드리지 못한 그녀는 나중에는 분한 마음이 들었는지 대결 도중 갑자기 바닥에 주저앉아 버렸다. 평소 자신감에 차 있던 무공이 악마금에게는 전혀 통하지 않는 데다 소교주로서의 위엄은 하나도 보여주지 못했기 때문에 어린 마음에 상처가 되어버린 것이다.

"더, 더 이상 못하겠어."

그녀는 말과 함께 잠시 멍해 있더니 갑자기 눈물을 흘리기 시작했다. 잠시 몸을 쉴 시간이 오자 지금까지 악마금에게 당했던 것이 분해도 엄청 분하다는 생각이 든 모양이었다. 나중에는 손으로 얼굴까지 기라며 제대로 울기 시작하는데, 그 때문에 오히려 악마금이 난감해했다.

이런 경험이 전무한 악마금이었으니 어떻게 해야 할지 알 수가 없었던 것이다. 우는 소교주를 달래줄 정도로 착한 그는 아니었고, 그렇다고 소교주의 입을 강제로 틀어막을 수도 없지 않은가.

"가, 갑자기 왜 그러십니까?"

소교주의 대답은 간단했다.

"너 때문이야. 흑흑!"

"나 때문?"

'젠장, 뭐가 나 때문이란 거야? 내가 뭘 어쨌는데? 손 좀 봐준 것밖에 더 있어? 도대체 뭐가 문젠지 원.'

"그만 우십시오."

하지만 그 말에 마야는 더욱 구슬프게 울기 시작했다. 이제 십오 세 소녀가 무엇이 그리 억울한지 소리 또한 크게 내고 있었으니 악마금으로서는 황당할 수밖에 없었다.

"흑흑흑!"

몇 번 더 말려보았지만 그래도 울음이 멈추질 않자 급기야 짜증이 솟구치는 악마금이었다. 그래서 자신도 모르게 버럭 소리를 질렀다.

"젠장! 그만 하라고 했잖아!"

"……!"

"…….."

연공실에 잠시 침묵이 감돌았다. 말을 뱉은 악마금도 자신에게 놀란 상태였고, 마야 또한 방금 전 들린 소리가 정말 악마금의 것인지 믿어지지 않는다는 표정을 하고 있었다. 그녀는 놀란 토끼눈마냥 아직도 눈물이 그렁그렁 맺힌 눈을 들어 악마금을 멍하니 바라보고 있었다.

순간 악마금이 손을 들어 자신의 얼굴을 가리며 고개를 저었다.

'젠장! 내가 미쳤나?'

후회는 아무리 빨라도 늦다.

생각과 함께 그는 한숨을 쉬며 마야에게 다가갔다.

그때까지도 마야는 요지부동 그 자세 그대로 다가오는 악마금을 멍하니 바라만 보고 있었다.

"뭐, 뭐라고……?"

"신경 쓰지 마십시오."

악마금은 내심 모른 척하며 뻔뻔스럽게 웃으며 손을 내밀었다. 하지만 동작은 스스로 생각해도 상당히 어색할 수밖에 없었다.

"……?"

마야가 내민 손을 보며 의아한 표정을 짓자 악마금이 피식 웃으며 말했다.

"그렇게 계속 앉아 울고 계실 작정입니까?"

"나, 난!"

"아무 말 마시고 일어서세요."

그러면서 악마금이 그녀의 팔을 잡아 일으켰다.

다시 이어지는 어색한 침묵.

그 침묵이 싫었던 악마금이 능글맞게 입을 열었다.

"흐흐흐, 방금 전 있었던 일은 잊으십시오. 저도 무슨 말을 했는지 기억이 나지 않으니까요."

"어떻게 나에게 그런……?"

"쓰읍!"

악마금이 인상을 쓰자 마야가 황급히 입을 다물어 버렸다.

"흐흐, 오늘은 피곤해 보이니 여기까지 하죠. 삼 일 후에 다시 찾아올 테니 그때까지 다친 곳이 있다면 치료하시고 많은 성과가 있으시길 바랍니다. 그럼 저는 이만……."

　악마금은 더 이상 이곳에 있을 필요성을 못 느꼈으므로 재빨리 몸을 돌렸다. 그 후 그는 도망치듯 연공실과 월향원을 빠져나왔다.

　"혹시 문제가 생기는 것은 아니겠지?"

　솔직히 월향원을 나오고서부터 걱정이 되는 악마금이었다. 그 걱정이라는 것이 그에게 있어서는 그리 문제될 것은 없었지만 그래도 이곳에 몸을 담고 있는 동안 괜한 분란이 일지 않기를 바랐기 때문이다. 귀찮아지는 것이 싫다는 지극히 단순한 생각이기도 했지만 말이다.

　하지만 그의 걱정처럼 우려하던 일은 생기지 않았다. 그 이후로도 일주일에 두 번 정도 소교주와 비무를 했다. 그렇게 이 주가 지나가는데도 그에 대한 문제를 거론하는 사람은 없었다.

제14장
계획된 틀

악마금은 하루하루를 무료하게 보내고 있었다. 사실 무료하다기보다는 매일 같은 일상의 반복이라 할 수 있었다. 새벽같이 일어나 내공 수련으로 하루를 연 후 아침에는 조용한 곳을 찾아 소리에 대한 연구를 했다.

오후에도 역시 음공 수련을 본격적으로 했고 저녁에서야 약간의 자유 시간을 가질 수 있었다. 하지만 악마금으로선 어릴 때부터 수련에 익숙해져 있었으니 그 자유 시간조차 헛되이 보내지 않았다. 나름대로 작곡을 하기도 하고 금을 연습하기도 했던 것이다.

물론 소교주의 수련도 일주일에 두 번씩 도와주는 것을 잊지 않았는데 거의 삼 주가 다 되어갈 때쯤에는 오히려 거기에 쏠쏠한 재미를 느낄 정도였다.

악마대에서 수련할 때부터 공손손의 '무인이라면 많은 무공을 알아야 실전에서 당황하지 않는다' 는 생각에 힘입어 수많은 무공을 익히기는 했지만 그리 심도있게 수련하지는 않았었다. 하지만 소교주와의 비무에서 음공이 아닌 그간 배웠던 많은 무공의 실전 대련과 그 묘용을 조금씩 알아갈 수 있었기에 은근히 재미가 있었다. 음공만 고집했던 악마금에게는 정말 유용한 시간일 수밖에 없었다. 물론 지고하신 소교주 마야를 두들겨 패는 것도 하나의 재미로 다가오고 있었지만 말이다.

그날도 어김없이 마야를 괴롭힌(?) 악마금은 비무가 끝난 후 으레 그러하듯이 문제점을 지적하기 시작했다.

"소교주님의 특기는 권각술입니다. 하지만 그것의 단점은 어느 정도 수준까지 올라설 때까지 그리 큰 힘을 발휘하지 못한다는 것입니다. 예를 들어 권각만 사용한다면 상대가 검이나 도 등 무기를 들었을 때 제대로 대응할 수가 없죠. 상당한 문제점을 떠안을 수밖에 없습니다. 반면 장점은 수준 이상에 오르기만 하면 각기 익힌 심법이나 무공의 특성에 따라 손발이 도검불침(刀劍不侵)이 된다는 것입니다. 그때가 되면 오히려 무기를 든 상대보다 훨씬 다양한 공격, 그리고 근접전에 엄청난 이득을 가질 수 있죠. 또 다른 장점은 바로 신법입니다. 소교주님도 그렇지만 권각의 달인들은 대부분 신법이 상당히 뛰어납니다. 몸만을 이용해 무공을 수련하니 어쩔 수 없는 것이겠지만 그보다 초반, 그러니까 도검불침이 아닌, 상대의 무기를 막을 수 없는 상태에서 그것을 보완하기 위해 무공이 발전했으니 당연한 것이지요."

악마금의 공격에 어느 정도 익숙해지게 되었지만 그래도 꽤나 많이 맞아 움직임이 부자연스럽던 마야.

그녀는 땀으로 흠뻑 젖은 아미를 닦으며 물었다.

"무슨 뜻이냐?"

"소교주님의 초식은 상당히 화려하지만 아직까지 내공이 부족해 내력이 실린 검이나 도를 맨손으로 받아낼 수 없다는 것입니다. 화려하지만 상대의 공격을 막을 수 없으니 쓸데없는 동작이라는 거죠. 그것을 줄여야 합니다. 임시 처방입니다만 오히려 신법과 경공에 초식을 맞춰 수련을 하십시오. 그 편이 실전에서는 나을 것입니다."

"하지만 나중에 내공을 더 쌓으면 되지 않아?"

악마금이 피식 웃었다.

"그것이 정석이기는 하지요. 하지만 정석대로만 무공을 익힌다면 누구나 다 같은 수준, 같은 시기에 같은 성장을 할 것입니다. 뭐, 재능 면으로 따진다면 좀 더 차이가 나겠지만 무공은 깨달음이지요. 얼마나 자신에 맞는 수련 방법을 깨닫느냐, 기의 성질은 어떤 것이냐 하는 것도 무시할 수 없을 정도로 중요하다는 것입니다. 아니, 오히려 무인에게는 가장 중요한 것이죠. 전설이나 고대 무림에 내려오는 이야기 중에 젊은 나이에 엄청난 무공 진보를 보여 세상에 이름을 날린 자들이 있는 것으로 알고 있습니다. 제 추측이지만 그들은 그들만의 무공에 대한 깨달음이 있고 그것을 믿으며 수련했을 겁니다."

"음!"

마야는 수긍이 가는 듯 고개를 끄덕였다. 그러자 악마금이 마지막으로 덧붙였다.

"남들과 같은 방법, 같은 양의 수련으로는 절대 강해질 수 없죠. 불세출의 귀재라면 또 모를까. 아무튼 저는 이만 가보겠습니다."

그는 뒤도 돌아보지 않고 연공실을 빠져나갔다.

언제나 무뚝뚝하고 싸늘한 악마금이 나가자 마야는 긴장이 풀리는 것을 느끼며 한숨을 내쉬었다. 하지만 절대 마음이 편한 것은 아니었다. 며칠 후면 또 저 무시무시한 악마금의 봐야 할 테니까.

"끝났습니까, 소교주님?"

악마금이 연공실을 나가자 밖에서 대기 중이던 칠십 세는 훌쩍 넘어 보이는 초로의 늙은이가 들어섰다. 노인이기는 하지만 얼굴의 생김새만은 노인의 그것보다는 산속의 초적과 같은 험악한 인상을 하고 있었다. 그는 영환(鈴煥)이라 불리며 바로 월양원의 책임지는 집사였다. 따로 소교주의 신변도 책임지고 있었는데 마야를 어릴 때부터 보아왔기에 만월교에서는 누구보다 그녀와 허물없는 사이라 할 수 있었다.

마야가 고개를 끄덕이자 주름 잡힌 영환의 이마에 깊은 고랑이 생기며 걱정스러운 표정으로 물었다.

"오늘은 어땠습니까? 무례하게 굴지는 않았습니까?"

"아니야. 하지만 무서워."

"흐음, 그래도 소교주님이 다른 이들을 무서워해서는 안 됩니다. 위엄을 보여주셔야지요."

"하지만 그자와 함께 있으면 자꾸 옛날 일이 생각난단 말이야. 그리고……"

"……?"

말하기 곤란한 듯 마야가 한참 동안 우물거리더니 한숨을 쉬며 입을 열었다.

"몸에서 풍기는 이상한 기운 때문에 나도 모르게 떨려. 몸에 힘을 주려고 노력하지만 어쩔 수 없어."

자조적인 그녀의 말에 잠시 생각에 잠긴 영환은 무엇인가 떠오른 듯 미소를 지었다.

"그럼 좀 더 가깝게 지내도록 하는 것이 어떻겠습니까? 이 늙은이의 경험으로는 아무리 무서운 사람도 친해지면 그런 마음이 많이 희석됐습니다. 처음 소교주님께서도 저를 무섭게 여기고 피해 다니지 않으셨습니까?"

"그건 그렇지만……."

"지금은 어떻습니까? 소인이 무섭습니까?"

마야는 말도 안 된다는 듯 바로 고개를 저었다.

"아니야. 하지만 어떻게……?"

"흠, 친해지는 데는 선물이 제격이죠."

"선물?"

"그렇습니다. 그자가 좋아하는 것을 알아낸 후 그것을 주면 아주 좋아할 겁니다. 사람치고 선물을 싫어하는 사람은 없을 테니까요."

"정말 좋아할까?"

"그렇지요. 아니라고 하더라도 손해 볼 것은 없지 않습니까?"

그러자 마야의 표정이 잠시나마 밝아졌다. 그만큼 그녀에게는 악마금이 부담이었기 때문이다.

"그런데 어떻게 선물을 전해주지?"

"그거야 소교주님이 마음만 먹는다면 상관이 없지요. 그래도 좀 더 마음을 전하기 위해서는 따로 저녁 식사에라도 초대하십시오. 그런 연후에 선물을 주면 좋아할 겁니다."

"으음."
"그런데 그자가 뭘 좋아하는지 알고 있습니까?"
마야는 잠시 생각에 잠기더니 대답했다.
"교주님에게 언뜻 들었는데 금 연주 하는 걸 좋아한대. 전에 한번 들어봤는데 정말 좋았어."
"허허, 누가 악마대 아니랄까 봐. 그럼 금을 선물로 주면 되겠군요. 악마대야 원하면 좋은 금을 가지고 있겠지만 소교주님이 특별히 신경 써서 준비한다면야 어느 것과 비교가 되겠습니까?"
"하지만 난 악기에 대해서 잘 몰라."
"그럼 그건 제게 맡겨주십시오. 책임지고 악마대주가 입이 찢어질 정도로 좋은 것을 구해보겠습니다."
"정말?"
"허허, 저를 모르십니까? 한다면 하는 것이 이 늙은이의 특기 아닙니까. 며칠만 기다리세요. 제가 구해놓겠습니다."
마야의 표정은 상당히 변해 있었다. 벌써부터 악마금이 잘해줄 것인 마냥 부담감을 털어버린 것이다. 그녀는 영환의 말과 함께 고개를 끄덕였다.
"그럼 집사만 믿고 있겠어."
그녀가 가벼운 발걸음으로 연공실을 나가자 남아 있던 영환은 고개를 설레설레 저었다.
"흠, 교주님은 무슨 생각을 하고 계신지……. 대주 따위와 소교주님을 설마? 아무튼 지시가 내려왔으니 하기는 하겠지만 악마금이란 녀석은 별로 마음에 들지 않아. 그 건방진 눈초리라니……. 흡사 나를 더러운 벌레 보듯 하지 않는가 말이다. 그런 눈빛을 우리 어린 소교주님께서 받고 있었으니 주눅이 들 수밖에. 무슨 짓을 하든 지켜만 보라는 교주님의 지시만 아니었다면 그 녀석은 이미 내 손으로……."

영환은 귀여운 소교주를 막 대하는 악마금의 불충이 마음에 들지 않는 것이 사실이었다. 최근 몇 년간 교주가 월향원에 발길을 끊어 할 일이 많아진 데다 소교주 마야가 어느 정도 무공의 성취를 보이자 그 때문에 신경을 못 쓰고 있는 그였다. 그런데 난데없이 악마금이란 녀석이 교주의 명으로 무공 교두로 왔으니 마음에 차지 않을 수밖에 없었다. 뿐만 아니라 얼마 전 처음 본 그의 인상은 영환의 기분을 확 상하게 만들기에 충분했다.

그는 급히 연공실을 나오며 중얼거렸다.

"그런데 모양야 장로님께 부탁을 해야 하나? 교주님은 바쁘실 테고. 누구에게 금을 구해달라고 하지? 그것도 걱정이군. 어쨌든 그 악마금이란 녀석 때문에 여로모로 귀찮군. 할 일도 많은데."

회의실에서는 외부에 나가 있는 장로들과 공손손을 제외한 네 명의 인물들이 모여 대화를 나누고 있었다.

모양야 장로의 설명으로 회의는 시작되고 그의 말이 끝나기를 기다려 장로들 중 마영이 고개를 끄덕이며 입을 열었다.

"흠, 모양야 장로님의 말씀을 들으니 그럴듯하군요. 사실 분타를 세움에 있어서 건물을 짓고 주위 사업에 뛰어들어 키우는 것이 가장 힘이 들지요. 뿐만 아니라 지금 우리 사정으로는 분타를 공식적으로 드러내야 하니 건물을 세우기도 전에 주위 문파들과의 격돌을 피할 수가 없는 상황입니다. 하지만 이미 비어버린 태화방을 온전히 우리가 삼켜 버린다면 시간을 상당히 벌 수 있습니다. 인력과 자금도 줄일 수 있고요."

"사실 이것은 교주님의 생각이시고 저는 좀 더 세밀히 검토한 것밖에는 없습니다. 다른 분들의 생각은 어떻소?"

그 말에 통천 장로가 슬며시 반대 의사를 제기했다.

"시간과 물자, 인력을 아낄 수는 있겠지만 과연 그것이 능사일까요?"

"……"

"이미 우리는 태화방을 무너뜨렸습니다. 그리고 그 태화방은 연합에 가입된 상태입니다. 그런데 다른 문파들이 가만히 있겠습니까? 기반을 잡기도 전에 상당한 피해를 떠안아야 할 것입니다. 괜히 적들을 도발할 필요가 없다는 것이 제 생각입니다."

"그렇기는 하지만 다른 지역에 세워도 통천 장로가 우려하는 일은 피할 수 없지 않겠소?"

"그래도 개양만큼은 아니라는 생각입니다."

그러자 모양야가 유용 장로를 바라보았다. 붉은색 머리를 곱게 기른 그는 모양야의 시선을 받자 이미 생각하고 있던 바를 말하기 시작했다.

"험험, 그럼 제 생각을 말하겠습니다. 재정을 담당하고 있는 저로서는 사실 교주님 생각에 찬성합니다. 자금을 상당 부분 아낄 수 있으니까요. 하지만 그것만이 다가 아닙니다."

자신의 의견에 모두 반대를 하고 있자 통천이 약간 기분 상한 목소리로 물었다.

"그럼 다른 이유는 무엇이오?"

"지리적인 효과입니다. 여러분들도 모두 알고 있을 겁니다. 이번 분타는 분타라는 개념이 아닌 제이의 총단 격입니다. 귀주 통합의 교두보가 될 중요한 곳이지요. 다른 건 모두 제쳐 두고라도 지리적으로 개양이 가장 적합합니다. 정확히 귀주의 중심에 있으니까요. 다른 곳보다 여기 환산에서 지원이 쉽다는 것도 한몫하는 데다 정가운데 위치하고 있기에 여타 문파들을 공략함에도 이점이 많습니다. 한쪽으로 치우쳐 있지 않고 여러 방향으로 나갈 수 있으니까요. 교통도 상당히 편한 편입니다."

"흠."

그 말을 들은 통천도 어느 정도 수긍을 하는 눈치였다. 하지만 의문을 제기하는 것도 잊지 않았다.

"모든 분들이 찬성을 하시니 어쩔 수 없군요. 하지만 역시 문제점은 많습니다. 좀 전에도 말했지만 태화방은 개양과 옹안에 퍼져 있는 스무 개의 문파 연합에 소속되어 있었습니다. 저희가 태화방에 자리를 잡는다면 가만있을 리 없습니다. 그에 대한 대책을 세우지 않는 한 무리라고 봅니다."

"옳은 말이오. 그럼 통천 장로께서 특별히 생각하고 있는 방법은 없소?"

"우선 초반에 몇 명을 투입할 것인지 정해야 되지 않겠습니까? 모양야 장로님께서는 어느 정도로 생각하고 계십니까?"

"아직도 본 교 총단에서는 많은 고수들을 뺄 수 없습니다. 악마대의 수련이 끝나면 사정이 다르겠지만 그전에는 어쩔 수 없지요. 흑룡사 삼백 명과 도균에서 남은 분타 고수들 천여 명, 그리고 현재 마을에 퍼져 청년들 중 무공의 성취가 꽤 높은 아이들 천여 명 정도로 예상하고 있습니다."

그의 말이 끝나자 모두들 회의적인 반응을 보였다. 개양과 옹안을 중심으로 연합한 문파 수만도 지금에 이르러서는 거의 이십여 개가 훌쩍 넘기에 수적으로도 열세였기 때문이다.

"생각보다 너무 적군요."

"하지만 어쩔 수 없지요. 그래도 다행히 흑룡사가 투입되니 생각만큼 그리 약하지는 않을 거라 판단합니다."

"흠, 그래도 이곳 환산에 퍼져 있는 청년들까지 투입할 정도면……. 사실 그들의 실력이야 뻔하지 않습니까? 하기야 적들도 그리 뛰어난 고수들이 많지 않으니 웬만큼 힘이 되기는 하겠지만, 글쎄요… 역시 너무 밀린다는 생각은 지울 수가 없군요."

"그들이야 직접적인 전투에는 투입되지 않을 겁니다. 인력을 아끼기 위해서지요."

"인력을 아낀다니, 무슨 뜻입니까?"

"말 그대로입니다. 그들 대부분은 사업장에 투입될 것입니다. 그들이 없다면 흑룡사까지 사업장에 뿔뿔이 흩어져야 하니 곤란할 때가 많을 겁니다. 그 때문에 계획된 것이지요."

"그럼 그들은 사업으로 경제력을 책임지고 실질적인 적의 대응책은 흑룡사와 도균에 있는 우리 만월교의 고수들이라는 말이군요."

"그렇습니다. 좀 더 투입하고 싶은 생각은 있으나 이 정도 잡은 것은 적들을 도발하지 않기 위한 것이기도 합니다."

"……?"

"초반에 너무 많은 고수들이 몰리면 개양과 옹안뿐만 아니라 다른 연합에서도 견제를 할 테니까요."

"그럴 수도 있겠군요. 하지만 소교주님께서도 가시는데 걱정입니다. 최소한 소교주님의 안전에는 지장이 없을 정도는 되어야 할 텐데 말입니다."

그 말에 모양야 장로가 미소를 띠었다.

"그 점은 그리 염려하지 않으셔도 되오."

"무슨 말씀이십니까? 가장 중요한 부분이 아닙니까?"

"이번 분타 책임자는 소교주님이시지만 사실 그 뒤에는 악마금이 투입될 겁니다."

"예?"

모두들 놀란 표정을 지우지 못했다. 그중 유용 장로가 반박을 하고 나섰다.

"그 녀석은 너무 제멋대로입니다. 그런 녀석에게 소교주님의 안위를 맡긴다는 것은 오히려 위험할 수도 있으니 재고를……."

악마금에 대해 그리 좋은 인식을 가지고 있지 않은 마영 장로도 그에 동조를 하고 나섰다.

"맞습니다. 그리고 가장 문제점은 그는 무공 이외에는 크게 특출난 부분이 없다는 것입니다. 이번 분타는 수많은 사업에 손을 댈 것이고, 그만큼 신경 쓸 곳이 많습니다. 소교주님의 안전은 물론이고 다른 문파의 공격과 견제, 그리고 방어까지 다방면으로 신경을 쏟을 수 있는 인물을 뽑는 것이 나을 겁니다. 차라리 저를 보내주십시오. 제가 가지요."

"저도 그러고 싶지만 그것은 교주님께서 예전부터 정한 것이라……. 하지만 너무 그렇게 회의적으로 생각하지는 마십시오. 도균에서도 드러났다시피 그는 무공만 뛰어난 것은 아닙니다. 빠른 판단력과 과단성, 그리고 뛰어난 지휘자로서의 재능까지 겸비하고 있지요. 그의 삐뚤어진 행동과 말투 때문에 대부분 가려지긴 했지만 확실히 그만한 자가 없습니다. 그리고 여러분들이 염려하는 경제적인 부분은 그에게 일임하지 않고 다른 분을 선택해서 보낼 것이니 그쪽도 걱정할 필요는 없을 겁니다."

"흠."

"그렇다면 다행이지만……. 한데 누구를 보낼 생각이십니까?"

유용의 물음이었지만 모양야는 대답없이 오히려 그를 쳐다보았다. 그러자 마영과 통천 또한 유용을 향해 시선을 던졌다.

모든 시선이 쏠리자 유용은 붉은 머리를 한번 매만지더니 너털웃음을 터뜨렸다.

"컬컬, 혹시 저를 생각하고 계십니까?"

모양야가 기분 좋은 미소를 드러내며 고개를 끄덕였다.

"그렇소. 지금 총단의 사정은 많이 좋아져 있으니……. 게다가 유용 장로님만한 인물도 없지 않소?"

"과찬이십니다. 하지만 악마금과의 관계는 어떻게 되는 겁니까?"

"걱정 마십시오, 유용 장로. 장로님과 악마금은 별개로 움직이게 될 것이오. 총관은 악마금이지만 별도의 지휘권을 줄 것이니 의견이 나뉘는 일은 없을 것입니다. 그리고 경험과 직책이 악마금에 비할 바가 아니니 실질적인 책임자인 셈이지요. 악마금을 잘 조절해 주시길 바랍니다."

"알겠습니다."

문득 유용이 뭔가 생각난 듯 입을 열었다.

"참, 그리고 좀 더 편한 분타 설립을 위해 한 가지 건의드릴 일이 있습니다."

"무엇이오?"

"요차문을 이용하는 것이 어떻겠습니까?"

"요차문?"

"네, 예전 태화방이 요차문을 치기 위해 본 교가 슬쩍 도와준 일이 있지 않습니까? 물론 요차문은 그 사실을 전혀 모르고 있지요."

"그렇기는 했습니다. 그런데 그것이 무슨……?"

"그들을 이용하자는 겁니다."

"이용한다?"

"그렇습니다."

모두 의아한 시선으로 유용을 바라보았다.

"구체적으로 어떤 생각을 하고 계시오?"

"요차문과 태화방은 같은 연합에 소속되어 있다고는 하나 실제 사이가 상당히 나쁩니다. 특히 요차문주와 태화방주는 개인적으로 원한을 가지고 있지요."

"그렇기는 합니다. 공공연히 알려진 사실이지요."

그러자 유용 장로가 음흉한 미소를 지었다.

"태화방주의 신변(身邊)을 요차문주에게 넘기는 것이 어떻겠습니까?

그러면서 슬쩍 태화방의 세력권 중 예전에 빼앗긴 부분을 건네주고 저희 쪽으로 끌어들인다면 큰 도움이 될 것입니다."

꽤 그럴듯했지만 마영이 못 미더운 빛을 드러내며 고개를 저었다.

"하지만 그들도 약속을 중시하는 무인이오. 그런 이익 때문에 배신을 하겠소?"

"그거야 모르지요. 태화방주도 이리저리 붙었으니까요. 실제 사람이란 눈앞의 이익이 보이면 흔들리는 것이 인지상정 아닙니까?"

"흠!"

모두 생각에 잠긴 가운데 유용이 그에 대한 구체적인 방법을 제시했다.

"물론 그것만으로는 안 될 가능성이 있습니다. 그래서 한 가지 더 덧붙여야 됩니다."

"무엇이오?"

"남들의 이목을 피함으로써 요차문주의 걱정을 덜어주는 것입니다. 구체적으로 말한다면 요차문주가 연합에 대해 난감한 지경에 빠지지 않도록 적을 속이는 것이지요. 가령 태화방주를 아무도 눈치채지 못하게 넘기고 그 외에 태화방의 예전 세력을 넘길 때 요차문과 전투를 치르는 것입니다."

뜬금없이 전쟁이라는 말에 모두가 의아한 표정이 되었다.

"무슨 말씀이신지?"

"전쟁?"

"그렇습니다. 물론 그것은 가짜입니다. 만약 손도 안 대로 요차문에게 태화방의 세력권을 넘긴다면 같은 요차문은 연합 문파들에게 배신자로 지목되어 상당히 곤란해질 수도 있을 겁니다. 그 때문에 요차문주도 껄끄러워 우리 제안을 거절할 수 있지요. 저는 그것을 가려주자는 것입니다."

"그렇다면 우리가 패배를 한 것처럼 해서 요차문에게 약속한 조건을 들어주자는 것입니까?"

"그렇습니다. 이 정도면 요차문주도 마음이 흔들릴 것입니다."

그러자 모두의 표정이 유용과 같이 음흉하게 변하기 시작했다. 상당히 가능성이 있어 보였기 때문이다.

"좋은 계책이시오. 그럼 분타에 인원을 보내기 전에 그쪽으로도 일을 벌여봐야겠군요. 계획대로만 된다면 상당한 도움이 될 것입니다. 요차문과 태화방은 지리적으로 상당히 가까우니 그들의 반발만 없어도 우리는 이득입니다. 그런데……."

모양야는 말과 함께 다른 사안을 꺼냈다.

"시기는 언제가 좋겠습니까?"

"흠, 저는 빠르면 빠를수록 좋다고 생각하고 있습니다. 악마대가 완성될 때까지 기반을 확실히 다져 놓는 게 좋으니까요."

유용의 말에 통천이 나섰다.

"그럼 말이 나온 김에 바로 시행에 들어가는 것이 어떻겠습니까? 우선 분타에 집어넣을 고수들을 정비해 대기시킨 다음 정보조를 투입해서 주위 정황을 살피고 기회다 싶으면 즉시 태화방으로 투입하는 방법이 괜찮을 것 같습니다. 그리고 소교주님은 분타가 어느 정도 안정이 되면 보내드리는 것으로."

"그것이 좋겠지요. 그럼 자세한 것은 유용 장로와 제가 따로 상의하겠습니다. 유용 장로님은 회의가 끝나고 제 집무실로 잠시 와주시오."

"알겠습니다."

그 이후로도 몇 가지 중요한 문제가 거론되고 회의를 통해 절충, 보완해 나갔다. 대충 분타 건에 대한 방향과 계획이 잡히자 마영이 슬며시 통천에게 물었다.

"그런데 적룡문의 문제는 어떻게 됐습니까?"

교 내 감찰과 정보를 책임지고 있는 통천이기에 교 외의 정보를 맡고 있는 화령 장로와는 자주 연락을 주고받을 수밖에 없었다. 하지만 마영의 물음에 통천은 고개를 저었다.

"그것은 저도 자세히 모릅니다. 실제 화령 장로도 거기에만 매달릴 수 없는 데다 적룡문에 노골적으로 정보 공작(工作)을 할 수 없으니까요. 솔직히 분타보다는 그쪽이 가장 큰 걸림돌이 될 수 있습니다."

"그렇다면 이렇게 넋 놓고 있을 이유가 없지 않소. 조속히 해결을 해야 할 것 아닙니까?"

하지만 통천은 고개를 설레설레 저었다.

"섣불리 나서다가는 타초경사(打草驚蛇)의 우를 범할 수 있습니다. 저들의 의도를 정확히 파악하기 전까지는 함부로 할 수가 없습니다. 어찌 됐든 적룡문은 남무림의 열두 세력 중 하나니까요."

"흠, 차라리 회담을 신청하는 것이 어떻겠습니까?"

"화령 장로도 몇 번 접촉을 넣어봤습니다만 저쪽에서 이런 저런 핑계를 대며 꺼려하는 눈치를 보이고 있습니다. 그것으로 보아 문제가 심각하긴 한 것 같은데……. 아무튼 지금 저들이 하는 행동으로 보아 추측컨대 우리에게 마음이 멀어진 것은 사실입니다. 뿐만 아니라 장문과 그 일대의 연합에도 그리 협조적이지 않는 것 같습니다."

"흠, 그럼 중간을 고수하겠다는 것이군요."

"단지 추측일 뿐입니다."

그때 모양야 장로가 끼어들었다.

"그에 관해서는 화령 장로께 맡겨졌으니 기다려 보도록 하지요. 하지만 우리에게는 그리 긴 시간이 있진 않습니다. 만약 한 달이 지나도 지금처럼 적룡문의 의도를 파악할 수가 없다면 어쩔 수 없이 사람을 보내야 할 것입니다. 그만큼 적룡문이 어디로 붙느냐에 따라 계획에 많은 차질을 불러올 수도 있으니까요."

"그건 그렇습니다. 아무튼 적룡문이 두 마음을 품고 있다면 확실히 그냥 넘겨서는 안 되지요."

그의 말에 고개를 끄덕이던 모양야 장로가 입을 열었다.

"자자, 그 일은 차후에 다시 의논하기로 하고 오늘 회의는 이만 마치기로 하지요. 결과가 나오지 않는 상황에서는 아무런 대책도 마련할 수 없으니까요. 그럼 유용 장로님은 따로 저를 좀 보시고 남은 분들은 계속 수고를 해주시오."

"알겠습니다."

"얍!"

기합성과 함께 마야는 악마금의 공격을 피해 되려 공격을 퍼부었다. 시간이 지날수록 점점 비무에 익숙해지는 그녀를 보며 악마금은 흡족한 표정을 지었다. 하지만 그냥 당할 악마금이 아니었다. 몸을 훌쩍 뒤로 물리더니 계속 치고 들어오는 마야의 손을 쳐내며 그녀의 어깨를 주먹으로 가격했다.

'퍽' 하는 소리와 함께 마야가 신음을 흘리며 뒤로 물러났다. 평소 때의 악마금이라면 이 여세를 몰아 흠씬 두들겨 줬겠지만 지금에 이르러서는 악마금도 어느 정도 사정을 봐주고 있었다. 아무튼 마야는 소교주였고 너무 심하게 다루면 문제가 생길 여지도 있다고 판단했기 때문이다.

"처음보다 상당히 늘었군요."

악마금이 피식 미소를 지으며 하는 칭찬에 순간적으로 마야의 표정이 밝아졌다. 한 달여 동안 비무를 하면서 처음 듣는 칭찬의 말이니 그녀로서는 기분이 좋을 수밖에 없었다.

"저, 정말이냐?"

해맑게 웃는 그녀를 보며 악마금은 무뚝뚝하게 고개를 끄덕여 보이고는 언제나처럼 몸을 돌렸다.

"그렇습니다. 앞으로는 방어에 신경 쓰지 말고 공격에 신경을 쓰십시오. 공격이 최선의 방어입니다. 그럼."

"자, 잠깐만!"

"……?"

"아, 아니, 그러니까……."

그녀는 우물쭈물거리며 말끝을 흐렸다. 그러자 악마금이 고개를 갸웃거렸다.

"하실 말씀이라도?"

"그, 그러니까……."

당연히 마야로서는 쉬운 말이 아니었다. 그것도 상대가 무서운 악마금이었으니 말이다. 하지만 이미 결정을 했고 준비 또한 했으니 물릴 수는 없지 않은가! 그녀는 온몸에 힘을 주며 하기 싫은 말이라도 하는 듯이 두 눈을 질끈 감고 외쳤다.

"내일 시간있어?"

"예?"

"시, 시간있냐구!"

"시간이라……?"

"그, 그래."

"대부분 저녁까지 수련을 하는데 왜 그러십니까?"

"내, 내일… 그러니까 내일 저녁에… 나와 함께 시, 시, 식……."

마야는 끝내 입을 떼지 못했다. 그러나 다행히도 악마금이 눈치를 채고 물었다.

"식사 대접이라도 하시겠다는 말입니까?"

마야가 홍당무처럼 변한 얼굴로 연신 끄덕이자 그에 따라 악마금의 표정이 묘하게 뒤틀리기 시작했다.

"호호호, 저와 식사를 하고 싶으시다니 이거 영광인데요?"

"그렇게 말하지 마. 나는 힘들게 물어보는 건데……."

"후후."

악마금은 대답없이 얼굴이 붉게 달아오른 소교주의 전신을 훑기 시작했다. 흡사 먹이를 가늠해 보는 야수의 그것 같은 눈빛이었기에 마야는 몸을 움츠릴 수밖에 없었다.

"어, 어때? 올 수 있겠어?"

"흠."

계획된 틀 225

악마금은 고개를 갸웃거리며 한참을 생각에 잠겨야 했다. 하지만 거절할 의사는 없었다. 실제 소교주가 식사를 초대한다면 누구를 막론하고 당연히 응해야 하기 때문이다.

하지만 이미 마야를 손에 쥐고 흔드는 악마금으로서는 가당치 않은 일. 그러니 슬며시 튕기는 척 시간을 끄는 수밖에.

그는 한참 동안 곤란한 듯한 표정을 지어 보이며 마야를 농락한 후 그녀의 기대감이 담긴 애처로운 눈을 보며 어쩔 수 없다는 듯 허락의 의사를 밝혔다. 완전히 소교주를 상대로 선심이라도 쓰는 듯 대답했다.

"바쁘기는 하지만 소교주님이 원하신다면 시간에 맞춰 찾아가도록 하지요."

"정말이냐?"

"제가 어찌 소교주님께 허언을 하겠습니까? 용건은 그것이 답니까?"

마야가 고개를 끄덕이자 악마금은 역시 아쉬울 것 없다는 듯 바로 몸을 돌렸다.

"그럼 그렇게 알고 저는 이만 가보겠습니다."

휭 하니 사라지는 그를 보며 마야는 곧바로 집사인 영환을 찾았다.

제15장
초대

 다음날이 되자 오전과 오후 수련을 끝낸 악마금은 땀으로 젖은 옷을 갈아입기 위해 자신의 숙소로 향했다. 아무리 예의를 모르는 악마금이지만, 또 귀찮기도 하지만 정식으로 소교주의 저녁 초대를 받았으니 그냥 갈 수는 없었던 것이다. 몸을 씻고, 새 옷으로 갈아입고, 외모에도 신경을 써야 했다. 그 후 그는 황혼이 깔릴 무렵 월향원으로 향했다.
 월향원에 도착하자 미리 연락을 받은 듯 시비 하나가 악마금을 보며 고개를 숙였다.
 "저를 따라오십시오. 소교주님께서 기다리고 계십니다."
 시비는 몇 개의 전각을 지나쳐 가장 안쪽에 위치한 건물로 악마금을 안내했다. 건물은 총 사층이었다. 월향원이 교주와 소교주의 얼굴이라지만 그 둘을 위해 이렇게까지 지을 수 있을까 하는 생각이 들 정도로 내부는 호화로웠다.

 소교주는 삼층에 있었다. 시비가 삼층까지 올라가더니 복도를 향해 걷기 시작했던 것이다. 복도 양 옆으로 각각 세 개의 방이 있었고, 그녀가 안내한 곳은 가장 안쪽의 왼쪽 방이었다. 도착한 시비가 문 안쪽을 향해 나직이 입을 열었다.

 "악마대 대주께서 오셨습니다."

 그러자 방 안에서 예의 떨리는 목소리가 들려왔다.

 "들어오라고 해라."

 드르륵!

 시비가 문을 열고 고개를 숙이자 악마금은 성큼성큼 방 안으로 들어섰다. 그리고 문이 닫히며 방 안으로 들어선 그는 놀라움을 금치 못했다. 두 사람이 마주하기에는 무리가 있을 정도로 거대한 원형 탁자와 어이가 없을 정도로 차려진 수많은 음식들이 그를 황당하게 만들었다.

 악마금이 잠시 당황하는 사이 소교주 마야는 벌떡 자리에서 일어서더니 두 눈을 동그랗게 떴다. 그녀로서는 악마금이 이런 차림으로 오리라고는 생각하지 못했던 것이다. 자신이 소교주라는 신분에 있으니 당연히 차림에 신경 써서 올 것이라고는 생각했지만 평소와 달라도 너무 달라 보였다. 항상 두려움의 대상이었던 악마금, 그 때문에 가려진 특유의 여성스런 아름다움이 오늘따라 확연히 눈에 띌 수밖에 없었다.

 각각 생각하는 바는 달랐지만 서로 멍한 모습은 같았다. 역시 악마금이 먼저 말을 걸었다.

 "식사에 초대해 주셔서 감사합니다."

 그는 예의없게도 말과 함께 마야가 앉기도 전에 그녀의 맞은편에 자리했다. 하지만 마야는 그의 행동에 대해서 아무런 말도 하지 못했다. 아직도 지금 앞에 있는 이 버릇없는 녀석이 악마금인지 아닌지 헷갈릴 정도로 혼란스러웠기 때문이다.

식사가 시작되자 악마금이 은근슬쩍 물었다.

"그런데 원래 이렇게 드십니까?"

무슨 의미인지 몰랐기에 마야는 고개를 갸웃거렸다.

"무슨 뜻이냐?"

"꽤 낭비가 심한 것 같아서요. 이것을 모두 드실 리는 없지 않습니까?"

"나는 그런 것 잘 몰라."

그녀의 말에 악마금이 실소를 머금었지만 그에 연연하지는 않았다. 그러니 어색한 침묵이 흐를 수밖에 없었고, 그것은 식사가 끝이 날 때까지 계속 이어졌다. 어느 정도 음식이 비워지자 악마금은 볼일을 끝낸 듯 자리에서 일어났다. 그러자 마야가 놀란 표정을 드러내며 입을 열었다.

"버, 벌써 가려고?"

"그럼 제가 이곳에서 무얼 하겠습니까? 아무튼 오늘 초대해 주셔서 감사합니다."

"자, 잠깐!"

"……?"

마야의 얼굴이 점점 굳어지고 있었다. 어떻게 말을 꺼내야 할지 몰랐던 것이다. 하지만 그녀의 애타는 마음을 모르는 악마금은 고개를 갸웃거리며 의아한 시선을 던질 뿐이었다.

"왜 그러십니까? 따로 하실 말씀이……?"

솔직히 이곳에 초대를 받을 때부터 무언가 이유가 있을 것이라는 생각을 하고 있던 악마금이었다. 소교주가 자신을 껄끄러워한다는 것은 잘 알고 있는 사실. 그렇기에 자신을 저녁 식사에 초대했을 때에는 분명 원하는 것이 있었을 것이다. 수련에 대한 고마움의 표시로 받아들일 정도로 둔한 악마금이 아니었다. 하지만 마야는 대답을 미적거리며 고개만 숙이고 있을 뿐이었다. 악마금은 답답하다는 표정으로 물었다.

"저는 요점을 벗어나는 것을 싫어합니다. 원하는 것이 있으면 말씀을 하십시오."

악마금이 짜증스러운 표정으로 그렇게 말하자 그제야 마야가 고개를 들어 우물거렸다.

"사, 사실은 줄 것이 있어……."

마지막 말은 너무 작아 들리지 않았다.

"무슨 말씀?"

"줄 것이 있다고."

"호, 선물을 준비했다는 말씀이십니까? 그것도 저에게?"

마야는 정말 하기 싫은 대답이라도 하는 듯 고개를 끄덕였다. 악마금의 표정이 묘하게 뒤틀리기 시작했다. 마야를 향해 비릿한 미소까지 노골적으로 지어 보이는 그였다.

"호호호, 저야 주는 선물을 마다할 리가 없지요. 무엇입니까?"

"그, 그냥 간단하게 준비를 한 거니까 너, 너무 기대는 하지 마."

"기대 같은 건 애초부터 하지 않았습니다."

순간 마야의 표정이 차갑게 굳어졌지만 악마금은 신경도 쓰지 않았다. 그런 쪽으로 무감각한 그가 아니었으니, 은근히 기선을 제압하려는 의도였다. 그리고 은연중에 나타나는 그의 습관이기도 했다.

"궁금했을 뿐이죠. 아무튼 저를 위해 준비하셨다니, 크크, 감사할 따름입니다. 저를 상당히 싫어하는 것으로 알고 있었는데 말이죠. 흐흐흐!"

그의 말에 마야는 약간 실망한 기색을 비쳤으나 내색하지 않고 말없이 손뼉을 한 번 쳤다. 그러자 방문이 열리며 악마금을 이곳까지 안내했던 시비가 무언가를 감싼 큰 보따리를 들고 들어섰다. 그녀는 마야에게 공손히 고개를 숙이더니 이내 들고 온 물건을 악마금 앞에 살며시 놓고 사라졌다.

천에 감싸여 있는 물건의 크기나 모양새로 대충 짐작은 하고 있었으나 시비가 나가기 무섭게 악마금이 물었다.

"무엇입니까?"

"직접 풀어봐라."

"흠."

그녀의 말대로 악마금은 바닥에 놓여 있는 물건을 집어 들었다. 역시 손으로 만져지는 느낌으로 악기라는 것을 단박에 알 수 있었고, 그것이 금이라는 것도 알 수 있었다.

하지만 천을 푼 그는 적잖이 놀라며 순간적으로 눈을 번뜩였다. 지금까지 자신이 본 금 중에 가장 화려한 것이었기 때문이다. 어릴 적 아련히 기억에 남아 있는 금으로 만든 칠현금은 아니었지만 오히려 그보다 더 화려했던 것이다. 세밀하게 물결 모양으로 촘촘히 조각되어 있는 금의 모양새는 보통 장인이 만들지 않았다는 것을 알 수 있었다. 그

초대 231

가 본 금 중 최고라는 것은 두말할 여지가 없는 악기였다.

그러나 그 감정을 곧이곧대로 드러낼 악마금이 아니었다. 표정을 재빨리 바꾼 그는 심드렁한 표정으로 입을 열었다.

"상당히 좋은 것이기는 하지만 너무 화려하군요. 이래서는 연주자와 연주되는 소리보다 악기가 사람들의 시선을 끌어 음악을 죽일 수 있는 원인이 되기도 하지요."

'그렇지 않아. 오히려 네 외모가 악기의 아름다움을 가리는데.'

마야는 하마터면 그 말이 튀어나올 뻔한 것을 억지로 참아야 했다. 실제 그 말을 했다면 정말 창피했을 거라는 생각을 하니 얼굴까지 붉어지는 그녀였다.

"그, 그런 거야?"

"그렇죠. 하지만 뭐, 소리가 좋으면 상관은 없습니다."

그러면서 악마금도 싫지 않은 표정으로 금을 찬찬히 살피기 시작했다. 확실히 악사는 악기에 대한 욕심이 많을 수밖에 없었다. 그리고 악마금도 과연 그런 욕심이 있었다. 아니, 그 어떤 연주자보다 더욱 많은 욕심을 가지고 있었다.

더 이상 참지 못한 악마금이 줄을 몇 번 퉁겨보더니 조심스럽게 물었다.

"한번 연주를 해봐도 되겠습니까?"

외모도 다른 때와 달라 분위기가 달라 보이는데 그 못지않게 다른 표정, 다른 말투가 다시 마야를 혼란스럽게 했다. 그녀는 자신도 모르게 악마금의 부드러운 표정을 멍하니 바라보며 고개를 끄덕였다. 그러자 악마금이 지금까지 그녀에게 보여왔던 가식적이 아닌 정말로 기분이 좋은 미소를 지으며 금을 들고 일어섰다.

그는 그 시간도 아까운 듯 급히 바닥에 앉아 금을 연주하기 위해 자세를 잡았다.

뚜뚱!

현을 조율하고 바로 시작한 곡은 비애였다. 이것 역시 해화가 작곡한 곡으로 한 번 들었던 악마금은 자신의 기법에 맞게 변형시켜 자주 연습하곤 하던 곡이었다.

부드러운 선율이 아름답지만, 해화는 그것을 고음 특유의 강한 느낌을 강조했다면 악마금은 저음으로 바꾸어 나직한, 하지만 부드러운 연주법을 구사했다.

마야는 지금 이 순간 숨이 멈출 것 같은 답답함을 느꼈다. 곡이 그녀에게 주는 느낌이 그랬던 것이 아니라 음악에 심취한 악마금의 모습이 한 폭의 그림 같았기 때문이다. 눈을 지그시 감고 어떨 때는 인상을 쓰는가 하면 어떨 때는 눈썹을 잘게 떨며 애절한 표정을 짓는 그 모습은 그녀의 시선을 잡아놓기에 충분하고도 남았다.

오늘 유독 많이 놀라고 있는 마야는 연주가 끝이 나고 악마금이 눈을 뜨자 흠칫 놀라 시선을 돌려 버렸다.

악마금은 슬며시 일어서며 다시 자리에 앉았다. 그 또한 마야와는 크게 다르지 않게 쑥스러운 표정을 짓고 있었다. 솔직한 심정으로 금의 소리가 마음에 들었던 것이다. 도균에서 샀던 것과는 또 다른 맛이 있었다.

그는 잠시 어색한 표정을 지어 보이고는 어렵게 입을 뗐다.

"흠흠, 소리가 그리 깊지는 않군요."

"그, 그래? 영 집사에게 신경 쓰라고 했는데……."

마야는 말과 함께 약간 아쉬운 듯한 표정을 지었다. 하지만 악마금은 피식 웃으며 고개를 저었다.

"하지만 좋은 금이라는 것은 인정하죠. 아무튼 저에게 신경을 써주셔서 감사합니다."

금을 선물 받은 지금의 악마금은 처음 이곳에 들어왔을 때와의 태도와는 사뭇 달랐다.

그가 미소를 지으며 마야를 향해 고개를 까딱 숙이자 마야는 더욱 얼굴을 붉히며 악마금의 시선을 피해 버렸다. 하지만 그것도 잠시, 악마금은 평소의 그것과 같은 짓궂은 표정으로 돌아가더니 비릿한 미소를 지으며 물었다.

"그런데 저에게 왜 이런 선물을 하는 겁니까?"

"그, 그냥……."

"호! 그냥이라……. 저는 조금 다르게 해석되는데요."

"……?"

악마금은 고개를 숙이고 있는 마야를 뚫어져라 바라보며 말을 이었다.

"흐흐, 제게 부탁할 일이라도 있는 것 같은데, 아닙니까? 저를 싫어하시는 것은 알고 있으니까 당연히 이유는 있겠죠? 뭐, 좋은 선물을 받았으니 저도 그냥 넘어가지는 않겠습니다. 원하는 것이 있다면 말씀해 보십시오."

그러자 마야가 약간 인상을 쓰며 얼굴을 들었다.

"그런 것 아니다."

"그런 것이 아니다? 그럼?"

악마금은 고개를 갸웃거렸다. 금을 선물한 저의를 알 수가 없었기 때문이다. 원하는 것이 없다면 왜 식사 초대와 함께 이렇게 좋은 선물을 하는지 이해할 수가 없었다. 그러나 다시 고새를 숙이고 부끄러워하는 소교주를 보자 짚이는 것이 있어 고개를 끄덕였다.

"흠, 다음부터 무공 수련은 살살 하도록 하죠."

"저, 정말이냐?"

'역시 그런 것이었군. 크크크, 역시 어리고 단순하다니까.'

내심 그런 생각과 함께 악마금이 말했다.

"뭐, 저도 그리 심하게 할 생각은 없었습니다. 지금까지는 다 소교주님을 위해서 그런 거죠. 실제 처음 저와의 비무 때보다 움직임이 상당히 달라져 있으니 증명된 것 아닙니까?"

"그건 그렇지만… 그래도 난 네가 무, 무서워."

"흐흐, 훗날 본 교를 물려받으실 분이 저 같이 무식하고 비천한 놈을 무서워해서야 되겠습니까?"

비꼬는 듯한 말이었지만 그 말에 마야가 뜻밖의 반응을 보였다. 말도 안 된다는 듯 발끈하며 소리치는 것이었다.

"무식하지 않아!"

자신이 말하고도 놀란 모양이었다. 마야는 경직된 표정으로 한참 동안 악마금을 바라보더니 이내 들릴 듯 말 듯한 목소리로 떠듬거렸다.

"아까 금을 연주할 때 대단해 보였단 말이야."

의외의 반응에 이번에는 악마금이 잠시 당황한 빛을 보였다. 하지만 그런 자신의 모습이 싫었기에 금세 헛기침을 하며 말머리를 돌렸다.

"험험, 아무튼 감사합니다. 그럼 저는 이만 가보죠."

악마금이 일어서자 마야도 따라 일어섰다.

"잠깐만."

"……?"

"나도 선물을 주고 싶어."

"예? 무슨……?"

악마금은 무슨 말인지 선뜻 이해가 가질 않았기에 대답하지 않았다. 그러자 마야가 떨리는 음성으로 입을 열었다.

"그 금은 사람을 시켜서 준비한 거야. 그러니까 진짜 선물을 주고 싶다는 말이야."

"흠, 무슨 선물을 주실 겁니까?"

"원하는 것 있으면 말해 봐."

순간 악마금이 재밌다는 듯 마야의 전신을 훑으며 물었다.

"정말 다 들어주시는 겁니까?"

악마금의 뱀 같은 징그러운 시선에 불안한 마음이 드는 것도 사실이었다. 하지만 이미 뱉은 말을 주워 담을 수는 없었다. 그리고 다음에 벌어진 일로 인해 그녀는 자신이 한 말을 엄청 후회해야 했다. 악마금이 천천히 다가왔기 때문이다.

심장이 터질 것 같은 기분을 느낀 마야는 경악한 눈으로 얼어붙을 수밖에 없었다. 하지만 목소리는 자못 위엄있게 내뱉었다. 떨리는 것은 어쩔 수 없었지만 말이다.

"왜, 왜 그러느냐?"

"……."

악마금은 대답없이 마야의 바로 앞까지 다가와 얼굴을 그녀의 바로 코끝에 갖다 대었다. 그러니 마야는 당황하며 눈을 질끈 감을 수밖에. 하지만 그 후 악마금이 하는 말은 그녀의 생각을 완전히 벗어난 것이었다.

"전에 갔던 호숫가에서 수련을 해도 되겠습니까?"

"뭐?"

마야는 잠시 자신이 했던 야한(?) 생각을 떨쳐 버리며 눈을 동그랗게 떴다. 생각했던 일이 벌어지지 않자 다행이라는 표정이었지만 내심 약간 아쉬운 기분이 드는 것은 어쩔 수 없었다. 그 때문에 마야는 몸을 부르르 떨었다.

"물론 교주님과 소교주님의 허락 없이 제가 원할 때를 말하는 겁니다."

"그, 그것이 다야?"

그러자 악마금이 노골적으로 마야의 눈빛에 담긴 의미를 알아챘다는 듯한 얼굴이 되더니 놀리기 시작했다.

"흐흐, 그럼 무슨 생각을 하신 겁니까?"

"아, 아무것도 아니야."

"아닌 것 같은데? 크크, 원하신다면 안아드릴까요?"

"닥쳐!"

마야가 발끈하며 소리치자 그 소리가 문밖에도 들렸는지 시비의 당황스런 목소리가 들려왔다.

"소교주님, 무슨 일이 있으십니까?"

"……."

잠시 침묵이 흐르고 마야는 보이지도 않는데 고개를 재빨리 저으며 대답했다. 악마금이 훌쩍 몸을 뒤로 빼며 험악한 눈으로 쳐다보고 있었기 때문이다.

"아, 아니다!"

악마금은 소교주에게 장난을 칠 생각이 사라지자 김샜다는 표정으로 미련없이 몸을 돌렸다.

"뭐, 제 부탁을 들어주시리라 믿습니다. 그럼 이만 저는 가보죠. 좋은 밤 되십시오."

악마금은 마지막으로 마야를 향해 비소를 흘리는 것을 잊지 않고 방을 나갔다. 그 후 마야는 그 자리에 털썩 주저앉으며 오늘 악마금을 초대한 일에 대해 후회를 하기 시작했다. 더욱 약점을 잡힌 것 같았던 것이다.

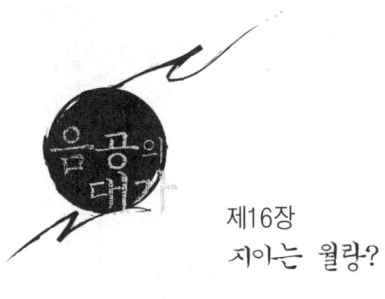

제16장
지아는 월랑?

 귀주 동쪽에 위치한 강구(江口)에서 갑작스런 전서구가 날아들었다. 전서구가 매일 오가는 만월교였지만 평소와는 다른 것이 바로 비둘기 발에 달린 통의 색깔이었다. 붉은색은 급보를 뜻하는 것이기 때문이었다. 아마 천 리가 훌쩍 넘는 거리를 전서구는 하루 만에 돌파했을 것이다. 역시 높은 건물 난간에 내려선 비둘기의 생김새는 범상치 않아 보였다. 하지만 문제는 그것이 아니었다. 전서구를 본 중년인은 급히 내용을 확인하곤 방을 뛰쳐나갔다. 그리고 잠시 후 만월교의 장로들이 회의실로 속속 들어섰다.
 회의실 분위기는 묘하게 흐르고 있었다. 선뜻 입을 떼는 사람 없이 고심하는 표정들이었다. 무거운 침묵이 한참 이어지고, 가장 먼저 입을 연 사람은 마영 장로였다. 그는 통천 장로가 건네준 전서구의 내용을 보며 이해할 수 없다는 얼굴이었다.

"이것이 무슨 뜻인 것 같습니까?"

유용 장로 또한 같은 표정으로 고개를 저었다.

"글쎄요……. 솔직히 의아하군요. 겉으로 본다면 적룡문의 잔치에 정중히 초대한다는 초대장입니다만, 이 시점에 왜 우리를 초대하는지……."

"그것뿐이라면 그리 이상할 것은 없지요. 문제는 다른 그 일대에서 장시간 적룡문과 신경전을 벌였던 장문 이외에 그쪽 연합 세력들도 초대를 했다는 것과 그리고 여타 다른 지역에 있는 문파에도 초대장을 보냈다는 것입니다."

통천의 말에 유용이 깊은 한숨을 쉬며 조심스럽게 물었다.

"혹시 우리를 떠보기 위한 것은 아닐까요?"

"그럴 가능성도 있지요."

"아니면 우리와 적들의 힘을 비교해 보기 위한 것?"

"흐음, 그럴 수도 있습니다. 어떤 면에서는 함정일 수도 있습니다."

"함정까지야?"

"아니지요. 만약 적룡문이 완전히 우리와 정리할 뜻이 있다면 초대에 응한 자들을 공격할 가능성도 있지 않겠습니까?"

그러자 마영이 분개한 듯 외쳤다.

"감히 적룡문 따위가 어찌 우리에게 그럴 수 있다는 말입니까? 만약 진정 그런 짓을 한다면 제가 가만있지 않을 것입니다!"

그때 지금까지 침묵으로 일관하던 모양야가 입을 열었다.

"흥분은 가라앉히시고 우선 거절할지 응할지에 대해서 결정을 하도록 하는 것이 어떻소?"

"흠!"

다시 침묵이 실내에 감돌자 모양야가 직접적으로 물었다.

"마영 장로부터 말씀하시오."

잠시 생각하던 그가 말했다.

"저는 찬성입니다."

"이유는?"

"우리는 귀주뿐만 아니라 남무림에서 사황교와 더불어 최고라 자부하고 있습니다. 사황교야 남만 쪽에 치우쳐 있으니 실질적인 힘은 만월교가 최고인 셈이지요. 그런데 적룡문의 전대 문주 생신 초대에 불응한다면 남들에게 보여지는 이목이 좋지 않을 것입니다. 이번 기회에 우리의 위세를 당당히 보여야지요."

"그렇군요. 그럼 통천 장로는 어떻습니까?"

가만히 듣고만 있던 통천 또한 마영의 말에 동조를 했다.

"저도 마영 장로와 크게 다르지 않습니다. 아직 아무것도 밝혀진 것이 없으니 초대에 불응한다면 오히려 모양새가 이상하지요."

"유용 장로는 어떠시오?"

"저도 찬성입니다. 하지만 가는 목적이 확실해야 할 것입니다. 그저 축하를 위해 사람을 보내는 것은 안 된다는 것이지요. 이번 기회에 오히려 적룡문의 뜻을 알아내야 합니다."

"그렇기는 합니다. 언제까지 적룡문의 눈치를 봐가며 기다릴 수는 없으니까요."

통천은 말과 함께 모양야 장로를 보았다.

"그런데 누구를 보내면 좋겠습니까? 그래도 겉으로는 우리와 연합을 하고 있는 곳인데 우리들 중에서 가야 하지 않겠습니까?"

"그렇겠지요. 그 부분에 대해서는 교주님께 보고를 올리고 상의를 드려봐야 할 것입니다. 그리고 혹시나 궁금해하실까 봐 말씀드립니다만, 이번 분타의 일은 요차문과 접촉을 한 바, 협조 의사를 보내왔습니다. 그래서 일주일 전부터 본 교의 고수들을 적을 도발하지 않는 선에서 조금씩 보내고 있습니다."

"잘됐군요."

"하지만 확실히 그들이 속해 있는 연합에서 눈치채지 못하게 해달라고 못을 박더군요."

"당연한 것 아니겠습니까? 아무튼 그들이 협조적으로 나온다면 분타 건립은 더욱 쉬워질 테니 한시름 놓을 수 있겠군요. 그런데 다른 쪽에서도 정보력이 있을 텐데 아무런 반응이 없습니까?"

"아직까지는 특별한 반응은 없습니다. 분명 눈치를 챈 곳이 있겠지만 섣불리 나서지는 못하겠지요. 아무튼 빠르면 보름 후에 흑룡사를 투입할 예정이고 그로부터 닷새 후, 그러니까 분타가 안정을 찾을 때쯤 소교주님에게 호위를 붙여 따로 보낼 생각입니다. 오늘 회의는 이것으로 마치고 저는 지금 교주님께 보고를 올리러 가겠습니다."

악마금은 만월교로 돌아온 이후부터 소교주와의 비무를 제외하곤 대부분 무공 수련에 매달리고 있었다. 아직도 단전에 가득 찬 포만감을 느끼지 못하고 있었기에 조급한 느낌이 들었던 것이다. 사실 환골탈태를 겪으며 방대하게 커진 단전에 내공을 채워 넣기가 그리 쉬운 것은 아니다. 게다가 기의 성질이 변하여 압축되었기에 더욱 어려웠다. 하지만 음공의 특성 때문에 타인에 비해 내공 진보가 빠른 것은 사실이었고, 지금도 부단히 늘고 있는 것이 느껴지고 있으니 오히려 더욱 수련에 매달릴 수밖에 없다.

한 달이 지나고 소교주에게 금역 출입을 허가받은 지금은 거의 대부분의 시간을 그곳에서 홀로 수련에 몰두했다. 다른 곳보다 경치가 좋고 집중도 잘되었기 때문이다.

그렇게 다시 보름이 지나고 나자 그때 들어서는 소교주와도 처음보다는 자연스러운 관계를 유지할 수 있게 되었다. 식사 초대 이후 약속대로 악마금이 그녀에게 비교적 잘 대해주는데다 마야도 빠르게 자신이 익히고 있는 무공을 실전에 쓸 수 있을 만큼 익숙해져 악마금에게 두들겨 맞는(?) 횟수가 상당히 줄어들었기 때문이다. 물론 두 사람의 관계는 악마금이 주도해 나가며 마야를 괴롭히고 있는 것 같았지만 말이다.

한참 동안의 운기조식으로 피로한 몸을 잠시 쉬고 있던 악마금은 고개를 돌려 인기척이 들리는 쪽을 보았다. 그러자 거기에 마야가 서 있는 것이 보였다. 악마금이 자리에서 일어서며 고개를 까딱거렸다.

"산책 나오셨나 보군요?"

마야는 고개를 끄덕이며 악마금이 있는 곳으로 다가와 그의 옆에 은근슬쩍 자리를 잡았다.

"수련하고 있었느냐?"

"그럼 제가 왜 여기 있겠습니까?"

심드렁한 그의 대답에 처음엔 적지 않게 실망한 마야였지만 언제나

이랬으니 이제는 그리 신경 쓰지 않게 되었다. 한 달 반이라는 시간 동안 그녀도 악마금에 대해 어느 정도 파악할 수 있었기 때문이다. 거칠고, 삐뚤어지고, 직설적이지만 의외로 생각은 깊고 차분하다는 것을 은연중 알 수 있었다. 특히 금을 연주할 때나 음악에 대해 이야기를 할 때면 상당히 진지하고 친절하게 대답해 주는 것도 파악한 상태였다.

"오늘은 금을 들고 오지 않았구나."

몇 번 산책을 하다가 악마금이 금을 연주하는 모습을 보았기에 마야는 고개를 갸웃거렸다.

"오늘은 내공 수련에 전념하기 위해 들고 오지 않았죠."

마야가 약간 실망스런 목소리로 말했다.

"그럼 오늘은 연주를 못 듣겠구나."

"홋, 그 말은 저를 보려고 일부러 이곳에 찾아왔다는 말처럼 들리는데, 아닙니까?"

"뭐?"

마야는 내심을 들키자 얼굴을 붉히며 따지듯 물었다.

"내가 왜 너 같은 안하무인(眼下無人)인 사람을 보려고 이곳에 왔겠느냐?"

"아니면 말지 그렇게 정색할 건 뭡니까?"

그러면서 그는 눈을 가늘게 뜨며 마야의 얼굴을 직시했다.

"흐음, 더 수상하군요. 평소에는 호위들이 붙는 걸로 알고 있는데……."

"그런 소리 하지 마!"

그녀는 기분 나쁜 표정으로 자리에서 벌떡 일어섰다. 하지만 선뜻 걸음을 떼지 못했다. 그 모습을 보며 악마금이 비꼬는 듯 다시 확인 사살을 날렸다.

"역시 저 때문에 오셨군요?"

"그런 식으로 말하지 말라니까! 창피하단 말이야!"

결국 눈을 감고 소리치자 악마금이 피식 웃었다.

"좋습니다. 뭐, 저 때문에 오셨다니 금은 없지만 다른 것을 들려 드리지요."

마야가 무슨 소린지 몰라 눈을 뜨는데 그새 악마금이 품에서 손가락 굵기만한 피리를 꺼내 들고 있었다. 황죽(黃竹)으로 만든, 지공(指孔)이 위쪽 뒤편에 하나와 앞쪽에 네 개가 있는 세로로 부는 피리였다.

그녀는 호기심이 일었기에 붉어진 안색을 지우며 궁금한 표정이 될 수밖에 없었다.

"그건 무슨 악기지?"

"당연히 피리지요."

"나도 그 정도는 알고 있다. 하지만 처음 보는 건데……."

"단소라고 하는 피리입니다. 음력이 아주 다양하며 소리가 부드러워 좋지요. 가장 큰 장점은 들고 다니기에 간편하다는 것입니다. 가끔씩 들고 다니는데, 불어볼까요?"

마야는 고개를 끄덕이며 다시 악마금의 옆에 앉았다.

피이잉—

온화한 소리가 길게 호숫가로 울려 퍼졌다. 금은 한 번의 울림에 모든 소리의 극의를 담는다면 피리의 장점은 긴 장음에 계속 변화를 줄 수 있다는 데 있었다. 악마금 또한 금 이외에도 수많은 악기들을 어릴 때부터 악마대에서 연습했었고 피리의 장점을 살릴 줄도 알고 있었다.

길게 퍼지는 음에 특유의 떨림이 실리자 마야는 가슴이 절절히 메이는 것을 느꼈다. 금과는 또 다른 매력이 악마금의 피리 연주에 담겨 있었던 것이다. 하지만 더욱 그녀의 마음을 동하게 한 것은 시각적인 효과였다. 악마금이 음공을 시전했기 때문이다.

피리 소리에 맞춰 갑자기 호숫가에 굵은 물줄기 하나가 하늘로 솟구치더니 공중에서 흩어졌다. 그리고 방울방울 떨어지는 이슬에 햇빛이 반사되어 은은한 무지개가 피어났다.

그것은 시작에 불과했다. 시간이 지나자 물줄기의 수가 점점 늘어가며 이리저리 움직이는 것이 꼭 살아 있는 수룡 같아 보였다.

"와!"

결국 감탄성을 터뜨린 마야는 더 자세히 보기 위해 자리에서 일어섰다. 그녀는 은빛으로 물결치는 수룡들을 감상하며 꼭 그것들이 하늘로 승천하기를 기도나 하는 듯 두 손을 마주 모으고 있었다. 하지만 공교롭게도 그때 악마금이 연주를 끝내 버렸다.

마야는 흥분된 표정을 감추지 못하며 그를 돌아보았다.

"왜, 더 하지 않고?"

"다음에 하죠. 이제 수련을 해야 합니다."

"하지만……"

'내가 하라면 할 것이지'라는 말은 차마 꺼내지 못하는 마야였다. 그런 말을 했다가는 또 된통 당할 테니까. 그것은 경험으로도 충분히 알고 있었다. 비무를 핑계로 자행되는 '악마금의 소교주 잡아먹기'를 말이다.

"그럼 나중에 다음에 다시 들려줄 수 있지?"

"듣고 싶다면야 저야 영광이죠. 저는 사람들이 제 연주를 들어주는 걸 좋아하니까요."

"정말?"

"그러니 소교주님께도 여러 번 들려준 것 아니겠습니까."

"음."

그녀는 잠시 생각에 잠기더니 고개를 끄덕였다.

"알겠어. 그럼 방해되지 않게 갈 테니까 다음에 꼭 다시 들려줘야 해?"

"여부가 있겠습니까."

"그리고……."

"……?"

"예전부터 물어보고 싶었던 건데 물어봐도 되겠느냐?"

"무엇입니까?"

"어떻게 불러야 할지 모르겠어."

"네?"

"너를 어떻게 불러야 할지 모르겠다고."

난감한 표정으로 서 있는 그녀를 향해 악마금이 재밌다는 듯 웃었다.

"하하, 그것 때문이었군요. 확실히 지금까지 제 이름을 한 번도 부르지 않으셨죠?"

말을 하고도 점점 재밌어지는 악마금이었다. 자신에 대한 호칭을 몰라 아직까지 부르는 것을 회피하고 있었다고 생각하니 앞의 이 귀여운 소녀가 의외로 웃기다는 생각까지 들었다.
'너무 순진한 것일지도 모르지. 아무튼 재밌는 녀석이야.'
"뭐라고 부르고 싶으십니까? 부르고 싶으신 대로 부르세요. 저는 별로 신경 쓰지 않으니까."
"하지만 악마금이라고 부르기에는 이상한데……."
"흠, 그렇지는 하죠. 저도 그리 좋아하지 않는 이름입니다."
"그럼 뭐라고 불러야 돼?"
악마금은 잠시 생가에 빠지더니 활짝 미소를 지었다.
"지!"
"지?"
"네, 지아라고 부르십시오."
마야가 의아한 듯 고개를 갸웃거렸다.
"그런데 왜 지아라고 하는 거지?"
"제 본명이니까요."
"본명? 하지만 악마대원들은 듣기로 이름이 없다고 하던데?"
"엄밀히 말하면 없는 것이 아니라 기억을 못하는 것이죠. 저야 약간 특이한 경로를 통해 기억을 되찾았습니다만."
"그럼 성은 뭔데?"
은근슬쩍 물어보는 말에 악마금은 고개를 가로저었다.
"그건 비밀입니다. 전부 말하면 제 신분이 드러날 수도 있거든요."
"아무에게도 말하지 않을 거니 말해 봐."
"글쎄요. 저는 기본적으로 아무도 믿지 않는 성격이라서……. 나중에 때가 되면 알려 드리지요. 아무튼 이만 가보십시오. 방해가 됩니다."

"아, 알겠어."

그녀가 사라지자 악마금은 다시 운기조식에 들어갔다. 단전에 모여 있는 진기를 현천음한심법에 따라 각 혈도마다 옮기기 시작하는 것이었다. 서서히 몸속이 끓어오르며 그와 반대로 극심한 한기가 방출되기 시작했다. 종내에는 무아지경에 빠진 악마금의 머리 위로 뿌연 연기가 피어오르더니 그것이 뭉쳐 꽃 모양을 만들어내고 사라지길 반복했다. 그렇게 시간이 지나자 해가 서산을 넘어가고 있었다.

평소 때라면 더 많은 수련을 했겠지만 오늘은 상당히 심력을 소모한 터라 악마금은 서서히 진기를 갈무리하며 자리에서 일어서서 금역을 빠져나왔다. 이어 임시로 머물고 있는 숙소로 가는데 그 입구에 한 사내가 갑자기 모습을 드러냈다. 복장이 속되지 않은 데다 꽤 나이가 있어 보였기에 악마금이 존대로 물었다.

"나에게 볼일이라도 있소?"

사내가 고개를 깊이 숙이며 대답했다.

"지금 교주님께서 대주님을 찾고 계십니다."

"날?"

"그렇습니다. 저를 따라오시지요."

사내는 악마금의 대답은 기대하지 않는 듯 바로 몸을 돌렸다. 교주의 부름이니 당연한 행동인 것이다. 악마금으로서는 그 모습이 괜히 신경에 거슬렸지만 묵묵히 그 뒤를 따랐다.

사내가 악마금을 안내한 곳은 회의실이 아닌 교주의 연공실이었다. 전에 한 번 와본 적이 있는 악마금은 익숙한 발걸음으로 연공실에 다다랐다. 역시 전에 보았던 그대로 책장들이 나열되어 있고 중앙에 탁자가 있었다. 그리고 그 탁자에 앉아 있는 인물은 교주였다. 전과 다른 것이 있다면 교주뿐만이 아니라 모양야 장로 또한 합석하고 있다는 것이었다.

그녀를 발견한 악마금은 공손히 고개를 숙였다. 그러자 면사로 다 가리지 못한 입가에 흐뭇한 미소를 내비친 교주가 고개를 끄덕였다.

"그동안 편히 지냈느냐?"

"그렇습니다."

"그래, 이리 와 앉거라."

악마금은 자리에 앉으며 궁금한 표정으로 물었다.

"그런데 제게 무슨 하실 말씀이라도 있으십니까?"

"그렇지 않으면 내가 왜 널 불렀겠느냐?"

말과 함께 그녀는 모양야를 바라보며 설명을 요구했다.

"자네에게 따로 맡길 임무가 있네. 도균에서 온 지 얼마 되지 않아 힘이 들겠지만 중요한 일이니만큼 열심히 해주길 바라는 바네."

"무슨 일입니까?"

"자네에게는 그리 힘든 일은 아닐 게야. 강구에 가야 하네."

"강구라면 귀주 동쪽에 위치한 도시 아닙니까?"

"그렇지. 정확히 말해 강구 북쪽에 있는 절소산(絶笑山)의 적룡문이 목적지네."

"적룡문이라면 우리 만월교와는 특별한 친분이 있다고 들었습니다만?"

"잘 봤네. 하지만 실상 지금에 이르러서는 상황이 많이 바뀌어 있지.

우선 아무것도 모르는 것보다 나을 테니 그간 우리 만월교의 사정을 일러주겠네."

그러면서 모양야는 악마금에게 극비 사항을 뺀 만월교의 사정과 귀주 정세, 그리고 강호의 흐름에 대해 알려주었다. 설명을 끝낸 모양야가 말을 이었다.

"그래서 자네가 필요한 것일세. 실제 장로들이 가야겠지만 많은 장로들이 빠져나간 터라 더 이상 자리를 비울 수가 없어서 내린 결론이네. 그리고 이번은 공식적으로 우리 만월교의 교주님을 대신해서 가는 것인만큼 자네에게 임시로 부교주 직이 내려질 걸세. 사실 본 교에는 부교주라는 직책이 없지만 대주가 가면 사람들 시선이 그리 곱지 못할 테니까 말일세."

내심 귀찮은 기분이 물씬 밀려들었지만 악마금은 애써 표현하지 않았다.

"그렇군요. 그렇다면 제가 정확히 해야 할 일은 무엇입니까?"

"적룡문의 의도를 파악하는 것이지. 그리고 우리에게 다른 뜻을 품고 있다면 회유까지 해야 하네. 할 수 있으면 말일세."

"할 수 있으면? 무슨 말씀이신지……?"

"적룡문이 예전보다 많이 약해져 있다고는 하나 아직까지도 남무림 열두 세력 중 하나지. 그러니 분위기 파악을 해야 한다는 말이야. 자칫 잘못 건드리면 자네가 위험에 처할 우려가 있네. 슬쩍 회유를 해보고 안 되겠다 싶으면 바로 빠져나와 보고를 하라는 뜻이네. 그럼 차후의 일은 본 교에서 처리를 할 것이야."

"그렇군요. 그런데 몇 명을 예상하고 계십니까?"

"뭐, 축하객이니 그리 많이 보낼 수는 없지. 적들도 상당수 참석할 것으로 예상하고 있으니 그들을 도발할 필요는 없지 않은가. 지금 계획된 인원은 자네를 포함한 서른 명이네. 그리고 적룡문에 들어가는 자들은 자네와 함께 다섯 명, 남은 스물다섯 명은 만일을 대비해 그 일대에서 연락과 퇴로를 확보하고 있을 걸세."

"흠."

잠시 생각에 잠겼던 악마금이 고개를 끄덕였다.

"알겠습니다. 그럼 출발은 언제입니까?"

"이십 일 남았으니 여유를 가지고 도착하려면 내일 출발해야 할 걸세. 지금 이것은 급히 결정된 사안이라 자네 사부인 공손손 장로도 모르는 일이네. 네가 따로 말을 할 테니 신경 쓰지 않아도 되네. 아, 그리고 다시 말하지만 되도록 적들을 도발해서는 안 되네. 일을 처리하기도 전에 문제가 커질 수도 있으니까. 알겠나?"

"명심하겠습니다. 그럼 그 외의 결정은 제 몫입니까?"

순간 모양야의 아미가 꿈틀거렸다. 하지만 이내 평소의 기분 좋은 표정으로 돌아갔다.

"물론 자네가 일행 중 가장 선임이니 결정권을 가져야겠지. 하지만 이번은 좀 조심하게. 다른 장로들이 자네를 보는 시선이 그리 곱지 못하다는 것은 잘 알고 있겠지?"

"알고 있습니다."

"그럼 됐네. 그 점을 명심하고 행동에 신중을 기하게."

모양야의 말을 끝으로 교주가 여전히 미소를 지으며 입을 열었다.

"그런데 마야의 무공 수련은 잘 되어가고 있느냐?"

"그렇습니다. 소교주님의 하루가 다른 무공 성취에 놀랄 정도입니다. 앞으로 우리 만월교의 미래가 밝아 보입니다."

능청스러운 그의 답변에 교주는 가늘게 뜬 눈으로 악마금을 훑어보았다. 실제 그녀는 월향원에 많은 감시자를 붙였고, 악마금이 어떻게 마야와 수련을 하는지 대략 알고 있었다. 하지만 그것을 이 자리에서 언급할 정도로 속 좁은 그녀는 아니었다.

"그렇다니 다행이구나. 그리고 너에게는 조금 미안한 일이지만 이번 일이 끝날 때쯤이면 너는 바로 요차산의 태화방에 투입될 것이다."

"……?"

"전에 말했었지? 마야와 함께 분타를 너에게 맡길 것이라고."

그 의미를 알아챈 그는 고개를 끄덕였지만 속으로는 쓴웃음을 지을 수밖에 없었다.

'빌어먹을, 가만히 놔두지 않을 작정이로군. 아직은 모르겠지만 수틀리면 이곳에서 몸을 빼는 것이 좋겠어.'

생각과 달리 이번에도 악마금은 단호하게 고개를 숙이며 대답했다.

"기억하고 있습니다."

"좋아. 그에 관해서는 나중에 다시 거론할 것이니 이만 하자. 그리고 모 장로."

"예, 교주님!"

"그대는 이만 일을 보아라. 악마금과 따로 할 말이 있다."

"알겠습니다."

모양야 장로가 나가자 악마금은 은근히 부담스러움을 느낄 수밖에 없었다. 이상하게 그녀에게서 풍기는 분위기가 악마금을 위축시키고 있었다. 전에도 그랬지만 아무튼 그것이 악마금은 마음에 들지 않았다.

"무슨 하실 말씀이십니까?"

교주는 대답없이 고개를 까딱거려 입구를 가리켰다. 그곳에는 마야가 서 있었다.

지금 막 도착한 마야는 교주가 악마금과 마주해 있자 잠시 놀란 표정을 짓더니 이내 자리에 앉았다.

"오랜만에 뵙습니다, 교주님."

"그렇구나. 그간 신경을 못 써주어서 미안하다."

"아니에요."

마야는 옆에 앉아 있는 악마금을 힐끔 바라보고는 이어 물었다.

"그런데 무슨 일이세요?"

"전에 말했지? 조만간 네가 개양에 가야 할 것 같다."

"알고 있습니다."

"그래, 정확한 날짜는 잡히지 않았지만 그리 길게 기다려야 하지는 않을 것이다. 그러니 마음의 준비를 단단히 해두라고 불렀다. 최대한 교도들을 이끄는 경험을 살리려고 노력해라. 훗날 만월교를 이어받은 후 상당한 도움이 될 것이니까. 그리고 악마금."

"네, 하명하십시오."

"너 또한 그곳에 갈 것이니 두 사람 모두 서로 돕고 지켜주기를 바란다. 특히 마야는 네가 신경 써서 지켜주거라."

순간 인상을 찡그리려던 악마금이 표정을 숨기기 위해 고개를 숙였다.

"염려하지 마십시오."

"마야."

"네, 교주님."

"네가 책임자이기는 하지만 실질적으로 유용 장로와 악마금이 모든 일을 처리할 것이다. 그들을 잘 따라주기를 바란다. 경제적인 면에서는 유용 장로를, 호위와 적을 경계하는 면에서는 악마금의 의견을 적극 따르거라. 그리고 수련도 게을리 하지 말고."

"명심하겠습니다."

"그럼 악마금은 떠날 준비를 하고 마야는 남거라. 너에게도 따로 할 말이 있다."

"그럼 저는 이만."

악마금은 지금의 분위기가 싫었으므로 기다렸다는 듯 일어서서 연공실을 빠져나갔다. 그가 나가자 교주는 은근한 눈빛으로 마야를 바라보며 나직이 물었다.

"어떻게 생각하느냐?"

"네?"

"지금 나간 악마금 말이다."

"어떤 부분에서 묻는 것인지요?"

잠시 뜸을 들인 교주가 입을 열었을 때 마야는 하마터면 자리에서 넘어질 뻔한 것을 간신히 참았다. 그만큼 생각지도 못한, 마야로서는 충격적인 말이었던 것이다.

"월랑으로서."

"……!"

마야는 한참 동안 그에 대한 답을 할 수가 없었다. 혹시 잘못 듣지 않았나 귀를 의심했다. 하지만 얄밉게도 교주는 확인시켜 주듯 다시 말했다.

"월랑으로서 악마금이 어떤지 너의 생각을 묻고 있다."

"그, 그런……."

"왜? 마음에 들지 않느냐? 내가 볼 때는 저 아이 정도면 상당히 좋은 조건인데."

마야는 얼굴을 붉히며 고개를 푹 숙였다. 그것을 보며 교주는 오랜만에 미소가 아닌 웃음을 흘렸다.

"호호호, 싫은 것이냐?"

"모, 몰라요!"

"그럼 싫은 것은 아닌가 보구나. 그럼 그에 대해 좀 더 신중히 생각해 보거라."

"하지만 지아는 너무 무서워요."

"지아?"

교주는 의아한 표정을 드러냈다.

"지아가 누구지?"

"악마금이요."

잠시 멍해 있던 교주가 더욱 크게 웃었다.

"호호호, 벌써 그렇게 가까워졌느냐? 애칭을 부를 정도로?"

"아니에요!"

마야는 더욱 얼굴을 붉혔다. 한 번도 그런 적이 없는 교주가 너무 노골적으로 놀리니 놀랍기도 하면서 너무 창피했기 때문이다. 그래서 평소에는 생각도 할 수 없었던 크기의 목소리로 강한 부정을 했다. 하지만 그 모습을 귀엽게 생각한 교주는 크게 상관하지 않았다.

"좋아. 뭐, 그럼 크게 신경 쓸 필요 없는 듯하구나. 아직 결정하라는 것은 아니니 차차 생각해 보거라."

그 후 교주가 표정을 약간 엄히 바꾸며 말을 이었다.

"그리고 너는 앞으로 만월교를 이어받아야 한다. 사람 위에 군림해야지 무서워해서는 안 된다."

"…명심하겠습니다."

"그를 선택한다면 본 교에 많은 도움이 될 것이다. 그의 나이 이제 스물하나. 그 나이에 벌써 출가경에 들었으니 무림사에 전무후무한 영웅이지. 그가 너의 월랑이 된다면 앞으로 본 교의 성장은 훨씬 빠를 것이야. 게다가 이십 년 후쯤에는 무림인들이 꿈에도 그리는 자연경에 이를지 누가 알겠느냐. 앞으로 그의 마음을 얻도록 신경 쓰거라."

역시 마야는 대답이 없었다. 하지만 싫지는 않은지 고개를 미세하게 끄덕였다. 교주가 미소를 지으며 말을 맺었다.

"아무튼 너도 개양에 갈 준비를 철저히 해두어야 한다. 사람들을 붙여줄 테니 그동안 그에 관한 일을 익혀두거라."

"알겠습니다."

마야는 연공실을 나와 한숨을 지었다.

"이제 어떻게… 어떻게 지아의 얼굴을 보지? 혹시 교주님이 지아에게도 월랑에 대해서 말한 것이 아닐까?"

마야는 급히 고개를 저었다.

"그럼 안 돼. 너무 창피하단 말이야."

지아는 월랑? 257

마야는 월향원으로 가면서 연신 혼잣말을 하며 얼굴을 붉게 물들이기도 하고 자신의 뺨을 살짝살짝 치기도 했다. 그것이 악마금을 좋아하는 마음인지 실제 부끄러워서인지 그녀도 확실히 알 수는 없었다.

아무튼 악마금을 보는 것이 더욱 꺼려질 수밖에 없는 마야였다. 그리고 그날 밤부터 아침이 될 때까지 그에 대해 곰곰이 생각한 마야는 결심을 한 듯 밖으로 향했다.

다음날이 되자 악마금은 이번에 동행하게 된 흑룡사 대원들과 함께 총단을 빠져나왔다. 적룡문에 전할 교주의 축하 서신과 함께 그에 따른 선물을 챙긴 채였다. 그런데 얼마쯤 가다 그들은 걸음을 멈출 수밖에 없었다. 마야가 홀로 서 있는 것이 눈에 띄었기 때문이다. 이런 곳에 소교주 혼자 있는 것이 수상했기에 악마금이 물었다.

"여기는 어쩐 일이십니까?"

마야는 약간 긴장된 표정을 드러내더니 주위의 흑룡사들에게 시선을 돌렸다. 그 의미를 파악한 악마금이 대원들에게 명했다.

"먼저 출발해라!"

"존명!"

흑룡사들이 멀어지는 것을 본 악마금은 마야의 표정을 살피며 물었다.

"무슨 일이시기에 이곳에 계십니까? 여기는 소교주님이 있기에는 위험한 곳입니다. 어서 돌아가십시오."

"하, 할 말이 있어서……."

"할 말?"

"그렇다."

악마금은 더욱 의아해할 수밖에 없었다. 무슨 일인가 하고 생각하고 있는데 마야가 버럭 외쳤다.

"몸조심하고 빨리 돌아와!"

"예?"

순간 당황한 그가 물어보려 했지만 그럴 시간이 없었다. 마야가 말과 함께 몸을 돌려 도망치듯 총단 쪽으로 달려갔기 때문이다.

그녀가 멀어지는 것을 멍하니 바라보고 있던 악마금이 이내 피식 웃었다.

"훗, 그사이 정이라도 든 것은 아니겠지?"

제17장
고생 끝, 행복 시작?

 운남성(雲南省)은 특이한 기후 조건과 함께 복잡한 지리적 특성을 자랑한다. 겨울에는 건조한 대륙풍, 여름에는 습기가 많은 해양성 계절풍의 영향을 받았다. 기후 유형은 북열대, 남아열대, 중아열대, 북아열대, 남온대, 중습기대, 고산기후 등 일곱 가지의 형태를 가지고 있어 열대, 온대, 한대 등 세 가지의 기후 특성을 모두 가지고 있는 셈이었다.
 봄이 지나가고 여름에 접어들자 안 그래도 더운 운남성에서 내리쬐는 태양의 열기를 고스란히 받으며 열심히 검을 휘날리는 청년들이 있었다. 점창파(點蒼派)의 속가제자들이 수련을 하고 있는 모습이었다.
 점창파는 남무림에 속해 있지만 뿌리가 깊은 무학을 인정받아 중원의 구파일방의 하나로 확고한 자리를 차지하고 있는 곳이다. 총인원은 육천여 명. 실제 그 인원이 다 점창파의 고수들은 아니었고, 천여 명 정도는 항상 들어오고 나가는 속가제자였다.

　속가제자란 점창파에 몸을 담고 있지 않은 자들, 즉 다른 문파나 아니면 무공을 배우고 싶어하지만 점창의 도인들이 되지 않을 제자들을 칭한다. 그러니 그들에게는 당연히 점창에서 내려오는 뛰어난 무공을 가르치지는 않았다. 하지만 점창파가 워낙 뛰어난 검술로 유명했기에 많은 속가제자들이 몰릴 수밖에 없다.

　그곳에서 무공을 체계적으로 배워 자신의 문파로 돌아가 가문의 비급을 전수받기 위한 자들이 대부분이었다.

　오전부터 시작된 수련은 이미 두 시진이 넘어가고 있었다. 모두들 상당한 실력들을 겸비하고는 있다지만 땀이 흐르는 것은 어쩔 수 없었다. 그들의 지친 모습을 보던, 속가제자들을 담당하는 중년 도인이 손을 저었다.

　"오늘 수련은 이만 한다. 저녁 개인 수련 시간에는 익혔던 검술을 게을리 하지 말고 최대한 빠른 시간 내에 숙달할 수 있게 노력해야 한다."

　모두들 강해지고 싶은 마음은 있지만 오랜만에 찾아온 달콤한 휴식 시간을 마다할 리는 없었다. 도인의 외침이 끝나자마자 저마다 나무 그늘로 들어가 주저앉았다. 그러자 속가제자들을 위해 마련된 거대한 모래 연무장이 순식간에 한산해졌다.

　윙윙! 윙!

　매미 소리가 잦아들고 나무에 기대어 수련 전 미리 준비해 왔던 물을 마신 야일림(冶日林)은 슬며시 감기기 시작하는 눈을 추스르며 등을 기댔다.

그의 나이 이제 이십오 세. 십이 년 전 이곳 점창파로 와 숱한 고생을 하며 지금까지 하루도 빠지지 않고 수련을 했다. 사실 그는 이곳에 올 생각이 전혀 없었다. 문제는 바로 아버지였다.

그의 아버지는 귀주에서 알아주는 문파인 적룡문의 문주 적룡신검 야일제였던 것이다. 적룡문이 만월교의 뜻에 동조한 지 몇 년이 지나자 자주 타 문파와 격돌하게 되었고, 그에 혹시 모를 문제를 사전에 막기 위한 명목으로 적룡문을 이어받을 자신의 아들을 점창파의 속가제자로 보내 버렸다. 점창파는 알아주는 명문이니 그 안에 있다면 어느 곳보다 안전할 것이라는 판단에서였다. 하지만 정작 당사자인 야일림은 하루하루가 지옥이었으니…….

아무튼 이제 그 수련은 오늘로써 끝이었다. 어느 정도 실력을 인정받은 데다 할아버지의 생신이 다가오고 있어 적룡문으로 돌아가야 하기 때문이었다.

그러니 그런 그를 바라보는 동료들의 시선에 부러움이 담길 수밖에 없었다.

그가 멍한 눈을 들어 하늘을 보고 있을 때 옆에 있던 운남성 현정문주의 셋째라고 자신을 밝혔던 청영이 슬며시 웃으며 부러운 듯 말을 걸었다.

"좋겠네?"

"훗!"

터져 나오는 미소를 참을 수 없어 야일림은 밝게 웃으며 같은 방을 쓰는 청영을 돌아보았다.

"부럽냐?"

"당연하지. 나는 언제쯤 이 지긋지긋한 곳을 벗어날 수 있을지 의문이니까. 젠장!"

"하하하, 그럼 도망이라도 치지 그래?"

청영은 말도 안 된다는 듯 고개를 저었다.

"미친놈! 그게 가능할 것 같냐? 점창의 도장들이 눈에 불을 켜고 지키고 있는데 어떻게 빠져나가? 게다가 빠져나갈 수 있다고 해도 문제지."

"뭐가?"

청영은 생각만 해도 진저리가 쳐진다는 듯 몸을 떨었다.

"너야 아버님이 직접 불렀으니 모르지만 내가 도망을 쳐봐. 우리 아버지께서 그냥 넋 놓고 있을 것 같냐? 모르긴 몰라도 내 다리 한두 쪽 가지고는 안 될걸."

"하하하!"

"뭐가 우스워?"

"아니야. 아무튼 열심히 수련해라. 나는… 흐흐흐!"

야일림은 보란 듯 흐뭇하게 웃어주며 말을 이었다.

"세상의 여자들을 다 품고 있을 테니까. 히히!"

청영의 인상이 확 구겨졌다.

"어련하겠냐? 여자 숙맥이 무슨……."

"과연 그럴까? 두고 봐, 참한 여자를 꼭 아내로 맞을 테니까. 그동안 너는 열심히 수련이나 하고 있거라."

생각만 해도 기쁜 그는 청영의 분노에 물든 눈빛을 피하며 슬며시 자리에서 일어섰다. 그러면서도 마지막으로 친구의 복장을 터뜨리는 것을 잊지 않았다.

"그럼 이만 들어갈게. 내일 일찍 가려면 준비를 해야 하거든."

그가 사라지자 청영은 정말 도망이라도 가고 싶다는 생각을 하기 시작했다. 하지만 절대 불가능하다는 것을 알기에 짜증나는 듯 투덜거릴 뿐이었다.

"젠장! 저놈 때문에 오늘 기분만 잡쳤네."

다음날 아침이 되자 담당 도장에게 불려간 야일림은 그간 보살펴 주었던 여러 사부님들에게 인사를 하고 간밤에 즐겁게(?) 준비해 두었던 짐을 챙겼다. 그 후 동료들의 부러운 시선을 뜨겁게 느끼며 배웅해 주는 그들을 한껏 놀려준 뒤에 재빨리 산을 내려왔다.

점창산 초입에 다다르자 연락을 받은 대로 십여 명의 적룡문 호위 무사가 꾸벅 고개를 숙이며 다가왔다. 그중 한 명은 야일림도 알고 있는 자였다. 어릴 때 자주 보았던 장석(長石)이라는 자였다.

"그동안 수고하셨습니다, 도련님."

장석의 말에 야일림은 의젓한 표정으로 고개를 끄덕여 보였다.

"수고는 무슨, 남들도 다 하는데."

"하하, 그런가요? 하지만 정말 많이 성장하셨군요. 그리고 의젓해 지시기도 하셨고요."

누구에게나 칭찬은 싫지 않은 법이었다. 야일림 또한 그랬다.

"고맙군. 그런데 아버님은?"

"잘 계십니다. 하지만 도련님이 없는 사이 여러모로 신경을 많이 쓰신 탓에 힘들어하시지요. 아마 도련님을 보면 누구보다 기뻐하실 것입니다."

"흠, 그럼 조부님은 어떠신가?"

"건강하시지요. 도련님이 오시기만을 손꼽아 기다리고 계십니다."

"그래? 아직도 나무 가꾸는 것을 즐기시나?"

"그렇지요. 요즘은 더욱 빠져드셨답니다. 하루에 몇 번씩 정원에 가실 정도지요."

"그렇군. 빨리 뵙고 싶네. 십이 년 동안 못 뵈었으니 얼굴까지 잊어먹을 정도야. 그런데……."

잠시 후 야일림의 인상이 어둡게 굳어지기 시작했다. 그는 잠시 머뭇거리며 힘겹게 입을 열었다.

"누님은?"

현 적룡문주 야일제는 아내와 두 명의 첩이 있었다. 이 시대에 첩이 많이 있다고 해서 흉이 될 것은 없었지만 야일제는 조금 특별한 경우였다. 그는 본처를 사랑했고 첩을 얻을 생각이 전혀 없었기 때문이다. 그럼에도 불구하고 첩을 들이게 된 경위는 자식 때문이었다. 본처에게서 아이가 생기지 않았던 것이다.

본래가 손이 귀한 집안이니 어쩔 수 없이 첩을 맞이할 수밖에 없었는데 문제는 그녀 또한 아이를 갖지 못했다는 것이다.

결국 두 번째 첩에게서 아이가 생겼으니 당연히 적룡문의 경사일 수밖에 없었다.

첫째는 딸이었다. 이름은 야일화(冶日花). 어여쁜 아이가 태어나자 누구보다 아이를 기다렸던 야일제의 기쁨은 두말할 나위가 없었다. 당연히 어디 흠이라도 생길세라 금지옥엽, 고이고이 정성을 들일 수밖에 없었다. 그런 만큼 야일화는 말괄량이에 안면 몰수의 파렴치한(?) 성격의 소유자로 자랐고, 도도한 표정으로 남들을 굽어보는 버릇이 생겼다.

다행인 것은 적룡문 안에서만 그랬다는 것이며 밖에서 사람들을 대할 때는 그나마 성질을 많이 죽였다는 것이다.

아무튼 항상 그녀와 붙어 있으며 가장 많이 당해왔던 야일제였으니 그에게는 천적이라 할 수 있었다. 그러니 적룡문으로 가는 것이 꺼려질 수밖에.

그래도 많은 시간이 흘렀다는 것을 생각하며 슬며시 물었다. 하지만 정석의 대답은 그의 기대를 완전히 무너뜨리는 것이었다. 웃으면서 이렇게 대답했던 것이다.

"여전하십니다."

"……!"

야일림은 말없이 고개를 끄덕였다. 최대한 평정심을 유지하는 표정이었지만 속으로는 떨떠름할 수밖에 없었다.

"그, 그렇군. 다행이야. 아무튼 빨리 가자."

"알겠습니다. 조금만 더 내려가면 마차가 대기하고 있으니 잠시 참으십시오. 마차를 타시면 보름 안으로 도착할 수 있도록 노력하겠습니다."

"보름?"

"네. 그래도 일찍 도착하여 쉬셔야 할 것 아니겠습니까?"

"흠, 알겠네."

그로부터 보름 후.

부드러운 턱 선, 윤곽이 뚜렷한 얼굴, 가늘지만 우수에 찬 눈빛이 그 얼굴에 담겨 있었다. 하지만 화장은 하지 않았다. 그래서 신선한 인상의 여인이었다. 약간 심술궂어 보이기도 했지만 수려한 외모임이 틀림없는데 목소리는 다소 거칠었다.
 "왜 이렇게 안 오는 거야?"
 야일화는 짜증이 잔뜩 섞인 목소리로 주위를 보며 외쳤다. 거의 십 년 동안 보지 못한 남동생을 위해 고귀하신 그녀가 몸소 마중 나왔는데 올 생각을 하지 않고 있었기 때문이다. 적룡문에서 삼십 리나 떨어진 강구 초입에 위치한 객점 하나를 통째로 빌려 환영 준비를 한 그녀로서는 동생이 당연히 괘씸할 수밖에 없었다. 그래서 어떻게 괴롭혀 줄까 생각하고 있었는데, 그런 그녀의 음흉한 미소를 보고 있는 주위의 무사들의 심정은 떨떠름할 수밖에 없었다. 하나같이 못 말리겠다는 듯 은근히 그녀가 보이지 않는 곳에서 고개를 설레설레 저었다.
 "혹시 그냥 지나친 것 아니야?"
 그녀의 말에 무사 하나가 다가와 난감한 표정으로 고개를 저었다.
 "그럴 리가 있겠습니까? 본 문으로 가려면 이곳을 지나쳐야 합니다. 이미 정 대주와 말을 맞추어놓았으니 틀림없이 여기로 들어올 것입니다."
 "그런데 왜 이렇게 오래 걸리느냐는 말이야! 그리고 네가 무슨 점쟁이라도 돼? 어떻게 그렇게 확신을 하지?"
 "저, 저는 다만 아가씨께서……."
 "됐어!"
 "……."

고생 끝, 행복 시작?

괜스레 대답했다 손해만 본 무사는 무안한 얼굴로 슬며시 그녀에게서 멀어졌다. 곁에 있다가는 무슨 말을 하든 간에 속 끓일 일이 벌어진다는 것을 그간의 경험으로 잘 알고 있었기 때문이다.

그렇게 이제나저제나 야일화의 '호위 무사들을 무언으로 압박하기'가 자행되고 있는데 객점 문이 끼이익거리며 열렸다. 그리고 찡그려지는 야일화의 표정.

분명 이 객점은 야일화가 오늘 하루 통째로 빌린 곳이었다. 밖에도 영업을 하지 않는다는 표식을 걸어두었으니 들어올 사람은 동생밖에 없는 것이다. 그런데 오라는 동생의 면상은 보이지 않고 시커먼 무복을 입은 두 명의 사내가 문을 열고 들어오고 있었으니…….

그녀의 표정에 담긴 짜증스러움을 파악한 무사 하나가 재빨리 앞으로 다가가 두 명의 흑의인에게 말했다.

"이곳은 오늘 영업을 하지 않으니 돌아가시오."

"영업을 하지 않는다?"

흑의인 중 하나가 의아한 표정으로 장내를 둘러보았다. 객점에는 많은 탁자들이 깔끔하게 치워져 있고 그중 한 곳에만 이제 이십대 초반 정도로 보이는 여인이 앉아 있었다. 나머지는 스무 명은 검을 차고 있는 것으로 보아 무림인임은 분명했지만 모두 서 있는 것으로 보아 여인과 그들의 관계를 대충 짐작할 수 있었다. 앉아 있는 여인이 무림에서 꽤나 이름있는 자의 여식이고 나머지는 호위 무사라는 것이다.

흑의인들이 이리저리 상황 파악만 할 뿐 돌아갈 기미를 보이지 않자 무사가 약간 협박조로 입을 열었다.

"돌아가시오."

그러자 한 흑의인이 비릿하게 웃으며 대답했다.

"보아하니 장사를 하는 것 같은데 우리도 식사를 하면 안 되겠소?"

"이미 예약이 되어 있소. 이 객점 전체를 빌렸으니 다른 객점을 알아보시오."

하지만 흑의인은 몸을 돌리지 않았다.

"이런 외진 곳에 다른 객점이 있을 리 없지. 아니면 구강까지 들어가야 하는데… 빨리 끝낼 테니 사정을 좀 봐주시오."

의외로 끈질긴 그의 말과 기분 거슬리는 미소에 무사는 인상을 찡그렸다. 안 그래도 여일화라는 몹쓸 아가씨 때문에 화가 나 있으니 불에 기름을 붓는 격이었다. 하지만 그도 수양을 한 무인. 쉽게 검을 뽑아 들 정도로 애송이는 아니었다. 슬며시 검 손잡이를 잡으며 좀 더 위협적인 목소리로 으르렁거렸다.

"이해를 못한 것 같은데 가라면 가라! 너희들 같은 삼류무사들이 같이 있을 장소가 아니다!"

그 말에 흑의인들도 인상이 험악해지기 시작했다. 여차하면 발검할 태세를 갖추며 자세를 잡았다.

순간 장내에 무거운 기류가 흐르기 시작했다. 그에 가장 극과 극의 반응을 보인 것은 여일화와 한쪽 구석에서 이제나저제나 눈치만 보고 있던 점소이였다. 여일화는 자신의 호위 무사 실력을 믿는 만큼 느긋한 표정이었고, 점소이는 칼부림에 휘말리까 민감하게 온몸을 곤두세우며 뒷문으로 슬며시 다가가고 있었다.

팽팽한 긴장감 속에서 무사가 다시 입을 열었다.

"검에서 손을 떼고 나가라!"

스르릉!

대답 대신 검이 뽑히며 명쾌한 검음이 울려 퍼졌다. 흑의인들의 망설임없는 행동으로 보아 상당한 자신감이 있는 모습이었다. 그것을 증명하듯 자신감이 담긴 흑의인의 목소리가 장내를 울렸다.

"가소로운 놈! 우리가 누구인 줄 알고!"

두 명의 흑의인이 검이 뽑음과 동시에 사방으로 검초를 날리자 긴장을 늦추지 않고 대기하고 있던 이십여 명의 적룡문 무사도 검을 뽑으며 마주 달려들었다.

채채챙!

순식간에 식탁과 의자가 토막이 쳐지고 수를 헤아릴 수 없을 정도로 많은 검음이 울려 퍼졌다. 축복의 남매 상봉(?) 장소가 되어야 할 실내는 아수라장으로 변해가기 시작했다.

제18장
난 원래 그런 놈이야

사뿐히 바닥에 내려선 흑룡사 대원이 악마금에게 보고를 올렸다.

"십 리만 더 가시면 대원이라는 이름의 객점이 하나가 있습니다. 정일과 현각이 이미 자리를 잡아놓았을 겁니다."

"좋아. 이곳에서부터 갈라진다. 배정과 일구는 나와 함께, 나머지는 주위로 흩어져 본래의 임무에 충실히 해라."

"존명!"

대답과 함께 흑룡사 대원들이 사방으로 흩어지고 악마금은 두 명의 흑룡사 대원을 데리고 대원객점으로 향했다. 보고대로 십 리 정도를 가자 큼지막한 객점 하나가 구강으로 가는 길목을 가로막고 있는 것이 보였다.

악마금이 갑자기 발걸음을 멈췄다. 돌연한 그의 행동에 의아함을 드러내며 배정이 물었다.

"왜 그러십니까? 무슨 문제라도?"

악마금은 약간 인상을 구기며 객점 쪽을 바라보았다.

"재밌군. 이건 뭘 하자는 거지?"

"예? 무슨 말씀이신지……?"

"이 소리가 들리지 않나?"

그의 말에 배정과 일구는 청각을 끌어올렸다. 그러자 그들도 인상을 썼다. 아직 객점에서 상당한 거리였지만 감지된 소리는 분명 병장기 부딪치는 소리였기 때문이다. 일구가 즉시 나섰다.

"제가 알아보고 오겠습니다."

"아니, 같이 가지."

순간 땅을 박찬 악마금의 신형이 그 자리에서 사라져 버렸다. 그 뒤를 일구와 배정이 따랐다.

객점 안까지 들어갈 필요는 없었다. 근처에 도착하자마자 갑자기 문이 거칠게 열리며 흑의를 입은 흑룡사 대원인 정일과 현각이 튀어나왔기 때문이다. 그들은 좁은 객점 안에서 생기는 불리한 입장을 벗어나기 위해, 그리고 잠시 후면 도착할 악마금과 후속 부대를 믿고 뛰쳐나왔던 것이다.

"서랏!"

그 둘이 뛰어나오기 무섭게 강력한 기운을 풍기는 열 명의 적룡문 무사가 뒤쫓아 나왔다.

채채챙!

열 명의 무사와 검을 섞으며 방어를 하던 현각과 정일이었지만 표정이 밝아질 수 있었다. 그들의 시야에 악마금을 들어왔기 때문이다. 사실 처음 객점 안에 있던 녀석들을 얕잡아본 것이 은근히 후회되고 있던 그들이었다. 실력이 상상외로 강한 데다 숫자에서 밀렸기 때문이다. 게다가 적은 절반인 열 명밖에 나서지 않았기에 불안하기도 했다.

적룡문 무사들도 악마금 일행을 보았는지 즉시 뒤로 물러섰다. 혹시 적이라면 불리해질 수도 있다는 판단 때문이었다.

"진을 펼쳐랏!"

적룡문 무사 중 중년인의 외침에 열 명의 무사가 한쪽으로 물러나며 진법을 구사했다. 그리고 물러나는 그들을 굳이 핍박할 필요가 없었던 현각과 정일도 악마금 쪽으로 물러나니 잠시의 소강 상태로 돌입했다.

적룡문의 무사들은 악마금 일행이 흑의인들과 같은 편임을 확신할 수 있었다. 현각과 정일도 상당한 고수인 것 같은데 또다시 세 명이 더 가세하자 약간 당황한 기색을 드러내며 중년 무사가 물었다.

"더 이상 일을 크게 만들기 싫으니 돌아가라!"

하지만 돌아오는 대답은 황당한 것이었다.

"뭐냐, 이것들은?"

악마금은 적룡문의 무사들이 무슨 물건이라도 되는 듯 보며 현각과 정일에게 시선을 돌렸다. 그러자 현각이 급히 고개를 숙이며 대답했다.

"객점을 차지하고 있던 녀석들이온데 저희들의 출입을 막기에 시비가 붙었습니다."

"그래?"

악마금은 적룡문 무사들을 하나하나 훑어보았다. 안 그래도 짜증 나는 일을 맡아 기분이 더러웠는데 그냥 넘어갈 그가 아니었다. 비릿한 미소를 지으며 적을 도발했다.

"이런 쓰레기를 상대로 아직도 결판을 내지 못했단 말이냐?"

순간 현각과 정일이 무안한 듯 얼굴을 붉혔고, 악마금의 한마디에 졸지에 쓰레기가 되어버린 적룡문 무사들의 표정은 싸늘하게 굳어갔다.

무사들은 노화를 참기 힘든지 순식간에 악마금을 향해 달려들었다.

"쓰레기에게 한번 당해봐랏!"

외침과 함께 열 명의 무사가 현란하게 움직이며 다가오자 악마금이 가소롭다는 듯 뒷짐을 지며 그 말을 받았다.

"쓰레기에게 내가 왜 죽나?"

"닥쳐랏!"

쉬이익!

악마금이 보기에도 제법 절도있는 동작과 날카로운 움직임이었다. 흑룡사만큼은 되지 않았지만 상당한 수련을 거친 자들임에는 분명했다. 하지만 문제는 상대가 악마금 자신이라는 것. 좋게 끝낼 생각이 없었던 그는 손가락을 살짝 튕김과 함께 순식간에 내력을 방출하여 공기를 가르며 내지른 칼날의 음파에 맞추었다. 그러자 악마금을 향해 단숨에 토막 내버릴 듯 짓쳐 오던 예리한 도가 갑자기 기괴한 쇳소리와 함께 허공에서 부서져 버렸다.

그 놀라운 광경을 목격한 적룡문의 무사들은 잠시 동작을 움찔거렸다. 그리고 그 짧은 시간에 그들의 운명은 끝이었다. 허공에 흩뿌려진 도날의 파편에 엄청난 내력이 실리며 그들을 향해 덮쳐들었던 것이다.

안 그래도 무슨 일이 벌어졌는지, 또 적을 베어버릴 듯 허공을 가르던 도가 왜 부서졌는지 파악을 하지 못하고 있던 무사들이 제대로 피할 수 있을 리가 없다. 덮쳐들어 가는 속도 그대로를 유지하며 수십 개로 변해 버린 암기를 그대로 받아들이니 몸에 바람 구멍이 생기는 황당한 경험을 해야 했다.

"크아악!"

"컥!"

제대로 신음 한 번 못 내보고 허파가 뚫린 자가 있는 반면 요행으로 다리나 어깨에 부상을 입고 바닥에 쓰러진 자도 있었다. 그런 그들을 향해 악마금은 여전히 뒷짐을 진 채 거만하게 내려다보았다.

"쓰레기가 확실하군. 그따위 실력으론 어디에서 큰소리칠 입장은 아니지. 안 그런가?"

표정과 달리 차갑게 식은 악마금의 목소리를 들으며 고통을 참고 있던 무사가 떠듬거렸다.

"고, 고인은 누, 누구시오?"

악마금은 대답없이 비소를 한 번 던져 주고는 짜증스러운 듯 대답했다.

"네놈들은 알 자격이 없어."

그러면서 그가 현각 등에게 명했다.

"모두 죽여!"

"존명!"

배정과 일구는 추호의 망설임도 없이 바로 검을 뽑아 저항하지도 못하는 상대를 향해 거침없이 난도질을 시작했다. 열 구의 시체가 바닥에 눕기까지는 그리 오랜 시간이 필요치 않았다.

모든 일이 마무리되자 악마금이 객점으로 들어가려는데 현각이 난감한 표정으로 입을 열었다.

"안에도 몇 명이 더 있습니다."

"그래?"

"예. 한 십여 명쯤 됩니다."

"흐흐, 오늘 재밌는 일이 많이 벌어지는군."

이 상황을 즐기는 듯한 그의 말에 잠시 소름이 돋는 흑룡사들이었으나 즉시 악마금을 앞질러 문을 열어주었다.

안으로 들어서자 여인의 심드렁한 목소리가 들려왔다.

"이제야 끝낸 거야?"

야일화는 심드렁한 표정으로 물잔을 기울이다가 문을 열고 들어온 사내들을 보자 경악한 표정이 되었다. 객점으로 들어와야 할 호위들은 보이지 않고 흑의인들이 들어왔기 때문이다. 그녀는 잠시 당황할 수밖에 없었다. 그 흑의인들 중에는 좀 전에 객점 안에서 검을 뽑아 든 녀석들이 포함되어 있었기 때문이다. 그것은 한 가지 확실한 결론을 제시하고 있었다. 한바탕하러 나갔던 적과 호위들, 그리고 이어지는 둔탁한 소음들. 마지막으로 흑의인들이 들어왔다는 것은 달리 다른 생각을 할 수가 없었다.

"서, 설마……!"

그녀는 불신의 눈빛으로 악마금과 흑룡사들을 멍하니 바라보았다.

그때 악마금이 피식 웃으며 입을 열었다.

"밖에 토막난 녀석들은 네 수하들이냐?"

그 말에 야일화는 경악하며 몸을 벌떡 일으켰다.

"도, 도대체 무슨 짓을 한 거야?"

"알고 싶으면 나가서 눈으로 직접 확인해 봐. 꽤나 재밌는 구경을 할 수 있을 테니까. 크크크!"

그녀는 섣불리 움직이지 못했다. 다만 당황된 표정이 아닌 분노에 가득 찬, 죽일 듯한 눈빛으로 악마금을 노려볼 뿐이었다. 하지만 악마금이 그 기분 나쁜 눈빛을 그대로 받고 있을 위인이 아니었다. 그녀보다 더했으면 더했지 덜하지는 않았다.

"빌어먹을, 그렇게 노려보니 기분 더럽군."

"닥쳐!"

"호, 제법 성깔이 있는 모양인데? 너같이 버릇없는 녀석을 한 번 본 적이 있지. 석 달 전쯤에 도균에서."

말과 함께 악마금의 눈빛이 싸늘하게 변하기 시작했다.

"난 남들이 그런 시선으로 보는 것을 아주 싫어해. 성격이 더럽거든. 그래서 그때 어떻게 했더라?"

그는 잠시 생각하는 듯 눈을 치켜뜨더니 이내 생각났다는 듯 탄성을 질렀다.

"맞아, 이렇게 했지?"

순간 악마금이 손을 휘젓자 야일화의 뺨에서 '짝' 하는 경쾌한 소리가 터져 나왔다. 그와 함께 그녀는 무엇엔가 강타당한 듯 고개를 휙 하니 돌리곤 바닥에 고꾸라져 버렸다.

콰당!

"아가씨!"

그 괴이한 일에 남은 그녀의 호위들은 입을 쩍 벌리며 그녀를 바라볼 뿐이었다. 그들은 부축할 생각도 못할 정도로 황당한 얼굴을 하고 있었다. 분명 아무런 변화도 없었는데 야일화가 혼자 연기를 하듯 바닥을 굴러 버리니 황당할 수밖에.

하지만 그들도 바보는 아니었다. 분명 이유는 있을 것이고, 그 선상에는 저 예쁘게 생긴 녀석이 원흉임을 알 수 있었다.

스르릉!

그녀가 쓰러지자 적룡문의 무사들이 검을 뽑아 들었다. 하지만 악마금의 모습에 두려움을 느꼈기에 두 눈만 부릅뜰 뿐 감히 나설 생각을 하지 못했다. 푸르스름한 기운이 그의 몸 밖으로 퍼지며 객점 전체를 얼릴 듯한 한기가 쏟아져 나왔기 때문이다.

'뭐 저런 녀석이……!'

도저히 자신들이 상대할 수 있는 실력이 아님을 직감적으로 판단한 무사들이 움찔하고 있을 때 야일화가 자리에서 주춤거리며 일어섰다. 충격이 꽤나 컸던지 동공이 풀어져 상황 파악을 제대로 하지 못하고 있었다.

"가, 감히 나에게……."

그녀의 말은 채 이어지지 못하고 비명으로 끝났다.

팍!

"까악!"

둔탁한 소리가 다시 들렸고 야일화의 몸은 일 장이나 떠올라 벽에 부딪친 후 탁자에 굴러 떨어졌다. 우당탕거리는 탁자 깨지는 소리와 함께 그녀의 입에서 발음이 불분명한 소리가 흘러나왔지만 객점에 있는 사람들은 알아들을 수 없었다.

그래도 무공을 익혀 남달랐던 체력의 그녀가 다시 일어섰다. 허리도 펴지 못한 채 바닥에 고개를 처박고 음식물을 개워내고는 있었지만, 아직도 자신이 무슨 일을 당했는지 모르는 모습이었다.

그 모습을 보고 있던 호위들은 차라리 그녀가 일어서지 말기를 바랐다. 악마금이 성큼성큼 그녀에게 걸어가고 있었기 때문이다.

악마금이 가까이 다가오자 무사들이 몸을 떨기 시작했다. 점점 거리가 가까워질수록 악마금의 기운이 피부에 와 닿았다. 하지만 명색이 적룡문에서 알아주는 실력을 가지고 있는 그들이었기에 문주의 금지옥엽을 넋 놓고 방치할 수는 없었다.

"머, 멈춰라!"

악마금이 소리를 지른 무사를 바라보았다. 그러자 동시에 그 무사의 입에서 고통에 찬 비명이 터져 나왔다. 갑자기 검을 떨어뜨리더니 머리를 감싸 쥔 그는 일순 장내를 혼란스럽게 만들었다. '퍽' 하는 소리와 함께 무사의 머리가 산산이 부서져 흩어졌던 것이다.

"이럴 수가!"

남은 적룡문 무사들은 경악하며 본능적으로 방어 자세를 취했다.

"건방진……!"

기분이 나빠진 악마금은 옆 탁자 위에 올려진 물잔을 집어 들어 무사들을 향해 빠르게 뿌렸다.

촤아!

소리와 함께 물이 물잔에서 빠져나가며 경쾌한 소리가 터져 나왔다. 그리고 이어지는 비명은 처절했다.

"크아악!"

"크윽!"

허공에 뿌려진 물은 강력한 속도로 무사들의 몸에 부딪쳐 타격을 주었다. 갑작스럽게 물을 뿌리는 행동에 어이없어하던 무사들이었기에 고스란히 공격을 받고 바닥에 쓰러질 수밖에 없었다.

쿠당탕탕!

그래도 좁은 공간이었기에 모두 악마금에게 당하지는 않았다. 앞쪽이 방패가 되어 다섯 명이 쓰러지자 그 뒤에 있던 무사들은 훌쩍 뒤로 물러섰기 때문이다. 하지만 그것은 잠깐의 시간을 번 격밖에 되지 않았다.

악마금이 그들을 보며 이제는 재미없다는 나른하고 권태로운 표정으로 외쳤다.

"뭘 하고 있어? 모두 죽여!"

"존명!"

악마금의 잔인한 짓거리를 가만히 지켜보고 있던 흑룡사 대원 네 명이 다섯 명의 적룡문 무사에게 덮쳐들자 다시 병장기 부딪치는 소음이 실내에서 울려 퍼졌다.

확실히 적룡문 무사들이 실력은 뛰어났지만 흑룡사들의 적수는 되지 못했다. 사 대 오라는 수에도 불구하고 큰 저항 없이 모두 목을 날렸던 것이다. 너무 당황했다는 것이 결정적인 적룡문의 패배 원인이었다.

상황이 완전히 끝나는 시간은 많이 걸리지 않았지만 야일화는 여전히 신음을 흘리며 고개를 처박고 있었다. 그만큼 그녀로서는 겪어보지 못한 충격이었기 때문이다. 하지만 그 충격보다는 대적룡문의 금지옥엽이 겪은 치욕의 충격이 더욱 컸다. 언제 이렇게 뺨을 맞아본 적이 있었던가? 하지만 그런 생각도 잠시였다.

"헉!"

그녀는 정신을 추스르고 주위 상황을 살폈을 때 더 이상 자신의 편을 들어줄 사람이 없다는 것에 놀랐다. 오늘 데리고 온 호위들이 적룡문의 정예는 아니었지만 그래도 어디에 내놔도 부끄럽지 않을 실력자들이라고 생각했는데 잠깐 정신을 놓고 있던 짧은 시간에 모두 쓰러져 있다는 것이 믿어지지가 않았다.

"어, 어떻게……?"

대답은 돌아오지 않았다. 다만 잠시 걸음을 멈추고 적룡문 무사들이 토막 쳐지는 것을 구경하던 악마금이 다시 그녀에게 다가오기 시작했을 뿐이다. 그가 점점 가까워지자 야일화는 떨리는 음성으로 입을 열었다.

"다, 다가오지 마!"

이미 내력을 거둬 한기가 사라진 악마금이었지만 절정고수들인 흑룡사의 기운만으로도 충분히 그녀에게는 위협적이었다. 한 걸음 한 걸음 다가선 악마금이 야일화와 두 걸음 정도까지 가까워졌을 때 그녀가 뒷걸음질을 치며 말했다.

"저, 적룡문의 문주님이 우리 아, 아버님이시다."

순간 악마금의 걸음이 뚝 멈췄다. 그리고 가늘어지는 눈, 뒤틀리는 웃음이었다.

"흐흐흐, 그래서?"

"뭐?"

"그것이 어쨌다고?"

"가, 감히 적룡문의 이름을 듣고도……."

퍽!

"흐윽!"

갑자기 쑤셔 박히는 주먹에 야일화는 급히 몸을 숙였다. 충격에 못 이겨 배를 끌어안고 있는데 악마금의 손이 그녀의 머리를 잡았다.

"아악!"

거칠게 고개 숙인 그녀의 머리채를 잡아 올린 그는 얼굴을 그녀의 가까이로 가져갔다. 그리고 소름이 돋는 미소와 함께 머리채를 잡은 손에 힘을 주었다.

뿌드득!

"난 힘도 없으면서 나에게 협박하는 놈들을 싫어하지. 그리고 그 협박이 얼마나 대단한지 궁금하기도 하고. 그런데 적룡문이라니……. 흐흐흐!"

웃음과 함께 악마금은 그녀를 바닥에 패대기쳐 버렸다. '쿵' 하는 소리와 함께 야일화가 바닥에 엎드린 형상이 되자 악마금의 발이 그녀의 허리를 밟아 눌렀다.

"적룡문이 어쨌는데? 문주의 딸이면 하늘이라도 된다는 건가?"

"흐윽!"

등을 압박하는 발에는 크게 내력이 실리지 않았지만 충분히 아프고 아픔보다 기분을 더욱 나쁘게 했다. 이런 수치를 한 번도 당해보지 못한 야일화로서는 눈물을 흘릴 수밖에 없었다.

흑룡사들은 그 모습에 어떻게 해야 할지 모르겠다는 표정으로 난감함을 드러내고 있었다. 적룡문을 회유하기 위해 가는 길이니 문제가 심각해도 정말 심각하게 변하고 있었기 때문이다.

적룡문 무사 스무 명을 죽인 것만 알려져도 이번 일의 성사는 실패로 돌아갈 것이. 뻔한데 악마금은 한술 더 떠서 적룡문주가 아낀다는 그의 딸을 발로 밟고 있으니…….

'미치겠군!'

정일은 생각과 함께 옆에 있는 동료들을 바라보았다. 어떻게든 해보라는 눈빛이었지만 다른 자들도 달리 방법이 있을 리가 없었다. 더 이상 묵과할 수 없었던 정일이 결국 전음을 보냈다.

"어떻게 할 생각이십니까?"

악마금은 비참하게 바닥에 엎드려 있는 야일화를 무표정하게 바라보며 모두가 들을 수 있도록 전음으로 말했다.

"죽여야지."

그러자 정일이 경악한 표정으로 눈썹을 꿈틀거렸다.

"안 됩니다!"

"안 된다?"

"그렇습니다. 그녀가 적룡문주의 여식이라는 것이 사실이라면 이번 일은 실패할 수밖에 없습니다."

"멍청하군."

"……?"

"본 사람이 없는데 어떻게 실패를 한단 말인가? 차라리 깔끔하게 모두 죽어 버리는 것이 상책이지. 죽은 자는 말이 없는 법이니까. 흐흐흐!"

다급해진 현각이 어쩔 수 없이 끼어들었다.

"이곳에 오기 전에 우리를 본 사람이 있을 수도 있습니다. 언제 어느 때든 조심하는 것이 좋지 않겠습니까? 만약 우리가 이곳으로 오는 것을 본 자가 있다면 적룡문에서 조사를 할 것이고, 그렇게 되면 돌이킬 수 없는 결과가 벌어질지도……."

"상관없어. 설사 적룡문이 다 몰려온다고 해도 상대해 주면 그만이지. 오라고 그래."

그 말에 흑룡사 전원이 실소를 머금었다. 자신감 넘치는 것은 좋았지만 달랑 혼자서 저런 말을 하고 있으니 답답할 수밖에 없는 것이다. 하지만 무턱대고 교주를 대신해 온 악마금을 막을 수는 없는 일. 흑룡사들은 안절부절못한 채 사건을 관망하고만 있을 수밖에 없었다.

하지만 의외의 일이 벌어졌다. 막 그녀를 일장으로 죽이려던 악마금의 동작이 멈춰졌던 것이다. 그 뒤로 지린내가 객점을 진동하기 시작했다.

인상을 찌푸린 악마금이 손에 실은 내력을 거두고 냄새의 출처를 찾아 눈을 돌렸다. 그의 시선은 엎드려 있는 야일화의 바지로 향해 있었다. 더 정확히 말해 젖어 있는 바지와 그 주위 바닥으로 고이기 시작하는 누런 액체였다.

"호호!"

악마금은 비릿한 웃음을 머금은 채 그녀를 느긋하게 구경하기 시작했다.

"적룡문주의 딸이라도 무서우면 어쩔 수 없나 보군."

"크윽!"

그의 말에 자극을 받았는지 야일화는 입술을 질끈 깨물었다. 하지만 저항할 수 없는 자신이 더욱 비참하게 느껴질 뿐이었다. 그때 악마금의 발이 그녀의 머리를 밟았다.

"호호, 살려주도록 하지."

"……?"

"인생의 무서운 맛을 본 기념이니 운이 좋은 줄 알아라. 그리고 다음부터는 망나니처럼 날뛰지 마라. 나처럼 성격 좋은 놈이 아니면 목이 달아날 수도 있으니까."

기분 나쁘게 그녀의 머리를 발로 툭툭 건드리던 악마금은 몸을 돌렸다. 그리곤 뭔가 생각난 듯 다시 그녀를 보았다. 막 몸을 일으키려던 야일화가 흠칫 놀라며 다시 엎어지는 것과 동시였다.

"잊을 뻔했군."

"……."

"노파심에서 하는 말이지만, 난 귀찮은 건 딱 질색이거든. 네가 네 아버지에게 말을 하든 말든 상관없지만 그 후에 일어날 일에 대해서는 난 책임 못 진다. 도도하신 적룡문주의 따님께서 모두가 보는 앞에서 오줌을 지리다니……. 쯧쯧!"

짐짓 안됐다는 듯 악마금은 혀를 차며 다시 몸을 돌렸다.

"냄새 나서 음식은 못 먹겠다. 모두 시신을 깔끔하게 치워라. 그리고… 어이!"

탁자 밑에 숨어 있던 점소이가 갑자기 호명되자 두려움에 떨며 고개를 힐끔 내밀었다.

"부, 부르셨습니까?"

"오늘 일어난 일에 대해서는 입을 다무는 것이 좋을 거다. 그리고 주방에도 확실히 말해 두고. 알겠나?"

"여, 여부가 있겠습니까."

점소이는 고개만 연신 아래위로 끄덕였다. 객점 밖에 있는 시신까지 모두 정리가 되자 악마금 일행은 곧장 적룡문으로 향했다.

그들이 사라지고 한참이 지난 후에서야 슬며시 몸을 일으킨 야일화는 빠드득 이를 갈았다.

"두고 보자, 개자식!"

하지만 말과 달리 그녀의 표정은 어두웠다. 암담한 현실이 그녀를 괴롭혔기 때문이다.

사람들 앞에서 오줌을 지렸으니…….

자신이 이 일을 알리면 복수는 할 수 있겠지만 잘못하다간 소문이 퍼질 수도 있었다. 분하지만 그냥 넘길 수밖에 없는 현실이 비참할 뿐이었다.

적룡문으로 향하던 현각이 슬며시 물었다.

"뒤탈은 없을까요?"

"뭐가?"

"혹시 그녀가 발설이라도 한다면……."

"크큭, 살려주라고 할 때는 언제고 이제 와서 걱정되나?"

잠시 얼굴을 붉힌 현각은 금세 고개를 저으며 부정하고 나섰다.

"적룡문의 영역에서 일이 벌어졌다는 것이 조금 찜찜할 뿐입니다."

"쓸데없는 생각은 집어치워. 그리고 그녀는 절대 말하지 못해."

"……?"

불안한 흑룡사들의 표정을 보며 악마금은 좀 전의 일이 다시 생각나는지 비소를 흘렸다.

"사람들 앞에서 오줌을 지렸으니 이 일이 알려진다면 여자인 그녀로서는 치명적이지. 자네 같으면 말할 수 있겠나?"

"……!"

"호호, 아무튼 앞뒤 물정 모르고 날뛰는 그런 녀석을 손봐주는 일은 언제나 재밌지."

흑룡사들은 수긍을 하면서도 '너는'이라는 반문의 표정으로 걸어가는 악마금의 뒷모습을 동시에 바라보았다. 하지만 그들도 상관은 없었기에 평소와 같은 얼굴로 악마금을 뒤따라 걸었다. 도균에서부터 악마금을 보아왔으니 하루이틀 겪은 일도 아니었기 때문이다. 이제 남은 일은 적룡문에 가서 계획대로 그들을 설득하는 것뿐이었다.

"저자인가?"

악마금 일행이 객점을 떠난 후 객점에서 오십 장 정도 떨어진 곳에 흑의복면인 두 명이 바닥에서 스스륵 올라왔다.

"그런 것 같은데요."

"흠, 아주 잔인한 놈이군. 위험한 녀석이야."

"다른 조에 알릴까요?"

"그럴 필요는 없겠지. 우리는 이곳의 상황만 살피면 되니까. 아무튼 오늘 본 것에 대해서는 남김없이 기록해 모양각으로 보내도록 해라."

"알겠습니다."

『음공의 대가』 제2권 끝